O SORRISO DA HIENA

GUSTAVO ÁVILA

O SORRISO DA HIENA

10ª edição
Rio de Janeiro-RJ / São Paulo-SP, 2025

VERUS
EDITORA

Editora executiva
Raïssa Castro

Editor
Thiago Mlaker

Coordenadora editorial
Ana Paula Gomes

Copidesque
Lígia Alves

Revisão
Raquel de Sena Rodrigues Tersi

Capa e ilustração da capa
Rivadávia Coura

Projeto gráfico
André S. Tavares da Silva

Diagramação
Daiane Cristina Avelino Silva

ISBN: 978-85-7686-594-0

Copyright © Verus Editora, 2017

Direitos mundiais em língua portuguesa reservados por Verus Editora. Nenhuma parte desta obra pode ser reproduzida ou transmitida por qualquer forma e/ou quaisquer meios (eletrônico ou mecânico, incluindo fotocópia e gravação) ou arquivada em qualquer sistema ou banco de dados sem permissão escrita da editora.

Verus Editora Ltda.
Rua Argentina, 171, São Cristóvão, Rio de Janeiro/RJ, 20921-380
www.veruseditora.com.br

CIP-BRASIL. CATALOGAÇÃO NA FONTE
SINDICATO NACIONAL DOS EDITORES DE LIVROS, RJ

A972s

Ávila, Gustavo, 1983-
   O sorriso da hiena / Gustavo Ávila. - 10. ed. - Rio de Janeiro, RJ : Verus, 2025.
   23 cm.

ISBN: 978-85-7686-594-0

1. Romance brasileiro. I. Título.

17-40983   CDD: 869.93
                        CDU: 821.134.3(81)-3

Revisado conforme o novo acordo ortográfico

*Para minha mãe, Terezinha Eulália de Ávila,
o farol que brilha nas minhas noites escuras.
Quem me ensinou que as coisas não caem do céu.
Que é preciso lutar por aquilo que se quer.
O melhor de mim veio da senhora.*

A lágrima contornou a maçã do rosto, serpenteando pela bochecha que tremia com a respiração ofegante da criança, deixando um rastro úmido que desenhava seu caminho na pele jovem. Perdeu velocidade ao lado da fita adesiva cinza que tapava a boca e, como a ampola de uma seringa, encheu-se instantaneamente de uma tonalidade rosa, até pingar vermelha e explodir no chão feito uma lágrima santa.

Os olhos da criança gritavam, arregalados em um silêncio forçado, uma testemunha impotente diante do que via. Preso a uma cadeira, o garoto encarava o pai e a mãe sentados à sua frente, ambos com as mãos amarradas atrás das costas. A mulher olhava para o filho, enquanto o olhar do pai mirava, acima da cabeça do menino, o invasor em sua casa.

A criança olhou para baixo, acompanhando o movimento da sombra que se projetava atrás de si e se dilatava no chão enquanto se movia lentamente em direção aos pais. Agora, além do choro abafado pelas mordaças, o som repetitivo de um alicate de metal ganhava volume, abrindo e fechando, abrindo e fechando, irritante feito uma torneira pingando na pia de alumínio.

Um homem de estatura mediana, vestindo uma grossa jaqueta preta, passou ao lado da criança. O contorno das costas largas descia em linha reta, e o desenho da silhueta continuava pela calça até alcançar uma bota de couro desgastada. Os braços pendiam sem balanço, firmes e arqueados, carregando em uma das mãos um alicate e na outra uma faca.

— Ninguém gosta de linguarudos — disse, com a voz rouca, enquanto passava a ponta da faca no rosto amordaçado do pai, fazendo a pressão da lâmina desenhar um fio rosado em sua pele.

O invasor deu a volta e curvou o corpo para a frente, posicionando o rosto entre o casal. Colocou o braço esquerdo sobre o ombro do homem, o direito sobre o da mulher, e falou com o pai da criança enquanto olhava em direção ao menino.

— Você sabe como é tentar educar. Primeiro a gente avisa, fala que não pode fazer tal coisa, tira um brinquedo. Você é pai, sabe como é. E sabe que às vezes a gente precisa ser um pouco mais duro pra ensinar a se comportar direito. — O invasor levantou a voz. — Espero que o seu filho saiba se comportar melhor do que você quando crescer.

Com uma das mãos, segurou o encosto da cadeira onde o pai estava sentado e o puxou com violência para trás, fazendo o homem cair e bater a cabeça, que quicou no chão. O invasor passou uma das pernas sobre o corpo deitado do homem e forçou seu tórax com um dos joelhos, de costas para a criança. O menino não conseguia enxergar o que acontecia. Só escutou a fita adesiva sendo arrancada bruscamente da boca do pai, para logo em seguida ouvir um som engasgado, relutante, como se algo estivesse preso na garganta.

Com as pernas amarradas na cadeira, o homem imobilizado forçava a madeira do móvel. Os pés apontavam para cima, os músculos enrijecidos pela dor, quando um grito preencheu o ambiente e logo em seguida foi abafado pela fita adesiva.

O invasor ergueu novamente a cadeira, e a cabeça do pai cambaleou para a frente, os olhos voltados para o chão, enquanto o choro antes sereno da mãe ganhava o volume do desespero ao ver o marido engasgando com o próprio sangue acumulado na boca. De pé, o invasor olhava para a língua cortada, presa no alicate.

Caminhou em direção ao garoto, passou por trás de sua cadeira e se abaixou, remexendo o interior de uma bolsa preta. Os grunhidos do pai ficavam cada vez mais fracos, distantes.

O homem voltou rosqueando um cano na ponta de uma arma. Levantou a cabeça do pai pelos cabelos e viu o sangue escapar pelas narinas, descendo pelo queixo até o pescoço. Ao soltá-la, deixou-a cair novamente, quase sem vida. Apontou a arma para a cabeça da mãe. A criança se debatia de forma enfurecida na cadeira. A mulher encarou o filho, tentando fazê-lo se acalmar, aquele olhar materno com efeito sedativo, tranquilizador, quase como um abraço. Piscou com força para fazer cessar as lágrimas, como quem tenta dizer que vai ficar tudo bem, que vai acabar logo.

E foi assim que os olhos de sua mãe, que sempre conseguiram dizer tudo sem precisar de uma palavra sequer, silenciaram para sempre ao som de uma arma de brinquedo.

VINTE E QUATRO ANOS DEPOIS

Eram quase onze da noite, mas as ruas daquela região do bairro nunca deixavam de fazer barulho, nem mesmo quando a madrugada espreitava o relógio. As pessoas que voltavam do trabalho caminhavam atentas a todos os movimentos e sons. A maioria delas não se sentia ameaçada, desdenhava da realidade do local, mas já não tinha a preocupação de quem se incomoda com os rumos do mundo.

Com todos os estabelecimentos familiares fechados, a única porta aberta era a do bar, onde homens, e algumas mulheres, bebiam, jogavam baralho e sinuca ou perdiam o pouco dinheiro que tinham nas máquinas caça-níqueis, permitidas graças aos pagamentos mensais feitos a policiais corruptos.

A trilha da noite era uma mistura de sons. O tema da discussão, como de costume, era o futebol: de um lado, o argumento era a tabela do campeonato; do outro, o histórico das vitórias e derrotas. Um brigava pelo presente, outro pelo passado, e a conversa era sempre a mesma.

Grupos de jovens perambulavam próximo ao bar, e os que não tinham dinheiro para comprar sua própria bebida se serviam das garrafas dos pais ou tios que dividiam as mesas do estabelecimento. Depois se afastavam dos adultos e se reuniam na frente de alguma casa mal iluminada para namorar, dividir os goles e o baseado, que passava de uma mão para outra.

De arquitetura simples, o bairro era formado por casas que pareciam estar sempre em reforma ou pequenos prédios de quatro ou cinco andares com lojas ou escritórios no térreo.

Perto dali havia uma região conhecida pelos pontos de prostituição. As esquinas eram disputadas por mulheres e travestis que aplicavam, de forma exemplar, os conceitos de economia e marketing ao seu visual. Cada grupo comandava algumas ruas, e qualquer invasão de território significava confusão na certa.

Carros de todos os tipos passavam por ali. Muitos só para provocar as travestis, outros em busca de diversão barata que não colocasse em risco o orçamento familiar.

Era fácil saber quem eram os mais jovens, que aproveitavam a movimentação noturna e a ausência de autoridades para repassar drogas baratas e pegar sua fatia do bolo do sistema. Traficantes de pequeno porte que entravam e saíam da cadeia no mesmo intervalo de tempo em que as crianças iniciam e terminam as férias escolares. Havia também aqueles que deixavam o precoce mundo do crime, e nesses casos quase sempre tinham o mesmo destino: entravam para alguma igreja ou morriam pelas mãos de policiais ou em disputas com outros bandidos.

A violência era comum nas ruas e também dentro das casas. Era rotina escutar gritos e brigas domésticas. Por medo ou, na grande maioria das vezes, descaso, ninguém se metia. O cenário perfeito para alguém cometer um crime sem ser incomodado pelos vizinhos.

Pedro estava do lado de fora do bar com um copo de cerveja na mão. Já estava bêbado e trocava insultos exaltados com outro homem. Antes que o bate-boca virasse briga, o dono do bar interveio e mandou Pedro ir para casa. Depois de alguns minutos de filho da puta pra cá e filho da puta pra lá, ele resolveu se retirar do local, se esforçando para deixar claro que era por vontade própria. Já tinha mesmo perdido todo o seu dinheiro na máquina caça-níqueis.

Serviu-se com o que havia sobrado da garrafa, virando o líquido gelado na garganta de jiboia, e bateu o copo na mesa de plástico como se tivesse alguma autoridade.

Sua casa ficava a três ruas do estabelecimento. Desorientado pelo efeito da bebida, Pedro saiu cambaleando pela calçada, atirando ofensas contra um grupo de jovens que riam sem parar. Ainda lançou uma cantada para uma prostituta agigantada em seu calçado plataforma, mas desistiu da investida depois de ser esnobado.

Ao chegar à esquina de sua rua, deteve-se por alguns instantes, fazendo força para permanecer em pé, o corpo balançando lentamente no ar. Olhou confuso para a escuridão que se estendia pelo caminho, todos os postes com as luzes apagadas. O único aceso estava justamente sobre ele, o que trazia certa desolação à cena. Atirar pedras nas lâmpadas da iluminação pública era um passatempo comum entre as crianças do bairro, mas hoje o céu nublado era um obstáculo para a claridade da lua, tornando ainda mais sombria a rua de paralelepípedos.

À medida que caminhava, a escuridão ganhava tons mais negros, como se Pedro estivesse penetrando em uma caverna. Na verdade, a falta de luz não fazia muita diferença. Em seu estado, seria difícil não tropeçar na calçada esburacada e cheia de desníveis.

O corpo já estava tomado pelo cansaço da bebida, e a noite, que não tinha nada de refrescante, fazia o suor descer pelo rosto, mais envelhecido pelo descuido que pelo passar dos anos. Sóbrio, chegaria ao portão de casa em menos de três minutos. Naquela noite, ele levou mais de oito para percorrer a rua. Andava, cambaleava, parava, resmungava ofensas, tomava ar, andava, olhava para trás, para a frente, andava.

Pedro cravou os pés no chão quando chegou em frente a seu portão, e nem reparou na Saveiro preta estacionada perto da garagem. Com tudo apagado, era ainda mais difícil acertar a chave no cadeado que prendia a corrente grossa.

— Ma... rília! — Tomou fôlego e tentou encaixar a chave mais uma vez. — Marília! — Mais uma tentativa. — Acen...de a... porra da luz. — Bateu com força no portão, fazendo ecoar o som do metal.

A casa continuava em silêncio, aumentando a irritação de Pedro. As cortinas estavam fechadas quando uma sombra passou silenciosa atrás delas.

— Marília! Eu sei que você tá acordada... Vem abrir a porra do... portão.

O silêncio continuou. Só depois de algumas tentativas Pedro conseguiu destrancar o cadeado, entrando sem fechar o portão. Agora só faltava a porta da sala. Nenhum esforço foi necessário. Ela já estava aberta.

Quando entrou no cômodo escuro, não conseguiu entender o que estava à sua frente. A escassa luz que escapava pela porta contornava dois vultos sentados no meio da sala, um de frente para o outro, separados por uns dois metros de distância.

Pedro se escorava na maçaneta da porta, ainda cambaleando. Com os sentidos anestesiados, não percebia que atrás dele uma sombra pairava silenciosa como um fantasma, muito próxima a seu corpo, esperando com frieza e paciência. Quando apertou o interruptor, a luz revelou seu filho de oito anos em uma das cadeiras e sua mulher na outra. Ambos amarrados com os braços nas costas e amordaçados com uma fita adesiva cinza. A criança tinha os olhos abertos, grandes, brilhantes, e os rastros do choro ainda marcavam seu rosto.

— Marília? — falou baixo.

Um golpe forte desceu cortando o ar até parar com um estalo em sua nuca. Sua visão ficou negra, os joelhos cederam, o corpo se inclinou para a frente e ele tombou.

🖋

Ainda de olhos fechados, ouvia o som baixo de palavras sem sentido, distantes, como ecos de uma conversa. O som aumentava gradualmente à medida que ele despertava. Não conseguia distinguir nenhum sentido, apenas ruídos abafados misturados com choro. Os olhos foram se abrindo aos poucos, trêmulos, e através da visão embaçada conseguiu ver suas próprias pernas com gotas de sangue na calça jeans velha. A cabeça pesava, e, ao tentar levantá-la, sentiu uma pontada na nuca que o obrigou a baixar as pálpebras novamente.

O sangue escorria da ferida aberta pelo golpe, empapava o cabelo grosso e malcuidado, descia por trás do pescoço e ao redor da orelha até o queixo, coberto por uma barba rala e grisalha. Quando finalmente conseguiu erguer a cabeça, deu de cara com seu filho, a visão ainda turva se esforçando para focar a imagem. Foram alguns segundos até que os olhos pudessem enxergar Marcelo amarrado bem à sua frente, o olhar petrificado de terror. Pedro tentou falar seu nome, e só nesse instante se deu conta de que também estava amordaçado. Olhou para o lado, de onde vinha um choro manso, e viu Marília amarrada à sua direita, em outra cadeira.

Foi quando sentiu a presença de mais uma pessoa. Girou a cabeça devagar para a esquerda, seguindo o assoalho sem tapete. Viu um par de botas de couro marrom e, subindo com os olhos, foi montando a imagem do invasor: pernas que vestiam uma calça escura, as duas mãos espalmadas sobre as coxas, os braços revestidos por uma jaqueta preta; no topo do corpo, o rosto coberto por uma máscara de cartolina, presa por um fino elástico que rodeava sua cabeça.

A máscara tinha a imagem de um desenho que lembrava um retrato falado da polícia. Um rosto masculino. Era preta e branca como uma cópia xerox, e através dos pequenos furos nos olhos era possível ver as esferas castanhas que o encaravam. Frias. Inquestionáveis. E decididas.

Pedro abaixou a cabeça novamente, motivado pela dor e pelos pensamentos desordenados. Tentava descobrir o motivo daquilo: alguma das discussões que protagonizara no bar? Algum marido traído? Um viciado atrás de dinheiro? O professor do seu filho, que ameaçou entregá-lo à polícia se o garoto aparecesse machucado novamente?

Em um impulso violento, tentou se livrar das amarras, fazendo os pés da cadeira socarem o chão repetidas vezes. Quando forçava os braços para se libertar, esfolava a pele fina dos pulsos, presos por uma tira de nylon dentada. Impossível estourá-la sem o auxílio de alguma ferramenta afiada. Suas pernas também estavam amarradas à cadeira, e ele se debatia com a coragem que nasce nos covardes quando encurralados.

Esbravejava em vão, a mordaça transformando as palavras em grunhidos. Só quando a energia explosiva do medo passou é que se acalmou. Os músculos relaxaram. Pedro olhou novamente para o filho. Um olhar cansado, de impotência e culpa.

Uma bolsa preta no chão, logo atrás da cadeira de Marcelo, despertou sua atenção. O menino se virou para o invasor mascarado, que se levantou sem pressa e foi em direção a ela. O homem se detive em pé por alguns instantes ao lado dele, que ergueu a cabeça com um olhar de questionamento inocente. Através da máscara, os olhos tentavam disfarçar a lembrança do passado.

O invasor abaixou-se e remexeu o interior da bolsa, fazendo soar um barulho de ferramentas. Quando se levantou, ainda de costas, o som do metal de um alicate abrindo e fechando silenciou a sala, exceto o choro baixo da mãe.

Tic... tic... tic... tic...

— Ninguém gosta de linguarudos.

Deu as costas para a criança e foi andando em direção ao casal, segurando em uma das mãos o alicate e na outra uma faca. Passou a lâmina sobre o rosto de Pedro e se posicionou atrás do homem e da mulher, colocando a cabeça entre os dois.

— Você sabe como é tentar educar. Primeiro a gente avisa, fala que não pode fazer tal coisa...

Pedro se virou para trás e tentou esboçar um argumento.

— Shhhh. — O invasor forçava o rosto do pai com a ponta da faca. — Continue olhando para o seu filho. Continue olhando para o seu filho. — Fez uma pausa. — Você tira um brinquedo. Você é pai, sabe como é. E sabe que às vezes a gente precisa ser um pouco mais duro e ensinar a se comportar direito. — Levantou a voz. — Espero que o seu filho saiba se comportar melhor do que você quando crescer.

Um instante depois, Pedro estava com as costas no chão e o invasor mascarado se ajoelhava sobre seu peito, forçando o alicate dentro de sua boca. Pedro virava a cabeça para um lado, depois para o outro, os olhos abertos, esbugalhados, mas não conseguiu resistir por muito tempo. Depois de alguma dificuldade, o alicate ultrapassou a barreira dos dentes cerrados, grampeou a carne flácida e a lâmina afiada da faca deu conta do resto. Sua língua havia sido arrancada.

Através da máscara, o invasor olhava para o pedaço de carne vermelha preso na mandíbula de metal da ferramenta. Estava tão anestesiado observando a língua cortada que se esqueceu de tapar novamente a boca de Pedro, mas os gritos fizeram o homem despertar atrás da máscara, recolocando a fita e erguendo a cadeira de volta à posição original. Pedro, com a boca tapada, engasgava com o próprio sangue, fazendo o líquido vermelho escapar pelas narinas.

Curioso com a cena daquele ponto de vista, o invasor se sentou no chão ao lado de Marcelo e ficou observando. Era impossível distinguir o motivo do brilho nos olhos atrás da máscara. Havia, ao mesmo tempo, algo de vivo e de morto em seu jeito de olhar. Ainda segurava o alicate, e as gotas de sangue que escorriam da língua explodiam ao tocar o chão.

Pedro sofria espasmos lentos, o corpo amolecendo e as forças nos músculos relaxando. Com o fim do espetáculo, o invasor se levantou e foi até a bolsa preta. Quando girou o corpo, uma gota de sangue da língua cortada voou em direção ao rosto da criança.

Deixou o pedaço de carne ali mesmo, no chão da sala, guardou o alicate em um saco plástico e foi ao encontro da mãe, rosqueando o silenciador na ponta de uma arma. A mulher fechou os olhos e, com a cabeça contraída para trás, suplicava sem conseguir emitir nenhuma palavra.

— Olhe para o garoto. — A voz saía abafada pela máscara de cartolina.

A mulher não obedeceu.

— Olhe para o garoto. Olhe para o garoto. Olhe para o garoto!

Lentamente, Marília virou a cabeça para o filho, que agora se debatia na cadeira, prevendo o que estava para acontecer com a mãe.

— Olhe para ele como se fosse ficar tudo bem. Como se tudo fosse acabar logo. Como se ele fosse acordar amanhã, correr para a cozinha e ver você preparando o café, feliz, enquanto o pai está terminando de se arrumar.

Tuf.

O som seco do disparo zuniu ligeiro pela sala. O invasor ainda estava com a arma no ar quando virou o rosto na direção de Marcelo. Descansou o braço e caminhou até o garoto, que se contraía para trás a cada passo que o assassino dava.

O menino fechou os olhos e sentiu o homem se aproximando, o som da respiração sob a máscara cada vez mais perto. Quando abriu os olhos, deu de cara com ela. Encarou o desenho no papel e sentiu o polegar do assassino limpar a gota de sangue que havia espirrado em seu rosto.

O invasor deixou a casa pelo portão da frente, carregando o corpo de Marília enrolado em um saco plástico preto, e o depositou na caçamba da

Saveiro, que também estava forrada. Retornou para dentro da casa e voltou levando o corpo de Pedro, que colocou ao lado da mulher. Puxou a capota de lona do veículo e, antes de ir embora, retornou mais uma vez para dentro. Foi até o quarto do garoto, abriu algumas gavetas e voltou para a sala, onde Marcelo permanecia amarrado. Desdobrou o moletom que tinha pegado no quarto do menino e colocou sobre seus ombros e a cadeira. Saiu, fechou o portão, enrolou novamente a corrente e a trancou com o cadeado.

Eram duas e treze da manhã, e o bairro ainda estava agitado. A rua escura era perfeita para fugir sem pressa, sem medo de ser visto ou, mesmo que fosse, sem a preocupação de ter o rosto reconhecido. Tirou a máscara apenas quando entrou no carro e saiu sem fazer barulho. Deixou a criança amarrada tendo como paisagem as duas cadeiras vazias à sua frente e as poças de sangue de seus pais no assoalho.

A Saveiro rodava com tranquilidade pelas ruas, evitando as vias mais movimentadas e que apresentavam maior probabilidade de uma blitz da polícia. Sempre que passava sob um poste, o rosto do motorista era iluminado e depois caía na penumbra novamente, até passar embaixo de outro. Seus olhos eram como a abertura de um poço onde não se conseguia enxergar a água perdida na escuridão. A única sensação boa vinha do vento que entrava pelas janelas abertas do carro.

Respeitava todas as sinalizações de trânsito — parava nos sinais ainda amarelos, acelerava somente até o limite permitido —, para evitar chamar atenção.

De repente, a tranquilidade foi quebrada pelo som de uma sirene que vinha atrás dele, ganhando volume em alta velocidade. Olhou pelo retrovisor e viu as luzes vermelhas e azuis dançando nervosas, ainda distantes. O motorista do carro à direita olhou para a Saveiro e foi se distanciando para o outro lado da pista. Pelo retrovisor, o assassino viu que o trânsito se abria à sua traseira. Agora era possível enxergar a viatura que preenchia o ar com o som alto e intimidador. Estava com pressa e se aproximava rapidamente. Vinte metros, quinze, oito. De tão próxima, as luzes da sirene conseguiam iluminar a Saveiro por dentro. Cinco metros de distância, quatro, três, dois, uma buzina alta soou atrás da picape e ele jogou o carro para a esquerda, deixando os bombeiros passarem em alta velocidade.

O veículo ao lado voltou a se aproximar e acelerou para passar o sinal antes que ele fechasse. O assassino então parou o automóvel e olhou para o banco do carona, onde a máscara de cartolina o encarava com olhos vazios.

Quase cinquenta minutos depois, a picape parou em frente a um portão feito de chapa de ferro, ao lado de um muro tão alto que preservava totalmente a privacidade de seu interior. Com um toque no controle remoto, o portão deslizou quase silenciosamente e muito rápido.

À sua frente surgiu uma casa simples, com uma área externa espaçosa. O carro deu a volta no quintal até a parte de trás da residência, iluminando com seus faróis um bonito jardim de rosas brancas e vermelhas. Nos fundos da casa havia uma grande porta de metal, como se fosse uma garagem. Com outro aperto do botão, a porta se abriu e o assassino entrou com o veículo, fechando-se lá dentro com os corpos de Pedro e Marília.

TRÊS DIAS DEPOIS

Como sempre, Artur se levantou sem precisar de despertador. Deixava a janela fechada apenas pelo vidro, e, quando o dia expulsava a noite, a claridade que invadia o quarto o despertava aos poucos.

Os chinelos estavam, como sempre, perfeitamente alinhados ao lado da cama de casal onde poucas vezes dormiu acompanhado. Levantou-se e parou em frente à janela. As ruas já estavam movimentadas, e carros circulavam em todas as direções, como se ninguém tivesse parado para dormir. O céu estava limpo, o que em uma cidade que crescera sem planejamento quer dizer azul-acinzentado. Artur correu o vidro da janela, fazendo entrar um pouco de ar e muito barulho, depois caminhou pelo corredor até a cozinha, provocando o eco dos passos ainda sonolentos.

Tudo estava pronto para ser usado, como se uma mãe tivesse organizado as coisas na noite anterior para o filho. A cafeteira já estava com água e pó, e ele passou pela cozinha só para apertar o botão de ligar. Em oito minutos o café estaria pronto. A toalha de banho estava onde deveria estar, limpa e dobrada ao lado de outras perfeitamente alinhadas. Os oito minutos necessários para passar o café era o tempo de que precisava para sair do chuveiro. Encheu uma xícara do líquido preto e colocou uma quantidade razoável de açúcar. Uma colher. Duas. Três.

A roupa já estava pendurada em um cabide do lado de fora do armário. Uma camisa branca bem passada, calça e paletó pretos, sapatos perfeitamente engraxados e o relógio de pulso que havia ganhado de presente. Não abotoava o colarinho porque não gostava de se sentir pressionado de nenhuma maneira. Escondia o botão aberto por baixo da gravata preta, cujo nó apenas fingia apertar totalmente.

O cabelo volumoso era domado por um pouco de gel, e Artur o penteava com as próprias mãos para não ficar engomadinho demais. Por ele, nem pentearia o cabelo, mas sua mãe já lhe dissera uma vez que as pessoas acham estranho quem anda com o cabelo bagunçado, a não ser que seja um artista, um adolescente ou um maluco. Artur não era nenhum dos três e fazia de tudo para não ser rotulado como o terceiro.

Aos dez anos tinha sido diagnosticado com síndrome de Asperger, um tipo de autismo que não causa nenhum atraso no desenvolvimento intelectual, mas molda a pessoa com certas peculiaridades. As características mais comuns são uma grande dificuldade de interagir com os outros e de entender emoções não verbais, os movimentos desajeitados e uma habilidade lógica acima da média, além da tendência a falar sempre o que se pensa. O que todo mundo afirma ser uma qualidade, mas que a maioria das pessoas não aceita muito bem quando a verdade tem a ver com elas mesmas.

Alguns portadores da síndrome acabam desenvolvendo um interesse específico por determinadas coisas. No caso de Artur, sua fixação sempre foram os romances policiais. Desde criança, lia quadrinhos e histórias de investigação, e esse foi o primeiro motivo pelo qual decidira se tornar detetive da divisão de homicídios. O segundo era provar a qualquer um que ele não estava fadado a ser um professor universitário de matemática ou física por causa das limitações do Asperger.

Artur era um dos melhores detetives da 27ª Delegacia de Polícia da cidade. Mas também era um dos mais excluídos. Fora Bete, sua única amiga e também detetive, poucas pessoas tinham a sensibilidade necessária para entender suas respostas e sua falta de humor para rir de tentativas banais de fazer graça.

Artur já esperava, impaciente, na esquina de sua rua. Girando entre os dedos um cigarro apagado, aguardava a chegada de Bete, já sabendo que ouviria a mesma piada que ela fazia todas as vezes que lhe dava carona.

Avistou um pouco adiante o sedã cinza vindo em sua direção. O carro tinha o vidro do carona abaixado quando Bete parou e destravou a porta.

— Entra, meu puto.

Na primeira vez que escutara a brincadeira, Artur não tinha entendido a piada. Ficou parado, não entrou no veículo e muito menos riu. Bete se divertia com o jeito quase inocente do colega. Ele não gostava de dirigir e, quando não pegava carona com Bete, ia para a delegacia de táxi. Também não gostava do metrô, do empurra-empurra, das pessoas tocando nele.

— Sério, quando é que você vai parar de vez com esse cigarro?

— Eu já parei. Faz dois anos, sete meses e vinte e três dias que não coloco um aceso na boca.

— Mas coloca apagado.

— Eu consegui parar, mas gosto de ter ele perto.

— Um dia você não vai aguentar e vai acender.

— Quem diz que parou de fumar mas não pode ter um cigarro por perto na verdade não superou o vício, só não tem a oportunidade. Superar é poder estar perto de algo que você decidiu largar.

— Que biscoitão da sorte onde tinha essa mensagem, hein?

— Como assim?

— Deixa pra lá.

Ela dirigia rápido, mas Artur não se incomodava com isso.

— E o caso do hacker?

Bete estava no meio de uma investigação sobre o assassinato de um hacker cujo corpo fora encontrado em seu apartamento, no centro da cidade.

— Eu sei que ele foi estrangulado com um arame fino e o computador foi levado. Fora isso, nada mais. Droga de sinal vermelho. Tinha dinheiro e outras coisas de valor no apartamento, mas a pessoa só queria o computador e o silêncio do rapaz. Não foi um assalto que deu errado.

— Se você entra pra roubar e algo dá errado, você reage com um tiro, uma facada, não com um fio em volta do pescoço de uma pessoa sentada na cadeira. — Quando Artur falava, o cigarro apagado balançava para cima e para baixo em seus lábios.

— Exatamente. Olha, esses caras que mexem com internet, eles sabem demais, vivem fuçando a vida dos outros, juntando informações de todo tipo. Esse menino sabia alguma coisa de alguém, e esse alguém foi lá e queimou ele.

— Pensei que ele tinha sido estrangulado.

— Sim, Artur... Queimado é só um jeito de falar que apagaram o cara... que mataram ele. — Bete já estava acostumada com o fato de Artur entender tudo de maneira literal, uma característica da síndrome de Asperger.

As sobrancelhas retas do detetive davam um ar de seriedade a seu rosto. Ele olhava para o lado de fora do veículo.

Por que simplesmente não dizer que mataram o hacker?

— Esse rapaz também pode ter feito um serviço para alguém e depois de feito essa pessoa foi lá e... queimou ele.

Bete olhou com um sorriso de aprovação. Às vezes Artur parecia um robô que vai aprendendo as coisas enquanto convive com os seres humanos.

— É, eu não descartei essa possibilidade. Vou dar uma olhada no apartamento dele de novo. Tem que ter alguma coisa lá que eu deixei escapar.

— Na maioria das vezes a gente parece aquelas galinhas decapitadas que saem correndo sem cabeça até bater em algum lugar.

— De onde você tirou isso? — Bete sorriu com o comentário de Artur.

— Vi em um programa de TV ontem.

— Você precisa se divertir mais, Artur. E aquela menina do fórum com quem você estava saindo?

— Eu não preciso de uma pessoa que vive reclamando das minhas manias e que acha que nós vivemos dentro de um grande urso de pelúcia rosa. — Girava o cigarro apagado entre os dedos.

— Eu acho que você precisa sim de alguém que veja o mundo com um pouco mais de beleza.

— Desde que essa pessoa não tente mudar o jeito que eu sou.

— Concordo que você não deve mudar por alguém, Artur, não a ponto de deixar de ser você mesmo. Mas olha... também não é legal ficar com alguém que aceita tudo o que a gente é. O que eu quero dizer é que não vale a pena ficar com uma pessoa que diz que ama os seus defeitos. Essa pessoa nunca vai deixar você se tornar alguém melhor.

O celular de Artur tocou, interrompendo os conselhos sentimentais de Bete. Era Aristes, delegado e chefe dos dois.

— Senhor.

— Onde você está, Artur?

— A caminho, senhor. A uns dezessete minutos da delegacia.

— Vá direto para... consegue guardar um endereço?

— O senhor sabe que sim.

— Rua 13, número 121, na Zona Oeste. Tem trabalho pra você por lá.

— Sim, senhor.

Artur desligou no mesmo momento em que Bete desacelerava o automóvel e estacionava próximo à calçada.

— O que está acontecendo ali? — Ela esticou o pescoço para olhar.

Em frente a uma escola infantil, um tumulto chamou a atenção da detetive. Cerca de trinta pessoas se aglomeravam ao redor de algo que ela não conseguia enxergar com detalhes. Ao ver um braço levantando no ar e descendo com o punho fechado, Bete destravou o cinto de segurança e abriu a porta do veículo.

— Eu preciso ver o que o Aristes me passou. Quer que chame reforços? — gritou Artur.

— Não. Pode ir. Eu cuido disso aqui. — Ela já estava fora do carro e caminhava a passos apressados em direção ao tumulto. Em poucos segundos, tinha atravessado a parede de pessoas e sumido no meio do alvoroço. Artur desceu do carro e fez sinal para um táxi.

No centro da confusão estava um sujeito que era segurado por três rapazes. Outro homem estava no chão, limpando o sangue que escorria do nariz atingido e com o rosto marcado por um inchaço logo abaixo do olho direito.

— O que está acontecendo aqui?

— Esse maluco apareceu do nada e começou a me bater na frente das crianças. Eu nem conheço esse cara. — O homem agredido cuspiu e uma mistura de sangue e saliva se espatifou no cimento da calçada.

— Ele é um pedófilo! Estava dando em cima do menino!

— Agora todo mundo que fala com uma criança é pedófilo?

— Não é a primeira vez que eu vejo você parado na frente da escola. Olha o bolso dele, cheio de bala. Filho da puta!

— O velhinho que fica jogando pão na praça também quer transar com os pombos?

Os três homens tinham trabalho para segurar o agressor.

— Deixa eu ver o seu bolso.

— Agora é crime andar com bala?

— É o que a gente vai descobrir. — Bete mostrou o distintivo.

Uma viatura chegou ao local e dois policiais atravessaram a multidão.

— Levem esses dois até a delegacia e vejam qual deles tem razão. Comecem com a bruxa de João e Maria aqui — ordenou, olhando para o homem que tentava estancar o sangramento no nariz.

🖋

Artur olhou para o relógio em seu pulso. Foram quarenta e sete minutos para chegar ao endereço indicado por Aristes. Vizinhos curiosos estavam do lado de fora de suas casas, uns querendo saber o que estava acontecendo e outros conversando como se soubessem que mais cedo ou mais tarde aquilo iria acontecer, mesmo sem saber realmente o que tinha ocorrido.

Muitos não demonstravam surpresa diante da presença da polícia. Fumavam seus cigarros e estendiam as roupas no varal. As crianças eram mais curiosas e tentavam se aproximar para enxergar melhor, mas eram impedidas pelo cordão que isolava a área.

Artur mostrou sua identificação para o policial que afastava os curiosos, parou em frente ao portão da casa e observou a entrada. Respingos de sangue vinham de dentro do quintal, percorriam a calçada em um rastro gotejante e terminavam repentinamente logo no início da rua.

O suspeito tinha deixado o veículo estacionado ali.

O detetive atravessou com cuidado o quintal, reparou em outras marcas de sangue perto da porta e entrou na casa. O policial que fotografava a cena do crime deu um bocejo antes de voltar a clicar os três móveis posicionados de forma proposital. As três cadeiras na sala convidaram Artur a uma observação mais detalhada. Duas estavam colocadas lado a lado, e a terceira, de frente para elas. Poças de sangue seco jaziam ao redor das duas cadeiras juntas. Artur olhou para o sofá ao lado delas e viu um enorme borrifo vermelho-escuro. Foi quando um policial veio ao seu encontro.

— Nenhum sinal de arrombamento nas portas nem nas janelas. Encontramos algum dinheiro na gaveta, TV, som, carro na garagem. Parece que está tudo no lugar. Podemos descartar a possibilidade de roubo.

Artur ignorou a tentativa de análise do policial e girou o cigarro apagado entre os dedos.

— Disseram que só encontraram uma criança aqui — o detetive falou, sem olhar para o policial.

— O menino estava amarrado nesta cadeira, com a boca amordaçada por uma fita. A vizinha do lado pediu pro filho pular o portão e ver o que estava acontecendo. Era o terceiro dia que ela não ouvia nenhuma discussão dentro da casa, por isso ficou preocupada. Ficou preocupada por não ouvir nenhuma discussão. A que ponto chegamos. Que absurdo.

Artur olhou para o policial pela primeira vez.

— Absurdo por quê? Brigas domésticas são comuns em regiões de baixa renda, e o silêncio realmente deve chamar mais atenção que a gritaria. Onde está o garoto?

— Na casa da tia.

— Deveria estar no hospital sendo examinado.

— Ele mal deixou a gente chegar perto.

— É só uma criança. Não deve dar muito trabalho pra ser levada à força.

— Você está brincando, né?

Pela reação das pessoas, Artur conseguia sentir quando agia de forma não muito sociável. Estava abaixado na frente das duas cadeiras, estudando as marcas de sangue, quando ergueu o rosto e disse, com um sorriso de ator:

— Claro, era só brincadeira.

Em seguida, voltou a atenção novamente para o chão, onde havia uma mancha de sangue muito bem definida, longa e retangular. Examinou a cadeira e espiou o sangue na parte de trás do encosto do móvel.

— Alguém falou com a criança?

— O menino não está falando.

Artur se posicionou atrás da cadeira onde o garoto fora encontrado, abaixado na altura do seu campo de visão, e ficou olhando para a frente. Havia uma blusa de moletom aberta nas costas da cadeira. Colocou o cigarro entre os lábios, sentindo o gosto amargo do filtro. Seus olhos se voltaram para o chão, onde havia uma pequena poça de sangue seco.

— Tinha uma língua aí — disse o policial. — Mandamos para o laboratório antes que começasse a se decompor.

Artur percorreu os olhos ao redor e viu algumas garrafas de bebida dividindo espaço na estante com porta-retratos, objetos decorativos feitos de cerâmica e uma Bíblia aberta.

João 8:32: "E conhecereis a verdade, e a verdade vos libertará".

Olhou para o policial que fotografava a cena do crime e foi até ele.

— Tem alguma foto da criança?

— Sim, senhor.

— Deixa eu dar uma olhada.

Pegou a câmera digital e mexeu nela até chegar à sequência de imagens do garoto. O menino estava assustado e olhava fixamente para a frente, sem dar importância à câmera. Quando deu um zoom em seu rosto, viu um traço de sangue, como se alguém o tivesse limpado com o dedo.

Entregou a máquina ao policial e caminhou para fora da sala. Na cozinha, abriu a geladeira e viu mais garrafas que comida. Louça suja na pia, lixeira cheia, enlatados nos armários. Foi ao quarto da criança, o quarto normal de um garoto simples, com roupas no chão, alguns brinquedos, pôsteres de desenhos animados nas paredes. No quarto do casal também não havia nada que chamasse muita atenção além de algumas latas vazias de cerveja.

Saiu para a rua, acompanhando as pequenas poças de sangue que iam do quintal até a calçada, seguido de perto pelo outro policial.

— Aquele é o vizinho que entrou na casa e encontrou a criança. — O policial se referia ao homem que conversava com outros dois policiais na casa ao lado. Com eles estavam uma mulher e um garoto.

Artur interrompeu a dupla de policiais que faziam anotações em uma caderneta.

— O senhor que pulou o muro?

— Meu filho pulou primeiro e me chamou, gritando.
— O senhor que soltou a criança?
— Isso.
— Como ele estava?
— Amarrado na cadeira... e tinha uma fita adesiva na boca. Eu perguntei o que tinha acontecido, mas ele não disse uma palavra.
— Ligamos para a Renata, a tia do Marcelo, e ela veio buscar o menino — revelou a mulher ao lado do homem.

Artur fitou o cigarro em sua boca. Ela deu uma tragada forte, fazendo a brasa queimar em uma mistura de vermelho e laranja, depois soltou a fumaça pelas narinas, olhando para o cigarro apagado na mão do detetive.

— Quer fogo?
— Eu não fumo. Não ligaram pra polícia?
— Ligamos pro resgate. Eles se importam mais com a gente do que vocês.
— Alguém de vocês limpou o rosto da criança antes de a polícia chegar?
— Nós não mexemos em nada. Nem na criança, nem na casa.
— O Pedro não era o cara mais agradável do bairro — disse o homem, sem demonstrar muito pesar. — Você sabe, não era o tipo de pessoa que deixa saudade quando vai embora.
— Eu não sei. Não o conheci.
— Bom, foi só um jeito de falar.

Artur encarou o casal e depois deu as costas, sem se despedir. Foi caminhando pela rua, acompanhado pelo policial que o seguia desde que saíra da residência onde havia acontecido o crime. Alguns vizinhos olhavam pela janela, atrás das cortinas.

— A casa da tia do garoto fica aqui perto.
— Eu não preciso ir lá.
— Não vai falar com eles?
— Não.
— Não vai falar nem com a criança?
— Não.
— Você nem quer ver se o menino está bem?
— É pra isso que temos os médicos.

Enquanto percorria a rua, pisou em alguns cacos de vidro sob um poste. Parou, olhou para cima e viu que a lâmpada estava quebrada. Caminhou até outro, a mesma coisa: cacos no chão e lâmpada quebrada. Percorreu a rua inteira e viu que todos os postes tinham as lâmpadas estouradas.

— Brincadeira de criança — explicou o policial. — Elas tacam pedras nas lâmpadas.

Artur virou a esquina e conferiu cada um dos postes. Todos estavam com as lâmpadas no devido lugar.

— E os outros vizinhos? Não vai falar com eles?

— Não.

— E se um deles viu alguma coisa?

— Se algum tivesse visto, já teria falado com qualquer policial.

— Você só pode estar brincando.

— Escuta, as pessoas não dizem o que veem, dizem o que sentem. Elas vão falar sobre a própria relação com as vítimas e não sobre o crime. As minhas testemunhas são aquelas três cadeiras lá na sala, o sofá, as poças de sangue e a língua cortada, mas se você quiser pode sair entrevistando o bairro todo e fazer anotações nesse seu bloquinho.

O policial fitou o bloco de anotações em sua mão. Quando olhou para Artur, o detetive já tinha virado para o outro lado. Guardou o bloco no bolso e continuou acompanhando o detetive em silêncio, observando o que ele observava.

🖎

Artur olhou para o relógio e viu que já passava do meio-dia. Estava em frente à casa, girando o cigarro apagado entre os dedos. A aglomeração de curiosos tinha se diluído, restando apenas algumas pessoas que queriam saber mais detalhes do crime. Antes de entrar no táxi que havia chamado, pediu ao policial que lhe mandasse as cópias das fotos que havia tirado. Depois, saiu sem nenhum sinal de cordialidade e foi para a delegacia.

O automóvel deixou a rua e alguns minutos mais tarde já estava distante do bairro. No banco de trás, Artur ia catalogando as peças do quebra-cabeça em sua mente. Com base nas pistas encontradas, montava uma lista de motivos para alguém cometer o crime. Seu padrão de raciocínio começava sempre com a mesma pergunta: por quê?

Na delegacia, mal tinha sentado na cadeira quando o telefone de sua mesa tocou. Era Aristes.

— Na minha sala.

Quando entrou, Artur viu o delegado atrás de sua mesa. O móvel parecia pequeno para o quase um metro e noventa de altura. O corpo robusto ficava ainda maior visto de lado: a barriga que parecia nunca parar de crescer desmascarava o porte atlético que o chefe aparentava ter quando sentado. Tinha olhos de rapina desproporcionais a suas medidas físicas e a voz grave, adequada ao tamanho do corpo.

— O que temos?

— Um crime.

O delegado conhecia Artur havia muito tempo e sabia de suas peculiaridades, inclusive a de entender quase tudo ao pé da letra. Isso o irritava todas as vezes, mas não diminuía seu respeito pela capacidade intelectual do detetive.

— Não vai me perguntar por que eu mandei investigar um caso sem nem ao menos termos um corpo?

— Em uma região violenta, com famílias de baixa renda, além de ser ponto de drogas e prostituição, é pouco provável que alguém sumisse por causa de sequestro, e imagino que ninguém fugiria de um lugar sem a língua. Sem o filho talvez, mas sem a língua acho difícil.

— Então, o que temos? O que você descobriu, Artur?

— Ainda preciso esperar os resultados do laboratório para saber se há alguma digital incomum, e a língua encontrada precisa ser analisada para descobrirmos de quem é, do marido ou da mulher, e como foi cortada, mas eu posso dizer que a pessoa que perdeu o órgão estava deitada e viva.

— Como você sabe disso?

— A cadeira tinha sangue na parte de trás, como se ela estivesse deitada no chão na hora do corte, o que moldou a marca retangular de sangue no piso. A outra pessoa que estava amarrada na cadeira deve ter sido morta com um tiro na cabeça, o que explica o borrifo de sangue no sofá.

— Alguma coisa sobre a criança?

— O menino não está falando com ninguém.

— Você nem foi ver ele, né?

— Seria perda de tempo.

— Vamos encaminhá-lo para um psicólogo. Precisamos saber o que ele sabe. Alguma teoria?

— Como eu disse, mas vou repetir, precisamos esperar os resultados do laboratório. A língua cortada pode significar que a pessoa falou o que não devia e foi castigada por isso, o que também serviria de aviso para possíveis delatores do lugar, mas é uma coisa que não combina muito com as vítimas. Um pai alcoólatra e uma mãe não muito exemplar não são o tipo de gente que se importa a ponto de fazer denúncias, além disso o criminoso pareceu simpatizar com a criança.

— Simpatizar? Ele provavelmente matou os pais do menino na frente dele. Que tipo de simpatia você acha que ele teve?

— Tinha uma blusa de moletom no encosto da cadeira onde a criança foi encontrada. O suspeito sabia que o menino ficaria naquela posição por um tempo até ser descoberto e deve ter posto a blusa para que ele não sentisse frio, um sinal de remorso que pode nos ajudar a entender um pouco mais sobre o suspeito, além de sabermos que ele é canhoto.

— Canhoto?

— Um policial tirou uma foto do garoto e havia uma mancha de sangue no rosto dele, como se alguém tivesse limpado com o dedo. Nenhuma das testemunhas disse que limpou o rosto da criança até a chegada da polícia. A mancha estava do lado direito do rosto, e o caminho do traço indicava que alguém passou o dedo de fora pra dentro.

— E?

— Na maioria das vezes que alguém vai limpar o rosto de outra pessoa, o movimento natural é limpar de dentro pra fora. Se o suspeito estava de frente pro garoto, ele limparia com a mão esquerda, mas, como a mancha ia em direção ao centro do rosto, ele deve ter feito isso com a mão direita, porque a mão esquerda estava segurando a arma.

O delegado ficou alguns segundos em silêncio. Artur falava na velocidade em que pensava, como se todos tivessem a mesma capacidade de seguir sua linha de raciocínio.

— Certo. Resolva logo esse caso, Artur. Nós estamos com a pauta cheia de crimes. E... Artur... tente falar mais devagar.

— Eu posso repetir, se quiser.
— Não, não, obrigado. Pode ir.

Quando voltou para sua mesa, o detetive começou a organizar as informações que tinha obtido sobre o crime. Os objetos encontrados, a indiferença dos vizinhos, os sinais de violência. Mas uma coisa roubou sua atenção de forma repentina: os questionamentos do outro policial sobre seu comportamento, sobre o fato de não demonstrar preocupação com a criança.

Você nem quer ver se ela está bem?

3

O armário do banheiro estava aberto para William, que se encontrava ali de pé, o corpo levemente inclinado, estático, olhando para as duas escovas de dentes. Ficou algum tempo naquela posição, pensando por que as cerdas da escova dele estavam tão desgastadas enquanto a da noiva parecia nova. Haviam sido compradas no mesmo dia.

Foi à cozinha, perfumada pelo vapor que saía da cafeteira, retirou a jarra de vidro da máquina e algumas gotas do café que ainda não tinha terminado de passar chiaram ao cair na chapa quente. O céu ainda estava escuro. Eram pouco mais de quatro da manhã, e ele só precisaria se levantar às sete e vinte. Ficou sentado na sacada do apartamento com a caneca na mão.

Naquele horário, o cinza do concreto era substituído por uma tonalidade mais escura, tingindo quase todos os prédios do mesmo tom de azul-marinho profundo. Os edifícios pareciam se fundir uns nas sombras dos outros, formando uma construção única, como se a cidade tivesse sido talhada em um grande bloco. Um formigueiro.

William permaneceu na mesma posição até o silêncio ser arranhado pelos passos arrastados da noiva caminhando no corredor. Nem percebeu que o relógio já marcava sete e vinte e que o sol tinha expulsado a escuridão.

— Eca. O café está com gosto de queimado — Juliana falou, do balcão da cozinha.

Ela veio até ele, pegou a caneca de sua mão e tomou um gole.

— Frio. Mas não está com gosto de queimado. Não conseguiu dormir de novo?

— Levantei mais cedo pra ler a ficha de um paciente.

— Estava lendo de cabeça?

Ele olhou ao redor e reparou que não segurava nenhuma ficha.

— Na verdade eu queria ver se você notava a minha falta e vinha me procurar.

— Como você fazia na faculdade, quando a gente começou a namorar?

— Então você confessa que ia me procurar quando eu levantava?

— Na verdade eu aproveitava pra ocupar a cama inteira.

— Você nunca precisou que eu saísse da cama pra fazer isso.

— Que absurdo!

William e Juliana tinham se conhecido na faculdade de psicologia. Toda turma tem um aluno e uma aluna que disputam o posto de melhor da sala, e eles desempenhavam esse papel. Até que um dia, para sorte dele, os dois foram escalados para fazer juntos um trabalho na sala de aula, e isso poupou William do momento de tensão pelo qual todo homem passa quando encontra uma mulher fascinante: convidá-la para sair.

— Eu conheço uma psicóloga muito boa pra essa tua insônia.

— Ela é cara?

— Vou perguntar quanto é a hora.

— Posso dormir com ela?

— Vou perguntar quanto é o minuto.

Entre os dois era assim, leve. Talvez pelo fato de se conhecerem havia muito tempo, talvez pelo fato de serem colegas de profissão.

— Vou tomar um banho. Pode passar outro café pra mim?

— Claro.

William foi para a cozinha. O apartamento era confortável, sem ser luxuoso. A sala não era muito grande e se separava da cozinha por um balcão. Ele gostava de cozinhar e de ver as pessoas enquanto preparava a comida.

Colocou o pó de café e ligou a cafeteira, mas esqueceu a água. Quando saiu do banho, Juliana desligou a máquina, que engasgava com vapor seco. William estava novamente na sacada, sem café, sem ficha, sem prestar atenção em nada. Pelo menos era o que aparentava.

— Eu tomo um café no caminho — Juliana disse, já acostumada com os momentos de reflexão do noivo.

Cada um em seu carro, buzinaram um para o outro ao deixarem a garagem. Partiram para lados opostos da rua, e nenhum dos dois percebeu a figura do outro lado da calçada, observando à sombra de uma árvore. O homem seguiu o carro de William com os olhos até o veículo se perder de vista ao virar uma esquina. Depois voltou a atenção para o automóvel de Juliana, que desceu a rua até sumir no horizonte.

Os dois tinham consultórios em bairros diferentes. Já era suficiente terem estudado na mesma turma e dormirem juntos, então decidiram que seria melhor para o relacionamento se cada um tivesse seu próprio espaço profissional. William tinha alugado uma sala em um prédio comercial no centro da cidade e demorava trinta ou quarenta minutos para chegar, dependendo do trânsito. Gostava de ouvir o jornal no caminho, e, naquela manhã, dois jornalistas falavam sobre as ações de grupos extremistas que impunham uma política de violência e terror contra quem não seguisse as palavras de seu líder religioso, conforme suas próprias interpretações.

Enquanto o debate corria no rádio, William observava o mundo mais próximo de si, do lado de dentro da janela que mantinha a temperatura amena no veículo com o ar-condicionado ligado. Por alguns segundos, as palavras dos locutores pareceram universais, passíveis de ser usadas como legenda para as cenas diante do psicólogo.

— *A sociedade está confusa, dispersa. As pessoas não sabem em quem ou no que acreditar. A nossa capacidade de encontrar explicações para certos atos de barbárie e intolerância acaba sendo limitada pela falta de palavras cruéis o suficiente. Imagine essas pessoas saindo de casa sem ter certeza se vão voltar no final do dia ou se algo vai explodir ao seu lado simplesmente porque...*

William reparou em um muro alto e comprido que tinha uma mensagem pichada com tinta spray vermelha: "O que acontece de maneira maior nada mais é do que o que acontece de maneira menor repetidas vezes".

O som alto de uma buzina explodiu atrás do carro de William, despertando o psicólogo de seus devaneios. Ele acenou, pedindo desculpas.

O trânsito seguiu, mas mal tinha passado para a terceira marcha quando teve de reduzir a velocidade novamente.

Deve ser algum acidente, pensou.

No consultório, Margarete estava na recepção, falando ao telefone. A mulher tinha os cabelos curtos pintados de loiro, estatura mediana e peso que fugia da média, pelo menos para os padrões que ela mesma julgava serem os perfeitos.

— Claro, eu entendo. Dou o recado e volto a ligar à tarde. Bom dia para a senhora também.

William já havia passado quando ela colocou o aparelho no gancho. O psicólogo dividia seus horários entre pacientes particulares e o atendimento a crianças e adolescentes indicados pelo departamento social da cidade.

Margarete bateu à porta de sua sala.

— Bom dia, dr. William. A dona Júlia desmarcou a sessão de hoje. Ela pediu mil desculpas por avisar em cima da hora. Parece que o filho acordou doente.

— Sim, claro. Obrigado, Margô. — William sabia que o real motivo devia ser mais um fingimento da criança para fugir da sessão, mas não iria comentar sobre isso com Margarete.

— Ah, tem mais uma coisa. Uma assistente social acabou de ligar. Ela gostaria que o senhor conversasse com um garoto. Ele... passou por um momento difícil com a família e a polícia precisa de informações, mas a criança não está conversando muito.

— O que houve?

— Disseram que a criança assistiu ao assassinato dos pais.

— Quantos anos?

— Oito, pobrezinho.

— Como estão os meus horários?

— Como a dona Júlia desmarcou, o senhor está livre de manhã. À tarde tem quatro pacientes. Aqui. Eles mandaram o relatório do caso por e-mail e eu já imprimi.

Margarete entregou a William uma pasta com um resumo do caso, algumas fotos da criança e do local onde ela fora encontrada. O psicólogo já havia trabalhado para a polícia em outras ocasiões, e o motivo era quase sempre o mesmo: fazer uma criança falar. Ele sempre se apegava demais aos pacientes, e depois de cumprir a tarefa de tirar as informações necessárias continuava a atendê-los, sempre de graça.

— Ok, Margô. Vou dar uma lida e já te falo.

Margarete deixou a sala e foi cuidar de seus outros afazeres, sendo um deles jogar pôquer na internet. William aproveitou o tempo livre e foi direto para os papéis da criança. Enquanto lia, interessava-se cada vez mais pelo caso.

O telefone de Margarete tocou, interrompendo sua partida.

— Margô, ligue para a assistente social e diga que eu vou atender o garoto.

— Vou fazer isso agora mesmo. Posso marcar para amanhã de manhã?

— Pode sim.

Assim que desligou o telefone, William olhou para o celular e viu que tinha uma mensagem. Era Cris, seu melhor amigo.

19h no Alz Pub. Tenho que ligar pra Ju
pedindo autorização?

Respondeu imediatamente:

Combinado

O psicólogo releu o relatório enviado pela polícia, alternando com as fotos do garoto e do local do crime. Estava tão interessado no caso que nem saiu para almoçar. Como estava acostumado a fazer isso, Margarete também já estava habituada a pedir comida para ele.

Durante a tarde, atendeu os quatro pacientes do dia. Uma menina de dezesseis anos que apresentava um comportamento de autoagressão e se mutilava, fazendo cortes nas próprias pernas; um garoto de dez que tinha extrema dificuldade para socializar com os colegas de escola, vítima constante de bullying; um menino de nove que estava sob acompanhamento para minimizar os danos do processo de separação dos pais; e uma garota de onze que não conseguia confiar nos adultos do orfanato onde fora abandonada pela mãe, uma provável moradora de rua que nunca fora identificada.

O relógio marcava pouco mais de cinco da tarde, e o psicólogo não demonstrava nenhum sinal de esgotamento físico. Abriu uma gaveta de sua mesa e retirou um livro preto de capa dura em que se lia, em letras douradas: *Como se tornam adultos*. O nome do autor vinha logo abaixo: William Sampaio Moreto.

Era sua tese de doutorado, que lhe concedera fama instantânea no meio acadêmico. Desenvolvido com base em uma extensa pesquisa e na análise de casos reais de crianças que passaram por algum tipo de situação dolorosa, o texto levantava perguntas e fazia afirmações sobre a relevância de eventos violentos no desenvolvimento do transtorno de estresse pós-traumático e questionava como eles seriam capazes de moldar o caráter de uma pessoa durante seu processo de crescimento. Mas, apesar do empenho e da profundidade de suas teorias, eram apenas isso: teorias. Faltavam dados e estudos cientificamente expressivos para avaliar o quadro clínico e fazer prognósticos relativos às experiências de estresse vivenciadas pelas crianças.

William tivera pouco contato pessoal com os casos descritos no trabalho. O tema da tese não facilitava. Ninguém que tivesse passado por problemas tão sérios na infância se mostra solícito em reviver sua história, enterrada embaixo de camadas e mais camadas de sessões de terapia.

Ele sempre fora cético demais para acreditar em destino ou em presentes dos céus. E com certeza não acreditava que o sofrimento de outra pessoa examinado sob a luz de suas teorias pudesse ser considerado uma dádiva. Porém não conseguia parar de pensar que uma oportunidade se abria com o caso da criança que fora entregue a ele pela manhã. Foi quando se flagrou tendo um pensamento que ele mesmo julgou egoísta, um desejo sincero que não poderia esconder da vigília dos valores morais, que ia além de ajudar a polícia, além até do próprio paciente, e esse sentimento lhe causava repulsa.

Havia algo muito maior na escolha da profissão que a realização de uma carreira de sucesso. A decisão pela psicologia infantil sempre fora guiada com o propósito de ajudar a entender melhor o mundo e com isso ajudar o próprio mundo. William poderia facilmente estar recebendo honorários mais elevados se tivesse continuado o curso de medicina, que quase chegara ao fim, e se especializado em cardiologia, o que era o plano inicial, ou se restringisse o atendimento a pacientes particulares. Mas a ideia de fazer a diferença no mundo era maior que isso, apesar de o salário ser menor. Ele era uma boa pessoa, e julgava ser esse o melhor pagamento que poderia receber pelo esforço.

Eram exatamente sete da noite quando entrou pela porta estreita do Alz Pub. A iluminação baixa e amarela recebia os frequentadores, dispostos a afogar o estresse em copos e conversas. No bar do salão de entrada, em volta de um balcão de madeira grossa, grupos de duas ou três pessoas, e alguns solitários, afrouxavam a gravata para relaxar com doses de uísque ou uma cerveja das muitas nacionalidades disponíveis. A clientela mesclava homens e mulheres, alguns interessantes, outros só interessados.

Descendo as escadas logo atrás do bar, abria-se aos olhos um salão menor, repleto de mesas baixas rodeadas por poltronas de couro sintético preto. As paredes de madeira tinham uma tonalidade vermelha de verniz, e, atrás de outro balcão que fechava uma área reservada, dois garçons serviam a bebida. William sempre quis entrar naquele salão, onde esperava ver um garçom mais velho, de camisa branca e colete preto, lustrando um copo de uísque, como sempre aparecia nos filmes de Velho Oeste. Mas essa cena nunca aconteceu.

Em um canto da sala, Cris já estava com a mão levantada, sinalizando sua localização. Cris era o tipo de sujeito difícil de aborrecer, com um sorriso tão largo que parecia ter setenta e três dentes na boca. Todos alinhados perfeitamente e absurdamente brancos, apesar de ele ser um fumante compulsivo. Ninguém conseguia ficar bravo com Cris por muito tempo. E também não havia motivos para isso. Sempre fora o cara legal da turma. Não era à toa que ele e Juliana se davam muito bem.

Os dois amigos se abraçaram como faziam sempre que se encontravam. Simultaneamente, Cris acenava com o copo de uísque para o garçom, solicitando uma dose para o amigo.

— Como está a Sheila? — perguntou William.

— Deixei em casa, lavando louça.

— Ela saiu com as amigas, né? — William disse enquanto tirava o celular do bolso. Colocou o aparelho na mesa e se sentou.

— Despedida de solteira de uma fulana do trabalho. Uma tal de Marcela. Minha nossa, quando é que você vai comprar um celular de verdade?

— É um celular de verdade. O seu é que não é.

— Ah, não?

— Não. O que você tem aí no bolso é um computador. E eu já tenho computador em casa. Não preciso de um no meu bolso também.

— Você gosta mesmo dessas coisas velhas, né? — brincou Cris. — Se não fosse a Ju te dar um notebook novo, você ainda estaria com aquele antigão.

— Ele funcionava. Não tem por que trocar se ele fazia o que eu precisava. E esse rapaz aqui — William pegou o aparelho ultrapassado que utilizava — faz o que precisa fazer: ligar e receber ligação. E ainda manda mensagem, olha só. Não preciso de nada além disso. E tem mais: eu posso deixar ele aqui na mesa e ir ao banheiro sem medo que ninguém vai roubar. Já você não tem coragem nem de tirar o seu do bolso.

— Isso é realmente uma vantagem.

— Mas não estamos aqui para falar de celular — William disse, rindo. — Então você me chamou porque a Sheila está numa despedida de solteira?

— Cara, não dá pra ficar em casa pensando na possibilidade de um homem sarado, depilado e sem roupa rebolando na frente da minha esposa.

— É sempre engraçado te escutar falando assim. *Minha esposa.*

— Logo, logo é você.

— Já somos praticamente casados.

— Só falta o contrato. Depois os filhos.

— Trocar o carro por um mais espaçoso.

— Eu tenho uma nova. Sabe como a gente percebe que está ficando velho? — perguntou Cris. — Quando os nossos amigos começam a ter filhos de propósito.

William sorriu, balançando a cabeça.

— Sabe uma coisa que eu e a Ju lembramos um dia desses? Daquele seu discurso na recepção dos calouros, lembra?

— Se lembro.

Cris se endireitou na poltrona, ergueu o copo no ar e estufou o peito, inspirando a lembrança, como quem se prepara para representar o passado.

— Hoje, meus novos, mais jovens e ainda inocentes amigos, vocês deram o passo que provavelmente vai moldar seu caráter. Se eu fosse o pai de vocês, diria que foi a entrada em uma das melhores faculdades de psicologia do país. Mas, como não sou, pelo menos espero não ser, e longe de mim tirar o mérito das orientações mais bem-intencionadas dos seus progenitores, quero apenas que vocês se lembrem de um conselho. Guardem as minhas palavras, porque eu já dei esse passo: aproveitem esses anos, compatriotas acadêmicos, porque as noites ociosas acabaram. Enquanto a vida adulta e cheia de responsabilidades com a moral familiar e com o PIB do nosso país ainda os espera no horizonte ensolarado de possibilidades, juntem histórias suficientes para no futuro não ser aquele chato que vive contando a mesma coisa toda vez que reencontra um velho amigo. Porque, quando chegar esse momento, é dessa noite que vocês vão se lembrar. E de todas as outras que virão pelos próximos cinco anos! Foi um belo discurso — disse Cris, molhando a boca seca pela encenação.

— Foi sim. Mas e depois que você desceu daquele palco improvisado? O que aconteceu mesmo?

— Fui pro meu quarto dormir. Cara — Cris deu outro gole —, não sei como aqueles calouros conseguiam beber tanto. Nossa, a gente cresceu mesmo, hein?

— O nosso horizonte ensolarado e cheio de possibilidades chegou. — William levantou o copo de uísque que o garçom tinha acabado de colocar na mesa, fez um brinde no ar e depois deixou o líquido escorrer lentamente pela garganta. Um silêncio nostálgico pairou no semblante dos dois até ser quebrado por Cris.

— E como andam as coisas?

— O de sempre. Trabalho, trabalho, Ju, trabalho.

Cris simulou uma conta com os dedos da mão.

— Trabalho, trabalho, Ju, trabalho. Três trabalhos e uma Ju. Na faculdade era o contrário. E você parecia bem mais alegre. Tudo bem entre vocês?

— Sim, com a Ju está incrível como sempre. Ela é incrível, né? — Tomou mais um gole. — É o trabalho, sei lá. Lembra na faculdade, tudo que a gente queria fazer, todo mundo que a gente pensava que ia ajudar?

— E estamos ajudando. Quantos pacientes você atende por mês? Quantos pacientes, de graça, vale ressaltar, você atende por mês? Quantas crianças saem do seu consultório todos os dias mais seguras só por dividir os problemas delas com alguém que escuta de verdade? Não é fácil ter como profissão o trabalho de escutar os problemas das outras pessoas. Isso é fazer alguma coisa. É fazer muita coisa, aliás.

— Não é o suficiente. — William balançou o copo vazio para o garçom.

— Como não? A maioria não faz nem isso. Lembra do Érico, que estudou com a gente? Aliás, sempre que eu falo nele, eu penso no seu azar de ter estudado com esse cara na faculdade e depois no doutorado. Mas então. Ele está se empanturrando de dinheiro, mas vai ver se ele atende algum paciente de graça. Tudo bem que ele não precisa trabalhar de graça, ninguém precisa fazer isso pra ser considerado uma pessoa boa, mas quem faz, quem resolve fazer algo a mais da forma como você se dedica a fazer, poxa, William, você tem que se dar valor por isso. Meu Deus. E eu que pensava que você fosse mais inteligente do que eu.

De fato era. Ambos tomaram mais um gole.

— Lembra da minha tese de doutorado?

— Claro. Ela te transformou em celebridade.

— Hoje eu recebi um pedido para atender um garoto, uma criança de oito anos. Os pais foram mortos na frente dele. O menino assistiu a tudo amarrado em uma cadeira.

— Que droga.

— É. Sabe o que me veio à cabeça? Tem muito a ver com o estudo que eu fiz.

— Ótimo. Você é a melhor pessoa pra ajudar o garoto.

— O problema é que eu levantei mais perguntas que respostas.

— Pelo menos você está perguntando o que há de tão errado neste mundo. A maioria de nós não diz nada pra não correr o risco de se incriminar depois por ter tomado partido.

O garçom trouxe mais uma dose para William e outra para Cris. Já conhecia a sede do cliente. Cris aproveitou o copo no ar para acenar em direção a um grupo de mulheres na outra mesa, o que quebrou o clima de seriedade.

— O que foi? — Cris questionou o amigo, que sorria. — Deve ter um cara tirando a roupa na frente da minha mulher. Deixa eu pelo menos tirar um sorriso de alguém.

— Relaxa, Cris. O que um cara que dança em despedidas de solteiro tem que você não tem?

— Não estou preocupado com o que ele tem. Estou preocupado com o que ele não deve ter no momento: roupa. — Cris se levantou. — Vou ao banheiro.

— A santíssima trindade masculina?

— A santíssima trindade masculina.

Na teoria de Cris, todo homem segue um padrão ao urinar quando está sozinho no banheiro: cospe no mictório, peida e depois mija. Hábitos que ele batizou de santíssima trindade masculina.

Os dois amigos permaneceram no pub por mais uma hora e meia, até William anunciar que precisava ir embora, vencendo o protesto de Cris, que choramingava mais algumas doses em sua companhia.

Depois de quase quarenta minutos, William estacionava na garagem de seu prédio. Ainda sentia o gosto da bebida na boca.

Quando entrou no elevador, ficou olhando seu reflexo no espelho. Nem reparou que já havia chegado ao seu andar, e só despertou dos pensamentos quando as portas do elevador se fecharam novamente e ele voltou a descer. No térreo entrou um casal com o filho, uma criança de mais ou menos oito anos. Estava cada vez mais difícil não acreditar nessa balela toda de destino.

William sorriu e disse que havia esquecido uma coisa no apartamento para não parecer tão entediado a ponto de ter resolvido passear de elevador. Enquanto subia, ficou observando a família feliz que voltava para casa com uma pizza, perfumando o cubículo com cheiros de muçarela, orégano e manjericão. Passava pela sua cabeça se o jovem paciente de amanhã voltaria a ter um momento feliz como esse.

Olhou para o pai da criança no elevador e pensou no futuro da pequena vítima. Chegaria a ser um pai de família como esse, que sai para comer pizza com a mulher e o filho, ou seria um daqueles que voltam bêbados toda noite e descontam a frustração na esposa? Conseguiria viver feliz consigo mesmo ou iria se perder no caminho, parar em uma prisão ou afundar nas drogas, assombrado pelas lembranças do passado?

William entrou no apartamento sem fazer muito barulho. Todas as luzes estavam apagadas, e a cena tinha aspecto de filme de terror, com a iluminação pálida e azulada que vinha da sala onde a televisão estava ligada. Não ouviu nenhum som da noiva.

Deve estar concentrada no filme ou dormindo no sofá.

Viu o vento levantar a cortina da janela aberta na lavanderia e sentiu uma brisa gelada acariciar seu pescoço.

Ninguém escalaria nove andares.

Ao chegar à cozinha, separada da sala por um balcão, arregalou os olhos de terror. Sua noiva estava amarrada em uma cadeira, a boca amordaçada, transbordando sangue pelo nariz. Logo atrás dela, uma sombra emergiu da penumbra da sacada, atravessou as cortinas que dançavam no ar e ergueu a mão, que segurava um alicate com a língua de Juliana presa entre as garras de metal.

O balanço do elevador parando no nono andar o trouxe de volta do pensamento aterrorizante. A família feliz lhe deu passagem, e, antes de sair, William deu uma última olhada para dentro da cabine. O garoto atrás dos pais fez uma careta e mostrou a língua para o vizinho, que sorriu meio sem graça.

O elevador se fechou, e a luz automática do andar demorou para acender. Tempo suficiente para olhar por debaixo da porta do apartamento e ver que estava tudo apagado, exceto pela fraca luz azulada que deveria ser da TV. Girou a chave com cuidado na fechadura e abriu a porta com a sutileza de um ladrão.

— Que demora! — Juliana reclamou lá da sala.

Ele sorriu de si mesmo e entrou com passos aliviados. Juliana estava no sofá e fez sinal de silêncio, colocando o indicador na frente dos lábios sem olhar para o noivo. Estava totalmente compenetrada no filme. William tirou os sapatos e foi se embrenhando entre os braços da noiva.

— Shhhhh, shhhh.

— Começou sem mim?

— E já estava quase terminando também. — Ela aproximou o rosto e cheirou William. — Você está cheirando a Cris. Vai tomar banho.

Ele se levantou e, antes de ir para o banheiro, provocou a noiva.

— Ela já descobriu que tem câncer? — A resposta veio na forma de uma almofada atirada com força.

Demorou bastante no chuveiro. Fechou a torneira até o mínimo para que a água saísse o mais quente possível, deixando a pele cada vez mais vermelha. Quando abriu a porta do banheiro, o vapor explodiu pelo corredor.

A sala estava na escuridão, e a escassa claridade vinha agora de seu quarto. Entrou e viu Juliana na cama, com o notebook sobre as pernas. Agora estava concentrada no trabalho. Ele ficou observando em silêncio, encostado na entrada da porta.

— Como uma mulher igual a você foi parar com um cara mais ou menos como eu?

— Eu também fico me perguntando isso — respondeu, sem tirar os olhos da tela, deixando um sorriso enfeitar o rosto. — Mas, aí, todo dia eu vejo isso. — Virou o notebook, que tinha uma foto dos dois gargalhando como fundo de tela.

Juliana era daquelas pessoas que têm uma felicidade contagiante sem precisar forçar essa sensação. Ela ria e você sorria, como se o sorriso dela refletisse em seu rosto.

Fechou o computador e fez um sinal com o dedo para que ele fosse se deitar a seu lado. Cheirou o pescoço dele novamente.

— Agora sim, hmmm... cheiro de William.

🖋

Pouco antes das quatro da manhã, o psicólogo já estava de pé na sacada do apartamento. Pensou em como gostaria de um cigarro naquele momento, mas sabia que se voltasse cheirando a fumaça Juliana era capaz de se casar só para pedir o divórcio no dia seguinte.

Seu notebook estava ligado em cima da mesa da sala quando emitiu um som avisando que havia chegado um novo e-mail. William não tinha nada para fazer e, como queria ocupar a cabeça com qualquer coisa, foi verificar.

A mensagem vinha de um tal de David, e o assunto do e-mail dizia: "Do seu interesse, William".

Caro sr. William,
Há meses este e-mail está esperando o dia exato para chegar às suas mãos. Talvez o senhor possa imaginar que por ele estar há tanto tempo guardado seu conteúdo deve ter sido escrito e reescrito inúmeras vezes. Mas não foi o que aconteceu. Escrevi em apenas uma noite, sem reescrever nenhuma palavra. O que eu tenho para dizer pede uma honestidade que não pode ser reescrita ou corrigida, muito menos apagada. Pois o que eu tenho para fazer nunca será esquecido.
Não duvido da sua capacidade de entender o que vou lhe propor. Acredito até que há muito tempo o senhor anseia por isso, mas não posso correr o risco de assustá-lo logo de início. Por enquanto, esta mensagem é só para que o senhor saiba que existe alguém que compartilha dos seus questionamentos sobre o desenvolvimento do caráter humano. Ambos estamos atrás dos motivos que consomem a nossa sociedade. Ambos estamos insatisfeitos com o futuro que imaginamos. Eu vejo o que o senhor vê e entendo o que sente. Essa insatisfação, esse sentimento de que podemos fazer mais do que fazemos hoje. Mas eu também sei quanto é difícil fazer alguma coisa.
Não vou perder tempo elogiando seu ótimo trabalho, *Como se tornam adultos*. Seria apenas mais uma opinião que não vai preencher o vazio no seu peito. Dizem que a melhor forma de elogio é a cópia, mas não quero roubar seus méritos. Pelo contrário, estou aqui para lhe oferecer uma oportunidade de continuação.

Todo excelente trabalho passa por duas fases: a primeira, quando ele é colocado no papel, e a segunda, quando é tirado dele. Sua contribuição acadêmica foi feita, mas e a contribuição para o mundo real? Aquilo que é preciso coragem para ser feito de verdade?
O senhor acha que mudou alguma coisa com seu livro encadernado preto? Imagino que também acredite que não. E é por acreditar nisso que o senhor pode realmente fazer algo de bom, algo de verdadeiro, muito mais do que, com todo o respeito, o senhor anda fazendo.
Posso garantir que o que eu tenho para fazer não me causa prazer algum, e vou ser sincero: não vai causar prazer ao senhor também. Mas vai chegar o momento em que terá que se decidir entre duas opções: abraçar a oportunidade que será oferecida e não ter medo de fazer o que é preciso ser feito ou ficar sentado na poltrona do seu consultório analisando desenhos de criança que só servem para enfeitar portas de geladeiras.
Aguarde meu próximo contato. Se o senhor concordar com o que eu tenho para fazer, ainda teremos muitas conversas.
David

William releu a mensagem, tentando compreender o que o tal de David queria dizer, mas não conseguia achar o propósito de seu conteúdo. Uma coisa estava clara: o remetente misterioso o entendia. Ao mesmo tempo que sentia certo conforto em saber disso, o psicólogo ficou um pouco assustado.

David conseguiu descrever com exatidão a insatisfação de William com o mundo e, principalmente, consigo mesmo, com a contribuição que estava fazendo para a sociedade. Sentiu-se estranhamente próximo daquela pessoa, como se houvesse algo em comum entre os dois.

Colocou os dedos no teclado, mas parou antes de digitar qualquer letra. Responder o quê?

Preferiu ficar em silêncio. Alguém com a sensibilidade de entender o que atormentava o psicólogo com certeza entenderia sua não resposta. Vivenciou pela primeira vez o bem-estar de um paciente quando sai de uma consulta, aliviado pelo fato de alguém escutar suas lamúrias e o entender sem julgamentos. Sentiu-se mais leve, voltou para a cama e, naquela madrugada, conseguiu dormir em paz. Pela última vez.

Longe do apartamento de William, em um cômodo bem iluminado de uma casa, ressoava pelo ambiente um barulho de máquina. Logo em seguida, um homem de mãos grandes retirou uma folha de cartolina na saída de uma fotocopiadora e, com uma tesoura, foi contornando a linha de uma figura, retirando o excesso em branco do papel grosso e dando forma ao objeto. Uma máscara.

4

Mais gente do que de costume estava reunida na sala de espera do consultório de William naquela manhã. Sentados no sofá estavam Renata, tia de Marcelo, o garoto e um homem que tinha no colo uma estufada maleta de couro onde seus dedos tamborilavam para passar o tempo. Em pé, o detetive Artur aguardava perto de uma estante de livros. Suas mãos estavam atrás do corpo, e ele dobrava o pescoço a fim de ler melhor os títulos dos volumes. Margô não conseguia tirar os olhos dele, que, apesar de não ter traços perfeitos, chamava a atenção da recepcionista por um motivo que ela mesma não saberia definir se fosse questionada.

William chegou pontualmente às oito e meia e, antes de falar qualquer palavra, deu de cara com Artur. Não conhecia o detetive pessoalmente, mas reconheceu o rosto que tinha estampado as primeiras páginas dos jornais dois anos antes, nas notícias sobre a resolução de um dos casos mais chocantes de assassinatos em série da cidade.

— Dr. William, este é o detetive Artur Veiga, que está investigando o caso do assas... o caso do nosso corajoso menino — Margô se apressou a apresentar Artur, sem se preocupar em disfarçar a admiração.

— Como vai, detetive? — O psicólogo estendeu a mão, cordialmente. Um aperto amigável, mas firme.

— Precisamos da descrição do suspeito.

William não conseguiu disfarçar o incômodo com a abordagem direta e sem preocupação com a presença de Marcelo.

— Podemos conversar primeiro na minha sala? A sós.

— Claro.

Antes de sair da sala de espera, William deu uma olhada rápida para o sofá e notou que Marcelo estava sentado muito próximo à tia, o corpo levemente inclinado em sua direção, como se estivesse se afastando do homem sentado ao lado dele. O psicólogo entrou em sua sala acompanhado apenas por Artur. Sentou atrás de sua mesa com a postura de todo médico que vai explicar algo a um paciente. Sabia que o detetive era portador da síndrome de Asperger, como já havia lido nas notícias dos jornais, e foi totalmente literal em sua explicação, mas tentava disfarçar o interesse e a curiosidade sobre o policial. Para ele, era incomum e interessante alguém com a síndrome ter escolhido essa profissão.

— Detetive, o menino presenciou uma cena bastante violenta e provavelmente não vai ser fácil, muito menos agradável, fazê-lo voltar àquele dia. Antes eu preciso que ele se sinta seguro, o que normalmente demoraria muito mais do que uma primeira sessão.

— Não temos tanto tempo assim.

— Como eu estava dizendo, normalmente demoraria muito mais do que uma primeira sessão, mas, já que o tempo não está a nosso favor, vamos ver como ele se sai quando chegar a hora de confrontar as lembranças. O rapaz que está com o senhor provavelmente é um desenhista, certo?

— Eu só preciso de duas coisas: que ele diga tudo que puder sobre aquela noite e que possa descrever o suspeito. Depois disso eu vou embora e o garoto é todo seu.

— É sempre a mesma coisa com a polícia. Depois que a vítima diz o que vocês precisam saber, ela não é mais do seu interesse. Na verdade, a vítima nunca é do interesse de ninguém. Vocês e a grande maioria só querem uma coisa: colocar alguém na cadeia. Como se condenar alguém fosse suficiente para evitar que outros crimes aconteçam.

— Isso é justiça, sr. William.

— Não. Isso é apenas reflexo, detetive.

Houve um momento de silêncio entre os dois, que não desviaram o olhar um do outro.

— Antes de começar eu quero deixar clara uma coisa: se eu achar necessário parar a sessão, você deve respeitar a minha autoridade aqui dentro. Estamos de acordo?

— Sim. Mas eu também quero deixar clara uma coisa: sem a ajuda do garoto o caso vai ser muito mais difícil de resolver, e talvez a gente nunca pegue a pessoa que matou os pais dele. Estamos de acordo?

— Eu estou aqui pra ajudar o menino. Ele precisa mais da minha ajuda do que você, detetive.

Cada um estava representando um papel, de acordo com suas necessidades, e ambos respeitavam isso. William pegou o telefone em sua mesa e pediu para Margô conduzir o garoto, a tia e o desenhista até sua sala.

— Detetive, eu preciso que você fique naquele canto, por favor. — William apontou para uma área onde havia uma prateleira, um local mais afastado do centro da sala, onde iria conduzir a sessão.

Renata foi a primeira a entrar. Marcelo estava logo atrás dela, tão agarrado a seu corpo que em certo momento, ao entrar no consultório, deu um pequeno tropeço nas pernas da tia.

William colocou uma poltrona perto da mesa larga e baixa onde queria que Marcelo se posicionasse. Sobre ela havia papéis em branco, lápis de cor, massa de modelar e alguns brinquedos. O garoto ficou de pé ao lado da tia, olhando para a mesa baixa com objetos que lembravam os da escola onde estudava. O desenhista se sentou em uma poltrona próxima à mulher, afastado do olhar da criança, mas perto o suficiente para escutar com clareza os detalhes da descrição que tinha vindo buscar.

William se acomodou no chão, de frente para Renata e Marcelo, que ainda se mantinha de pé.

— Oi, Marcelo.

Não houve resposta do garoto, que nem sequer olhou para o psicólogo.

— Marcelo, você pode sentar no chão igual a mim, mas, se quiser ficar em pé, tudo bem. A sua tia vai ficar aí do seu lado sempre.

William aguardou alguns segundos por uma reação do menino.

— Marcelo, senta ali no...

— Tudo bem, tudo bem — William não deixou que a tia terminasse a frase. — Se o Marcelo quiser ficar de pé, não tem problema. Ele sabe o que é melhor pra ele.

Ainda com a cabeça baixa, Marcelo olhou rapidamente para o psicólogo, como se quisesse ver a pessoa que dava total liberdade para ele fazer o que quisesse. Olhou para a tia, então para o psicólogo novamente e, depois de pensar um pouco, resolveu imitar William, mas sem desencostar o corpo das pernas de Renata.

— Marcelo — o psicólogo falava em tom suave e agradável —, o meu nome é William. Eu sou psicólogo. Você sabe o que um psicólogo faz?

Houve um momento de silêncio. O garoto não olhava diretamente para ele.

— Eu estou aqui pra conversar.

Artur observava com atenção a forma como William falava e se movimentava, sempre suave e amigável, se colocando no lugar da criança. Era possível perceber a tentativa do psicólogo de estabelecer um *rapport* com Marcelo, técnica que ele mesmo, no começo da carreira, havia estudado inúmeras vezes a fim de tentar melhorar sua habilidade de se aproximar de suspeitos e testemunhas na realização de interrogatórios. Como nunca conseguira desenvolver essa habilidade de forma que julgasse utilizável, preferiu abortar o treino.

— Ou — continuou William —, se você quiser, a gente pode não fazer nada também. Eu gosto de não fazer nada de vez em quando. É bom. As pessoas ficam pedindo pra gente fazer as coisas, mas às vezes a gente não quer, né? E, se a gente não quer fazer alguma coisa, a gente não tem que fazer.

Nesse momento, Artur pigarreou propositalmente, tentando ser o mais discreto possível.

Como Marcelo não demonstrava abertura para a conversa, William, sem dizer mais nenhuma palavra, começou a mexer nos objetos em cima da mesa, como se fosse outra criança apenas brincando, fingindo de modo convincente que não tinha interesse em obrigar Marcelo a fazer nada, focando apenas na sua própria brincadeira.

O psicólogo pegou uma folha de papel em branco e começou a desenhar um enorme rosto, imitando os traços grosseiros de um desenho infantil. Assim que terminou, usou o lápis em sua mão para rabiscar a folha, como se não tivesse gostado do resultado. O som do grafite rasurando a imagem conseguiu despertar a curiosidade da criança.

William pegou outra folha e repetiu a ação. Desenhou um rosto e o rabiscou novamente. Marcelo observava com mais curiosidade, mas reprimia o desejo de se juntar ao adulto desconhecido. Quando o psicólogo apanhou mais uma folha em branco, Marcelo também pegou uma. Ficou parado em sua posição, sem fazer nada, aguardando alguma resposta do psicólogo, que continuou de cabeça baixa, focado em sua própria brincadeira.

O menino pegou um lápis preto e começou a desenhar, sem pressa, traço por traço, e de vez em quando olhava em direção ao psicólogo, que continuava concentrado em sua folha.

Imitando William, a criança começou a rasurar seu começo de desenho e foi aumentando a força e a velocidade dos movimentos, de forma que o lápis atravessou a folha. William se juntou ao menino e o ajudou a rasurar seu pedaço de papel com violência. A tia observava tudo meio assustada.

No final, psicólogo e paciente ficaram imóveis, observando a folha em pedaços na mesa. William tinha atravessado a barreira de segurança do garoto quando não impediu que entrasse em seu desabafo.

William pegou outro pedaço de papel e começou a desenhar novamente. Agora, não era um rosto. Era o desenho de uma casa, exatamente a fachada da residência que o psicólogo vira na fotografia que acompanhava o relatório da polícia. A casa onde a criança morava.

Com um lápis preto, pintou o céu de escuro, deixando pequenos pontos brancos e um círculo que representava a lua. Aos poucos, William estava levando a criança para casa naquela noite. Desenhava sem olhar para o menino, que apanhou um papel em branco e voltou a desenhar também.

Dessa vez, o menino não estava tentando imitar o desenho do psicólogo. Seus traços estavam formando alguma outra coisa. A tia, Artur e o desenhista esticaram o pescoço, curiosos para saber o que era, mas se mantiveram a uma distância segura para não quebrar a concentração do menino, que estava começando a se expressar.

De longe, Artur conseguiu identificar o desenho de uma cadeira, depois outra ao lado da primeira. Surgiu em seguida uma porta atrás dela e uma tentativa de sofá ao lado da cadeira esquerda. O desenho de um homem foi ilustrado como se estivesse sentado em uma das cadeiras, e uma figura feminina começou a se formar sentada na outra. Os olhos da mulher eram desproporcionais ao tamanho do rosto, grandes e esbugalhados. Com medo. William continuava seu próprio desenho, dando olhadas rápidas para o papel de Marcelo sem que ele percebesse.

De repente, a criança se deteve por alguns segundos. Suas mãos tremiam. Voltou a desenhar devagar e fez um círculo do tamanho de uma cabeça entre as duas pessoas sentadas. Começou a reforçar a circunferência, desenhando o círculo repetidas vezes, e sem parar aumentava a velocidade, colocando mais força sobre o lápis. Foi nessa hora que quebrou o silêncio e, depois de dias sem falar com ninguém, disse suas primeiras palavras:

— Ninguém gosta de linguarudos! Ninguém gosta de linguarudos! Ninguém gosta de linguarudos! — a criança repetia a frase com velocidade e aumentava a violência sobre o papel. Foi quando a mão de William pousou suavemente sobre a de Marcelo, fazendo-o parar de desenhar.

O menino estava ofegante, cansado, e seu corpo inflava com a respiração. Pelo ângulo em que o desenho foi feito, era claro que se tratava da visão dele sentado na cadeira da frente.

— A pessoa que fez uma coisa ruim é a do meio? — William perguntou com suavidade.

Sem olhar para o psicólogo, Marcelo apenas balançou a cabeça afirmativamente. A tia chorava em silêncio, com uma mão na boca e a outra no coração.

— Marcelo, esses dois homens que estão aqui com a gente são os homens bons. E eles vão atrás do homem mau. Você quer ajudar a pegar o homem mau?

Mais uma vez Marcelo assentiu, sem olhar para William.

— Você lembra como era o rosto do homem mau?

O menino fechou os olhos com força. Não queria se lembrar daquela noite. Como um espasmo, grunhiu um som de medo, como se o flash do rosto do homem tivesse piscado em sua memória.

— Marcelo, não precisa ter medo. Eu vou estar aqui. Sente a minha mão segurando a sua. Eu não vou te deixar, tá? Vamos fazer assim: continue de olhos fechados. Eu estou aqui. Eu quero que você imagine aquela noite, tente lembrar como estava o tempo, se estava calor...

De olhos fechados, Marcelo começou a coçar o pulso, como se algo o estivesse incomodando.

— Se tinha algum cheiro no ar, algum barulho...

A criança, ainda de olhos fechados, começou a chorar baixinho.

— Eu estou aqui, Marcelo. Você está indo bem, muito bem.

O desenhista olhava com certa desconfiança, meio assustado, como se estivesse presenciando uma sessão de exorcismo.

— Grande. Ele... ele... era grande.

— Ótimo, ótimo, Marcelo. Muito bem. Agora me fala da roupa dele. Qual era a cor da calça do homem grande?

— Pre... pre... preta.

— Muito bem, Marcelo. Qual era a cor da camisa?

— Pre... preta.

— Bom, Marcelo, bom. Agora você vai olhar mais pra cima do homem grande, lá em cima. Me diz como era o cabelo, o nariz, os olhos, o formato do rosto.

O desenhista se colocou de prontidão, a prancheta apoiada sobre as pernas e um lápis de desenho na mão.

— Redonda... careca... — Marcelo continuava coçando os pulsos — orelha pontuda... velho... pelo na cara... bochechudo... olho, olho pequeno... nariz de batata... cara de mau.

Além das palavras de Marcelo, o único som escutado na sala era o chiado do lápis do desenhista se arrastando no papel, acompanhando a descrição do menino.

— Excelente, Marcelo. Muito bom. A cor da pele dele. Que cor era?

— Cinza.

A cor da pele causou a mesma sensação de estranhamento em William, Artur, Renata e no desenhista, que até parou de desenhar nesse momento, mas voltou logo em seguida quando o detetive, de forma séria, fez sinal para ele continuar com seu trabalho.

— A pele dele era cinza, Marcelo?

— Sai de perto de mim! Sai de perto de mim!

O garoto começou a gritar de olhos fechados. Conseguia ver a imagem com tanta nitidez que pareceu sentir a respiração sob a máscara, como se tivesse realmente voltado àquela noite. William segurou sua mão com mais força e colocou a outra mão em seu ombro, balançando-o de leve.

— Marcelo, abre os olhos, Marcelo. Ele não está aqui. Não tá aqui. Olha, sou eu. Sou eu. Viu? Sou eu.

O menino se levantou, pulou no colo da tia, afundou a cabeça entre os braços dela e se escondeu, chorando baixinho. O desenhista continuava seu trabalho como se estivesse possuído, e o chiado do grafite agora era mais alto. O homem tinha pressa para colocar no papel tudo que o menino acabara de falar. Depois de pouco mais de cinco minutos, terminou. Olhou para o resultado e entregou a folha para Artur, que encarou o desenho por alguns segundos e depois esticou o papel para o psicólogo. Ainda tinha algo que precisava ser feito: confirmar se a figura estava parecida com o rosto do suspeito.

William sabia que era necessário; mesmo assim, a necessidade não tem o poder de tornar algo mais fácil de fazer. Pegou o desenho e encarou a imagem por alguns momentos, disfarçando qualquer sentimento que tivesse por dentro, depois foi em direção ao garoto, que continuava com a cabeça afundada entre os braços da tia.

— Já chega — ela protestou. — Ele já fez o que vocês queriam, por favor.

William estava sentado na mesa com o corpo inclinado em direção ao menino. Colocou uma das mãos em suas costas, afagando-o de leve.

— Você está sendo muito corajoso, Marcelo. Eu só preciso de mais uma coisinha, tá bom? Só mais uma coisa e já vai terminar. Eu preciso que você olhe o desenho que o homem bom fez e veja se ele desenhou certinho. É assim que eles vão pegar o homem mau. É só olhar e me dizer sim ou não, tudo bem?

O menino movimentou a cabeça, e seus olhos molhados encararam os de William. O psicólogo estendeu a folha virada ao contrário. Agora fazia parte do tratamento que Marcelo criasse coragem para virar o papel e encarar seu medo.

A criança pegou o desenho com sua mão pequena e virou a folha lentamente, encarando o rosto do velho de cara emburrada e nariz de batata.

Com cuidado e devagar, começou a cortar pequenos pedaços da borda do papel. O desenhista esboçou uma reação, mas Artur o deteve, colocando seu braço como obstáculo. Marcelo continuou arrancando as partes em branco, contornando a figura desenhada. Depois, com a ponta do dedo, atravessou o olho esquerdo do retrato, e em seguida fez o mesmo com o olho direito. Ao terminar, colocou o desenho sobre o próprio rosto e olhou para o detetive.

— Uma máscara — sussurrou Artur.

Logo em seguida, virou a cabeça para William, que, através dos grosseiros buracos, conseguia ver os olhos da criança.

🖋

No fim do dia, William voltou para seu apartamento esgotado pela sessão com Marcelo. Ligou o notebook e ficou um pouco desanimado por não encontrar nenhum e-mail do misterioso David. Então decidiu ele mesmo recomeçar a conversa.

```
Você parece saber muito sobre mim. Mas eu não sei nada sobre
você.
```

Enviou a mensagem e ficou olhando para a tela na esperança de ter uma resposta rápida. Permaneceu sentado na frente do computador por mais de dez minutos, e estava quase desistindo quando soou o aviso de uma nova mensagem.

```
Não quero estragar sua noite com meus problemas.
```

Começou então uma conversa através de mensagens.

```
Minha noite já não está muito boa mesmo. E o meu trabalho é
esse: escutar problemas.
------------------------------
De crianças, não de adultos.
```

Às vezes eu me pergunto se há realmente alguma diferença.

O senhor parece frustrado.

Não precisa me chamar de senhor. A não ser que você seja uma criança passando um trote. E, sim, eu estou um pouco.

O senhor quer ajudar, mas...

Acho que não estou fazendo tudo que poderia fazer.

Talvez o senhor realmente não esteja fazendo tudo que é possível, mas isso não pode ser chamado de frustração. Está mais para covardia ou preguiça. Quem realmente não faz tudo que pode não tem o direito de se sentir frustrado.

Quer saber? Eu nem sei por que estou falando com você. Eu nem sei se David é realmente o seu nome.

Pode me chamar do que quiser. Palavras são só palavras.

O que você quer?

É você que quer alguma coisa, sr. William: "Infelizmente, é quase impossível realizar um estudo real dessas teorias. Levaria tempo, exigiria recursos e as pessoas envolvidas seriam influenciadas indiretamente pelo simples fato de saberem que estão sendo analisadas. É preciso questionar também se seria ético acompanhar tão de perto o desenvolvimento de uma criança até a idade adulta para obter conclusões práticas e com embasamento real da influência da infância na formação do caráter do indivíduo".

Um trecho da minha tese de doutorado. E daí?

O que você quis dizer com "ético"?

Eu realmente não acredito que estou falando com alguém que eu nem sei quem é.

Dê uma chance. Se não gostar, não fale mais.

Houve alguns minutos de vazio na conversa até que William resolveu continuar.

Ficar acompanhando uma criança por anos, como se ela fosse um rato de laboratório em uma experiência. Seria o certo a fazer por fins científicos, mas não seria bom para a criança. E, conforme eu disse, não há jeito de prever como a influência do observador iria afetar a observação.

E se houvesse uma maneira de não ter nenhuma influência pelo conhecimento da experiência? E se eu lhe disser que você pode provar suas teorias na prática? Que você pode ter tudo o que é necessário para iluminar o mundo com um conhecimento muito maior do que você tem hoje? Teria a coragem de fazer o que é preciso ser feito, ou teria medo de colocar suas próprias ideias à prova e descobrir que pode estar errado?

Eu não tenho medo de estar errado. Você que está começando a me assustar.

Eu não sou o diabo, sr. William.
Amanhã será um longo dia. Nos falamos em outro momento. Boa noite, doutor.

Cada um adjetiva o tempo independentemente da cor do céu. E para Luiz e Felipe os dias estavam cada vez mais bonitos. Eram um dos poucos casais homossexuais da cidade que tinham conquistado o direito de adotar uma criança e, naquele dia, aproveitaram o começo da tarde para passear no parque com Luiza, uma garotinha de oito anos que vivia com eles depois de uma longa batalha judicial.

Os dois defendiam com fervor que igualdade não é só ter o direito de andar pelas ruas de mãos dadas. Na luta que travavam, queriam que todos entendessem que casais homossexuais podem dar uma educação tão boa e até melhor do que muitos pais hétero. E não era desconhecido de ninguém que Luiza recebia uma atenção muito mais apropriada do que no orfanato onde fora deixada já com cinco anos, fase em que os órfãos começam a ter dificuldade para encontrar um lar, já que a maioria dos casais procura crianças mais novas.

Foram dois anos de muitas audiências e manifestações até conquistarem a guarda da menina, que depois desse um ano já apresentava grande melhora física, intelectual e emocional. Tirando a óbvia particularidade de contar com dois pais, era uma família como qualquer outra, se divertindo em um dia de sol no parque.

Luiz era artista plástico, e Felipe, advogado, o que ajudou muito no caso da adoção. Ambos faziam parte do conselho do GDFF — Grupo de Defesa da Família Feliz —, uma ONG que lutava pelo direito de adoção por homossexuais e já orientava quase duzentos casais.

A casa onde moravam tinha sido escolhida justamente quando decidiram realizar a adoção. O bairro e a estrutura do imóvel formavam um conjunto que oferecia condições ideais para o desenvolvimento de uma criança. Uma típica casa de comercial de cereal: um sobrado com quintal espaçoso de gramado verde, cachorro e instalações confortáveis. A algumas quadras ficava uma excelente escola de ensino infantil, que eles já tinham visitado antes mesmo de conquistarem o direito de adotar Luiza, e era lá que a menina estudava agora. Dali era possível chegar a várias regiões da cidade, mas, mesmo dentro de uma grande metrópole, o bairro conseguia resistir à pressão imobiliária e preservar um pouco de natureza e tranquilidade. O cenário perfeito para uma criança ter uma vida normal, ou, nas palavras do advogado que era contra a adoção: tudo muito bem armado por Luiz e Felipe. O que importava para eles, de qualquer forma, era que Luiza estava feliz, recebia o tratamento adequado, tinha uma excelente educação e não via problema no fato de possuir dois pais.

Às três da tarde, quando pararam o carro em frente à casa, avistaram Rodolfo em pé no portão. Felipe tinha combinado encontrá-lo para fornecer orientação em sua luta pela adoção de uma criança, mas não escondia a falta de esperança no sucesso do caso, pelo fato de Rodolfo estar separado do companheiro havia poucos meses. Nenhum juiz vê com bons olhos a tentativa de adoção por um pai solteiro, seja ele homossexual ou não.

Felipe tentava convencê-lo de que seria mais difícil se ele não conseguisse criar um ambiente adequado para lutar com boas chances de vitória, e a primeira coisa a ser feita era viver uma união estável com alguém.

O casal era muito responsável quando se tratava do futuro de qualquer criança, e os dois também não se sentiam confortáveis com a situação. Porém, apesar de demonstrar uma rígida seriedade, Rodolfo parecia mesmo se esforçar para mostrar que era um sujeito amável, e Felipe tentava ajudá-lo da melhor maneira possível.

Quando entraram na casa, Rodolfo ficou de pé na sala e recusou com educação a bebida que Felipe oferecera.

— Vamos sentar e discutir o que podemos fazer, mas, como eu já disse outras vezes, Rodolfo, sozinho vai ser muito difícil um juiz dar a guarda de uma criança pra você.

— Eu não quero desistir disso, Felipe. Você me conhece, sabe que eu só desejo o melhor pra qualquer criança.

— Eu sei disso, Rodolfo, mas existem muitas famílias na fila. Se um juiz tem tantas opções, com certeza vai buscar o ambiente ideal. Já é difícil pra um casal homossexual, imagine pra um homem solteiro homossexual, e eu nunca te escondi o que penso. Neste caso eu concordaria com o juiz se ele negasse.

Rodolfo não demonstrava estar desconfortável com a opinião de Felipe. Entendia sua preocupação e o respeitava por dizer a verdade.

— Eu vou ajudar a Luiza com a mala — anunciou Luiz, subindo as escadas com a menina.

— Vocês vão viajar?

— Amanhã tem uma excursão da escolinha dela. Vão para um hotel-fazenda. É a primeira viagem dela sozinha. Eu e o Luiz estamos meio nervosos.

— Imagino.

— Você não pode ficar se flagelando com a dor, Rodolfo. Tem que ficar pra cima, alto-astral, só assim você vai achar alguém bacana e construir um relacionamento, e isso vai ser ótimo pra adoção, e pra você também. Ninguém merece ficar sozinho em um mundo como este.

— Você está certo. Bom, eu acho que vou aceitar aquela bebida. Mas nada muito forte. Não são nem quatro da tarde.

— Claro. Vamos aproveitar que a Luiza está entretida com a mala. Eu não gosto de beber na frente dela. Enquanto isso, vai assistindo esse vídeo.

Felipe pegou um DVD na estante, colocou no aparelho e apertou play. Era a gravação da última audiência antes de conquistar a custódia de Luiza. Enquanto Rodolfo assistia, ele foi em direção ao bar escolher uma bebida.

— O advogado que estava contra a gente — Felipe dizia, sem olhar para o visitante — era um ignorante, daquelas pessoas que ainda devem pensar que o mundo é plano, só pode. Não é à toa que a capacidade dele de enxergar as coisas ainda se limitava ao que estava dentro do seu campo de visão. Bom, acho que uísque é uma das bebidas fortes que você não quer, né? — brincou.

Felipe estava tão distraído no bar que não viu Rodolfo colocar uma espécie de máscara de cartolina no rosto. O som da TV colaborou para que ele não escutasse o homem se aproximando. Felipe estava de costas e segurava uma garrafa de licor. Rodolfo estava a menos de um metro de distância, crescendo em tamanho e intenções.

— O que acha de...

Não teve tempo de terminar a frase. Foi interrompido por um pesado golpe na nuca. Apoiou uma das mãos no balcão, e da outra deixou escapar a garrafa, que se estilhaçou no chão. A visão do bar embaralhava-se à sua frente, dançando em vultos.

— O qu...

Sentiu outro golpe forte no mesmo ponto do primeiro impacto. Som seco, maciço, pesado. Os joelhos perderam completamente as forças e relaxaram, deixando o resto do corpo desmoronar rente ao balcão de madeira do bar.

Ao escutar o barulho de vidro quebrando, Luiz veio até a escada.

— Felipe? — perguntou, ainda na parte de cima da casa. — Felipe?

Sem escutar resposta, Luiz acelerou os passos pelos degraus. Encontrou Felipe caído próximo ao bar e foi em sua direção sem nem se preocupar em olhar ao redor.

Segurou a cabeça do marido e sentiu seu cabelo molhado, como se tivesse colocado a palma da mão em um carpete encharcado. Assustou-se ao olhar para a própria mão completamente coberta com o sangue vermelho e denso do companheiro.

— Meu Deus. Felipe! Felipe!

Olhou para trás, mas já era tarde. Um golpe forte desceu no ar sobre sua testa e ele também caiu, desacordado. Seu pescoço amoleceu, deixando a cabeça tombar para o lado, seguida pelo corpo, que se desmanchou inconsciente no chão.

Felipe foi o primeiro a acordar, levantando a cabeça ao sentir uma dor que pulsava de forma intensa. Sentiu a fita que atava sua boca e os braços doloridos amarrados atrás das costas. Olhou para o lado esquerdo e viu Luiz ainda desacordado. Um choro manso e abafado chamou sua atenção, e, ao olhar para a frente, viu a pequena Luiza amarrada a outra cadeira, com os braços para trás e a boca também amordaçada. Tentou se libertar, mas foi em vão. A fita que prendia seus pulsos era resistente demais para ele. Algo fisgou sua atenção, e ele paralisou os movimentos. Passos sem pressa desciam as escadas, calmos e pesados. Esforçou-se para ver quem era, mas não conseguia virar a cabeça até o ângulo necessário.

Depois de alguns segundos, viu Rodolfo, a máscara assustadora cobrindo seu rosto. Ele passou pelo casal e foi até Luiza, se posicionou atrás dela e esticou uma blusa rosa de moletom sobre os ombros da menina, que chorava sem entender o que acontecia. A TV continuava ligada, e era possível ouvir o advogado contra a adoção fazendo perguntas para Felipe.

— *Então o senhor acha que seria um bom pai para a menina?*

Felipe encarava Rodolfo e tentava arrebentar as amarras que lhe prendiam os braços atrás da cadeira. Fazia força tentando abri-los. A tira de plástico dentada afundava cada vez mais na carne de seus pulsos.

— *O senhor sabe que crianças costumam ser sádicas umas com as outras. Quando ela estiver na escola e os amiguinhos descobrirem que ela, além de adotada, vive não com um pai e uma mãe, mas com dois homens, com dois pais, com certeza vão fazer brincadeiras, brincadeiras cruéis. O senhor diz que vai fazer de tudo para protegê-la. Como vai protegê-la das pessoas lá fora? Como vai mostrar para ela que o senhor está certo e não as pessoas que acham isso... não ideal?*

Um pedaço da tira plástica já estava tão profundo na pele de Felipe que desaparecia na abertura que tinha cavado no pulso. O sangue gotejava do punho fechado, que não desistia de tentar se libertar, ignorando a dor que era afugentada dos seus pensamentos pela imagem da filha amordaçada à sua frente.

Rodolfo estava abaixado, mexendo no interior da bolsa preta que tinha levado. Ao se levantar, uma das mãos carregava um alicate, e a outra, uma faca.

— Ninguém gosta de linguarudos — afirmou Rodolfo, um nome que David criou e sustentou por quase oito meses para conquistar a confiança de Luiz e Felipe.

Cerca de meia hora depois, o assassino partiu, deixando Luiza amarrada na sala. O choro abafado pela fita era acompanhado pelo som da TV, em que a última testemunha levada por Luiz e Felipe questionava o advogado que lutava para não entregar a guarda da menina ao casal.

— *Eu sei que o senhor acha que está fazendo o que é melhor para a criança* — disse a testemunha —, *mas eu gostaria que o senhor me respondesse apenas uma pergunta, com toda a sinceridade, por favor.*

— *Claro, pergunte.*

— *Se o senhor tivesse que escolher a coisa mais importante para um casal criar uma criança, o que seria?*

O advogado relutou, fez uma pausa. Tentava não cair na armadilha, mas não tinha como dar uma resposta diferente sem perder a simpatia dos jurados.

— *Amor.*

— *Eu concordo com o senhor. E, quando olho para esses dois homens sentados aqui na minha frente, vejo o amor na forma mais pura e sincera, um amor capaz de enfrentar o mundo inteiro por outra pessoa. E eu acredito que esse é o tipo de amor que toda criança merece receber dos pais.*

✍

No outro dia, Artur estava na delegacia e batia com o filtro do cigarro apagado em sua mesa, fazendo o tabaco se compactar mais e mais no interior do cilindro de papel. O dia anterior fora perdido, desperdiçado como tantos outros que se passam sem evolução em qualquer outra profissão. Tinha acabado de sair da sala de Aristes, em uma sessão rotineira de cobrança de resultados. O detetive se via na desconfortável posição de quem não sabia para onde ir. Sensação que o fazia ainda mais antissocial.

Colocou os braços atrás da cadeira, fechou os olhos e, mentalmente, voltou para a cena do crime, imaginando-se sentado na posição do garoto amordaçado. Imaginou a tira plástica apertando os pulsos, a sensação da pele fina sendo arranhada de forma áspera, a respiração dificultada pela fita adesiva, que obrigava a respirar somente pelas narinas, o som agitado abafado pelas janelas fechadas. Imaginou uma possível luta entre o pai e o invasor. A vítima era um sujeito aparentemente forte, como ele constatara nas poucas fotos espalhadas pela casa. Mas, como não havia nenhum sinal de confronto na residência, descartou a possibilidade. Sobravam ainda diversas hipóteses: Pedro poderia ter sido rendido de surpresa ou obrigado a colaborar por causa da família rendida. Pensou também na possibilidade de o suspeito já estar dentro da residência ou de conhecer a família e ter entrado como convidado.

Ninguém gosta de linguarudos.

Imaginou que nenhum amigo da família viria para dar um recado tão agressivo. Se ele não fora convidado e conseguira entrar sem ser percebido, então tivera de estudar como fazer isso. E ninguém faz planos por motivos pequenos.

Ninguém gosta de linguarudos, língua cortada, máscara de rosto, criança viva, blusa cobrindo a criança. Por quê? Por quê?

Não conseguia formar uma imagem do quebra-cabeça com as poucas peças que tinha.

O que falta?

Longe dali, William estava no meio de uma consulta. Olhava para o jovem paciente brincando no carpete acolchoado com a massa de modelar que insistia em grudar nos dedos. A criança estava confusa no meio do conflito da separação dos pais. Algo comum hoje em dia. Não a confusão. A separação.

William observava o menino se entretendo em silêncio e pensava na última conversa com o misterioso David, até que o som de alguém batendo à porta trouxe o psicólogo de volta ao consultório.

— Pode entrar.

— Doutor, desculpe incomodar, mas a mãe do garoto está esperando lá fora. Peço para esperar mais um pouco?

— Não, não, Margô. Já terminamos aqui.

Depois de se despedir da mulher e da criança, voltou para a mesa.

— Margô — disse ao telefone —, desmarque as consultas de hoje.
— Mas, doutor, o próximo paciente já deve estar chegando.
— Eu não estou me sentindo muito bem.
— Sim, senhor. Quer que eu prepare alguma... — William desligou antes que a recepcionista completasse a frase.

Ele se levantou e caminhou para um canto do consultório, onde havia uma mesinha com biscoitos, café, chá, água e suco. Serviu-se de uma dose farta de café. Não estava com dor de cabeça. Na verdade, sua mente estava em outro lugar, vagando em pensamentos que impossibilitariam qualquer tentativa de receber um paciente com a atenção merecida. Se não fosse para atender bem, era melhor não fazer nada. O psicólogo voltou para sua cadeira e lá permaneceu, aparentemente deixando o tempo passar.

✒

Bete se aproximou da mesa de Artur. O detetive ainda estava com os braços para trás da cadeira, os olhos fechados e a boca se movimentando sem emitir nenhum som. Parecia até estar rezando.
— Amém. — Artur não despertou com a brincadeira de Bete. — Artur — ela chamou sem tocá-lo, porque sabia que ele não gostava disso. — Artur Veiga!

Ele abriu os olhos, meio assustado.
— O Aristes quer te ver.
— Por que ele não ligou?
— Ele tentou. — Bete olhou para o telefone na mesa, que piscava uma luz vermelha, indicando ligações perdidas.
— O senhor queria me ver?

Aristes estava de pé ao lado da janela. O olhar preocupado tentava fugir pelas persianas estreitas.
— Vá na 21ª e fale com o detetive Rodrigo Sabino.
— O que houve?

Aristes se virou e encarou Artur em silêncio, como alguém que busca as palavras certas para dizer que um parente próximo morreu.
— Parece que temos um assassinato na região deles.
— Se a região é deles, por que eu devo ir lá?

— Encontraram uma menina de oito anos amarrada em uma cadeira. Estava amordaçada e tinha mais duas cadeiras na sala da casa. E uma língua no chão.

Artur passou por sua mesa antes de sair. Ele sabia como ter certeza se a mesma pessoa cometera esse segundo crime.

✍

Ao chegar à delegacia, foi encaminhado para um corredor cheio de portas e janelas, a maioria com as persianas fechadas. O detetive Rodrigo saiu de uma das salas. Um homem alto, exibindo o início de uma barriga que ainda iria crescer muito com a vida boêmia. Rodrigo estendeu a mão para cumprimentá-lo, e Artur olhou por alguns segundos antes de apertá-la.

— Artur, é o seguinte...

— Já me adiantaram o assunto. Cadê a menina?

O detetive Rodrigo guardou as palavras e gesticulou, mostrando a porta fechada, mas antes que Artur entrasse esticou o braço, bloqueando a passagem.

— Ela não está falando muito.

— Eu não preciso de muitas palavras.

Abriu a porta com cuidado e parou logo na entrada. Viu a menina de costas, encolhida, sentada em uma cadeira, ignorando as tentativas de conversa da policial que a acompanhava.

Artur deu a volta na mesa, trocou olhares com a policial e, meio desengonçado, tentou chamar a atenção da garota.

— Luiza — a policial se adiantou por Artur.

— Oi, Luiza, eu preciso que você veja uma coisa. — Sem muito jeito para o luto, escorregou um papel pela mesa, na direção do olhar da garota. Ao ver o desenho do retrato falado por Marcelo, a garota se assustou, virou o rosto na hora e correu para os braços da policial.

Droga.

Artur saiu da sala, fechou a porta e olhou pela janela.

— É o mesmo caso — disse, sem olhar para Rodrigo.

— Bom, então ele é seu. Você já é quase um especialista mesmo, não é?

Artur pegou o celular e ligou para Aristes.

— E então? — perguntou o delegado.
— É o mesmo suspeito.
— Ache alguém logo, Artur. Já ultrapassamos o número de crimes de março do ano passado. E ainda estamos na metade do mês.

Desligou o celular e o colocou no bolso. Olhou novamente entre as persianas da janela da sala e observou a pequena Luiza. Lembrou-se do caso que resolvera dois anos antes, dos repórteres correndo atrás dele, sufocando-o com dezenas de perguntas, todas ao mesmo tempo, deixando-o confuso e desorientado, alguns tentando segurá-lo enquanto entrava na delegacia. Pensou em ligar para Bete, a única pessoa que o entendia, mas não ligou.

Virou-se para o detetive Rodrigo e pediu que o levasse até a cena do crime.

— Não quer aproveitar que a criança está aqui e conversar com ela?
— Ela não vai falar com a gente. Me leve até a cena do crime. Eu quero dar uma olhada.
— Eu não sou seu motorista.
— Então só me diga o endereço. Isso você consegue fazer?
— Muita gente pode te achar o máximo, mas pra mim você não passa de um sujeitinho arrogante.
— Arrogante é como os invejosos chamam os competentes.
— Será que você seria bom no que faz se não tivesse esse seu... problema?
— Será que você seria se tivesse? — disse, sem parecer um insulto, o que insultava mais ainda.

🖋

Quando o táxi se aproximou do endereço indicado, o detetive viu o que não esperava ver tão cedo: repórteres. Uma legião deles.

A casa era cercada por uma grade que ia de uma ponta à outra do quintal, expondo seu interior completamente. Os repórteres estavam contidos a certa distância por um grupo de policiais. Artur esperava que nenhum dos jornalistas soubesse da ligação com o primeiro crime. Provavelmente não saberiam, porque o anterior não tinha despertado a atenção de ninguém. Era difícil visualizar a manchete: "Assassinato misterioso deixa criança órfã em um dos bairros mais violentos da cidade". Era economicamente mais interessante estampar a foto de alguma celebridade se escondendo dentro do carro para proteger a identidade do seu último *affair*. Muito diferente da manchete: "Assassino homofóbico corta a língua de um inocente que só queria igualdade de direitos".

Embora crimes de natureza preconceituosa também não fossem lá muita novidade, a notícia era suficientemente chocante para fazer a bela apresentadora do tempo perder alguns minutos de seu espaço para algo mais sensacionalista que a cor do céu.

Antes de entrar na casa, Artur olhou para um poste ali perto: a lâmpada estava lá, intacta. Atravessou o cordão de isolamento da polícia sem ligar para os chamados dos repórteres. Alguns deles ainda lembravam seu nome.

Placas de identificação apontavam pistas dentro da sala, como as marcas de sangue e a garrafa quebrada no chão. Fora os cacos de vidro espatifados, pouca coisa parecia diferente da cena do primeiro crime. Olhou a parte de trás do assento da cadeira direita e viu a marca de sangue indicando que a pessoa estava deitada quando perdeu a língua. Um borrifo vermelho se estendia no assoalho feito uma teia de aranha ao lado da cadeira esquerda, causado provavelmente por um tiro na cabeça. O moletom rosa que havia sido colocado sobre os ombros da criança ainda estava lá. Artur enfiou a mão para fora da janela e sentiu o mormaço.

— Como estava o tempo ontem? — perguntou.

— Como hoje, senhor — o policial mais próximo respondeu.

Ele realmente se importa com as crianças.

Virou-se para as duas cadeiras vazias, uma ao lado da outra.

O que você faz com eles depois?

🖋

Na parte de trás do quintal de sua casa, David regava o lindo jardim de rosas brancas e vermelhas. O assassino direcionava o jato de água pulverizada com cuidado para não machucar os botões de flores. Assim que terminou, fechou a torneira e começou a enrolar a mangueira com um dos braços flexionado a noventa graus, como uma espécie de carretel, para guardá-la na forma circular. Depois de pendurá-la em um suporte na parede, o homem foi para o cômodo onde havia entrado com os corpos de Luiz e Felipe na tarde anterior.

Olhou para a TV, que sempre ficava ligada, e paralisou quando notou algo sobre o aparelho: a carteira de couro que utilizara ao encontrar o casal. Com a mão direita, deu um forte tapa na própria face. Depois outro, agora com a mão esquerda espalmada. Dois tapas que estalaram no rosto, deixando a pele avermelhada como lembrete da falta de organização com seus objetos pessoais. Principalmente aqueles que ele deveria guardar com mais cuidado.

David foi até o armário encostado em uma das paredes e o abriu com uma chave retirada do bolso. Dentro dele havia sete caixas grandes para organização de documentos, cada uma identificada por uma etiqueta. Percorreu com os olhos até encontrar uma em que se liam os nomes "Luiz Marques Proença" e "Felipe Vilela da Fonseca".

O assassino levou a caixa até a mesa, abriu a tampa presa por duas travas laterais e revelou seu interior. Antes de colocar a carteira na caixa, vistoriou o conteúdo. De dentro dela retirou um documento de identidade falso e ficou encarando o nome Rodolfo Toledo Gomes, a personalidade que havia criado e assumido durante os meses em que se aproximara do casal. Dentro da carteira ainda havia uma foto de David com outro homem. O assassino tinha mostrado a foto para Luiz e Felipe, explicando que se tratava de seu ex-namorado, aquele com quem tivera a ideia de formar uma família por meio da adoção. Na verdade, era só um rapaz que ele havia contratado para produzir fotografias como se fossem de um relacionamento verdadeiro. Dentro da caixa existiam outras fotos, vídeos, documentos e um perfil minucioso do casal. E, agora, também a carteira que o assassino havia esquecido de guardar depois que se livrara dos dois corpos.

6

No fim daquela mesma tarde, Margô atendeu uma ligação da polícia. Quando a oficial declarou o motivo do telefonema, a secretária colocou a mão no peito, assustada.

— Sim, claro. Eu aviso.

Quando desligou o telefone, sua pele parecia ter perdido todo o calor.

— Meu Deus.

— O que houve, Margô? — William passava por ela naquele momento para ir embora e reparou em sua agitação.

— Dr. William... a polícia ligou...

— Aconteceu alguma coisa com o Marcelo?

— Não, não. Com o Marcelo não. Mas aconteceu de novo. Dessa vez com os pais, literalmente os pais, de uma menininha. Língua cortada e tudo. Minha nossa.

William ficou parado. A reação de espanto não era simplesmente pela crueldade do fato, mas pela repetição.

— Como o senhor está atendendo o menino...

— Eles querem que eu atenda essa criança também.

— Isso.

— Marque um horário amanhã. Se for preciso, desmarque as outras consultas. Eu vou pra casa agora.

— Sim, claro. Minha nossa. Isso é coisa do diabo. Não pode ser gente de verdade.

✒

Ao chegar a seu apartamento, William foi direto verificar as mensagens no notebook. Entre os spams comerciais, não encontrou o que tinha ido buscar. Tentava afastar da cabeça um pensamento que parecia absurdo e foi para a sala assistir TV, mas não encontrou a distração que esperava. Pelo contrário, a apresentadora do jornal dava a notícia do misterioso sumiço do casal Luiz e Felipe. Enquanto falava, uma foto com o rosto dos dois homens aparecia no canto superior da tela.

— *A polícia ainda não sabe dizer exatamente o que aconteceu na casa de Luiz Marques Proença e Felipe Vilela da Fonseca. O que temos até o momento é que ambos estão desaparecidos. Aparentemente nada sumiu da residência do casal, o que afasta as especulações de roubo. Os dois homens vivem nesta casa, em um bairro de classe média, e até agora não houve nenhum contato. A possibilidade de sequestro não foi descartada, mas o fato de os dois serem assumidamente homossexuais e voluntários da ONG GDFF: Grupo de Defesa da Família Feliz, organização que luta pelo direito de adoção de pais homossexuais, levanta a hipótese de crime de homofobia. A presença do detetive Artur Veiga, do Departamento de Homicídios, leva a crer que a polícia acredita em assassinato. O detetive ainda não quis se pronunciar sobre o caso. Por enquanto, a única testemunha do crime é a filha do casal...*

William deixou a reportagem de lado ao ouvir o som de uma nova mensagem no computador. Levantou-se devagar, mas atento, como alguém que vai averiguar o quintal depois de escutar um barulho. Na tela, o nome em negrito indicava o remetente: David.

```
Como foi o seu dia, sr. William?
-------------------------------
O que você quer de mim?
-------------------------------
Já passamos por isso. Não é o que eu quero, mas o que eu tenho a
lhe oferecer. Já ligaram para o seu consultório pedindo que
atenda a segunda criança?
```

A mensagem caiu como um trovão sem o aviso prévio do relâmpago. Nem mesmo as nuvens escuras no céu tinham preparado William para a confirmação do que estava pressentindo. O tal remetente misterioso estava envolvido com tudo aquilo. Com as crianças, os assassinatos, com o próprio William.

O que o faz pensar que eu não vou mostrar isto à polícia?

Era o risco que eu tinha que correr. Mas agora eu tenho certeza que você não vai fazer isso. Qualquer pessoa responderia com algo do tipo: seu louco, seu monstro, assassino e adjetivos do gênero. Ou não responderia nada. A sua resposta me soa mais como um pedido para que eu consiga acalmar a sua consciência. Você é psicólogo, sabe do que estou falando.

Eu não preciso dizer para um louco que ele é louco.

"Todas as ações deveriam ser julgadas por suas consequências."

Citar as frases do meu trabalho não quer dizer que você me conheça.

Ah, eu te conheço, sr. William. E sei por experiência própria que uma pessoa pode reagir de diversas formas quando confrontada pela crueldade. Sinceramente, eu mesmo não sei se sou louco. Um monstro, um assassino eu sei que sou. Na verdade, é justamente por isso que eu vim atrás do senhor: para entender melhor o que realmente sou. Por isso eu gostaria de contar uma história.
Eu já fui como uma dessas duas crianças. Inocente, indefeso, cheia de expectativas com a vida. Até conhecer a natureza cruel do ser humano. Eu vi os meus pais sendo mortos na minha frente. E eu vi tudo amarrado a uma cadeira, sem poder gritar, sem poder fazer nada. Nada!

E sabe por que os meus pais morreram? Porque eles eram boas
pessoas, gente decente, sr. William. O meu pai se cansou de ver
as ruas do nosso bairro sendo tomadas pelas drogas, as crianças
sendo aliciadas, crianças como eu, como o Marcelo e a Luiza.
Então um dia ele pegou o telefone e discou para a polícia, a
mesma que o senhor chamaria se alguém entrasse na sua casa com
uma faca na mão. Ele contou para o policial tudo que estava
acontecendo, disse nomes e endereços, e sabe o que aconteceu?
Não foram bater na porta do traficante. Foram bater na porta da
nossa casa.

Eu não sei dizer onde a informação se perdeu na hierarquia
corrupta da justiça, mas, na minha opinião sem provas, o meu
pai deu o azar de falar com o policial errado. E foi assim que,
na noite seguinte, um homem entrou na nossa casa, cortou a
língua do meu pai e deu um tiro na cabeça da minha mãe. Calados
para sempre. Eu não sei por que o homem que fez isso me deixou
viver. O assassino não fez a mínima questão de esconder o
rosto, mas o recado para a comunidade do meu bairro tinha sido
bem claro: abra a boca e nunca mais falará de novo.

Eu estive lá anos depois e vi o que a região se tornou. Uma
grande esquina escura, um buraco de drogas, uma escola de
bandidos. Um nojo. O meu pai tentou ajudar aquelas pessoas,
tentou fazer o que era certo para que o futuro das crianças do
meu bairro pudesse ter uma chance. Ele falhou.

E eu... primeiro fui para a casa dos meus tios, depois para um
reformatório juvenil, onde não me ensinaram a ter respeito
pelas pessoas, mas a ter respeito pela dor e pelo castigo. E a
dor, sr. William, ela é contagiosa feito uma doença. Lá dentro
a única coisa que eu aprendi foi a passar a minha pra frente, na
esperança de que ela sumisse de vez. Mas ela não sumiu. E, não
importava quantas vezes eu machucasse alguém, a minha dor
continuava em mim.

Mas nem tudo foi perdido no tempo que eu passei no
reformatório. Lá teve uma pessoa boa, um homem que, assim como

o meu pai, tentava pensar num futuro para as outras crianças. Sinceramente, não sei por que ele viu algum futuro em mim. Ele tentava colocar na minha cabeça que no fundo eu era uma pessoa boa. O pobre coitado não podia estar mais errado. Nem eu mesmo fui capaz de convencê-lo do contrário, e olha que eu falei e fiz coisas suficientes para qualquer um desistir. Mas ele não desistiu. E ele conseguiu tocar no meu único ponto fraco: a lembrança do respeito que eu tinha pelo meu pai.

Ele me convenceu a aproveitar o tempo que eu seria obrigado a ficar lá e estudar, ler, encher minha mente com algo construtivo, como ele dizia. Não tinha muito o que fazer mesmo, então eu segui a orientação dele. E, modéstia à parte, até que me saí muito bem nas minhas tarefas. Eu não diria que fiquei inteligente. Acho que a forma correta de dizer é que me tornei uma pessoa mais esperta. Eu nunca fui bom em conversas, mas aprendi a argumentar. Eu lia sobre ciência, política, história, filosofia, lia tudo que ele me oferecia para ler, inclusive psicologia, algo que me interessava bastante, mas, confesso, nunca consegui entender direito a mente das pessoas, os sentimentos que parecem não ter motivos para existir, tudo tão complicado para mim.

Então eu comecei a me questionar: por que eu me tornei o que sou? Se aquele homem não tivesse matado os meus pais, será que eu seria o que sou hoje mesmo assim? Ou será que eu estaria sentado no seu lugar, sr. William?

Quando completei dezoito anos, fui solto, mas não queria voltar pra casa dos meus tios. Ao contrário do meu pai e da minha mãe, o restante da família não passava de coisas vivas sem sentido pra estarem ali. O homem que cuidou de mim no reformatório me convenceu a aceitar abrigo na casa de um senhor que vivia sozinho e que precisava de um ajudante. Em troca de um lugar pra morar, eu trabalharia pra ele no seu negócio. Esse senhor não era de falar muito, mas era um bom homem. Um imigrante que não tinha família no nosso país, um solitário como eu. Então, até que a gente se deu bem. E depois de alguns anos morando lá o velho me ensinou tudo que era preciso saber sobre o trabalho. Eu ganhei a confiança dele e o mundo começava a ganhar a minha novamente. Cheguei a pensar que seria mesmo possível recomeçar.

Mas a vida é realmente cheia de surpresas desagradáveis. Um dia, dois viciados entraram na casa desse senhor pra roubá-lo e no meio do nervosismo enfiaram a faca no estômago dele. Os detalhes não fazem diferença. Eu estava fora fazendo um trabalho, mas cheguei em casa bem no meio da confusão. A raiva que estava guardada havia tanto tempo dentro de mim veio de uma só vez, e, sem pensar, eu matei os dois.

Corri pra levar o velho ao hospital, mas antes ele me fez desaparecer com os corpos. Ele sabia que, mesmo sendo em legítima defesa, eu poderia ser preso novamente por ter matado os bandidos. Que belo sistema de justiça o nosso, não é?

O homem do reformatório tinha me dado o seu número de celular caso eu precisasse falar com ele, e no caminho do hospital liguei pra nos encontrarmos lá. Eu não sabia o que fazer. O velho não resistiu e morreu durante a madrugada, deixando tudo o que tinha pra mim: seu negócio e o dinheiro que tinha guardado.

Mas uma coisa que não saía da minha cabeça. A lembrança de ter matado os dois bandidos. O golpe que desacordou o primeiro, as minhas mãos em volta do pescoço do segundo, apertando e apertando e apertando. Eu nunca consegui esquecer os olhos dele. Eu não sei dizer se era prazer, se era a sensação de alguma justiça enfim sendo feita... Só sei que aquilo me aliviava de alguma maneira que eu não consigo explicar.

Por que eu me sentia daquele jeito? Por quê? Será que o meu trauma de infância foi capaz de me transformar nisso que eu sou hoje, ou eu nasci pra ser assim? Será que eu nasci um monstro? Uma pessoa seca, que não conseguiu nem chorar a perda de outra pessoa que cuidou de mim? Eu não sei dizer, sr. William. Eu não sei dizer. Mas encontrei um jeito de descobrir.

Eu vou repetir com cinco crianças a mesma coisa que aconteceu comigo pra ver se no futuro elas vão ser como eu.
Mas, se eu não sei como funciona a minha própria mente, vou saber como funciona a dos outros? E é aí que o senhor entra na história. Encontrei psicólogos que com certeza não deixariam a consciência ser um obstáculo pra esse estudo, profissionais cuja ganância falaria mais alto, afinal esse vai ser um trabalho pra escrever o nome na história. Mas não dá pra confiar em quem faz algo apenas pelo próprio bem, apenas por dinheiro. Eu precisava de alguém como você, sr. William. Alguém com conhecimento, mas que também tivesse um bom coração. Porque só uma pessoa boa é capaz de entender o mal. Quando eu li o seu trabalho *Como se tornam adultos*, tive certeza de que você era a pessoa certa pra isso. Não só pelo estudo, mas pela vontade de tentar fazer algo que realmente possa ajudar o mundo a se tornar um lugar melhor. As respostas desse estudo podem fazer isso. O senhor sabe que podem.
Eu sei que não é uma coisa fácil. Mas é racionalmente coerente. E a verdade é que eu vou continuar matando, sr. William, porque é isso que eu sou. E eu sei que o senhor pode pegar esse mal e transformar em uma coisa boa, porque é isso que o senhor é.

William não respondeu o e-mail, nem David pedia uma resposta imediata. Mas naquela noite nenhum dos dois conseguiu fechar os olhos. O psicólogo, assombrado pelas possibilidades obscuras do futuro; David, pelas lembranças sombrias do passado que o presente nunca conseguira deixar para trás.

Pela manhã, quando o psicólogo se levantou da cama, colocou imediatamente as mãos nas costas. Seus músculos doíam, algo que não costumava acontecer. Tentou se esticar, mas a pele enrijecida o fazia sofrer a cada alongamento. Apesar das dores, ao contrário do que poderia imaginar, sentia-se estranhamente vivo. A proposta de David era cruel, e William nunca havia imaginado compactuar com algo assim, mas por alguma razão não conseguia deixar de pensar que poderia realmente tirar algo de bom disso.

Se ele iria continuar matando como disse, por que não usar o mal para fazer o bem? Mas, agora, o simples fato de saber que isso estava acontecendo também o colocava como responsável pela ação. Não fazer nada já era fazer algo. E algo que ia contra todos os padrões morais de uma sociedade teoricamente justa.

☙

Quando chegou ao consultório, passou direto e em silêncio por Margô, que minutos depois bateu à sua porta e entrou, com delicadeza.
— O senhor está bem, doutor?
— Sim, Margô.
— A menina vem hoje de manhã, ok?
— Sim, sim. Me avise quando ela chegar.
Algumas horas depois, a mulher bateu à porta novamente, entrou e teve a sensação de que William estava na mesma posição em que o havia deixado, como se nada, nem um fio de cabelo, tivesse mudado de lugar.
— Dr. William, a menina Luiza chegou.
— Mande entrar, por favor.
— Sim, senhor.
William se colocou de pé e saiu de trás da mesa. Através da porta aberta por Margô, conseguia ver o corredor que se estendia de sua sala até a recepção. Viu a pequena Luiza surgindo na outra ponta, caminhando a passos curtos, como se quisesse ter certeza de que o chão não desabaria. O corpo frágil parecia ainda menor daquela distância, com o túnel do corredor se afunilando ao redor dela. Luiza caminhava na frente, seguida por uma mulher que tinha as mãos nos ombros da garota.

A menina parou na entrada da sala adornada por objetos infantis. Seus olhos estudaram o ambiente até encontrarem um sapo de pelúcia jogado no chão ao lado de uma poltrona. Foi até o brinquedo e o pegou. Agora, era propriedade dela. Sem esperar comando, se sentou em uma das poltronas e virou o rosto para William. Os olhos grandes e castanhos o encararam com uma doçura que só se vê nas crianças.

O psicólogo se sentou em uma poltrona na frente da garotinha, separado pela mesa baixa e outros brinquedos espalhados pelo chão.

— Oi, Luiza.

A menina não respondeu. Ficou mexendo nas orelhas de pelúcia do boneco e não olhava mais para William.

— Gostou do sapo?

Ela balançou a cabeça afirmativamente.

— Então você pode ficar com ele de presente. Pode levar com você pra casa, tá?

— Eu não tenho mais casa. — As palavras saíram baixas e tristes.

— Tem sim, Luiza. Agora você vai ter uma nova casa.

— Eu não quero ser adotada de novo.

— Mas você não acha que precisa morar com algum adulto?

— Eu não quero perder meus pais pela terceira vez.

— Luiza...

— Por que uma pessoa gosta de matar outra pessoa?

A pergunta quebrou a tentativa de aproximação lenta. William não estava preparado para ela. Não sabia qual seria a melhor resposta.

— Eu não sei, Luiza. Mas que tal a gente fazer uma coisa? Que tal a gente descobrir isso juntos, hein? Eu te ajudo e você me ajuda? O que acha?

A menina apenas balançou a cabeça positivamente.

Sempre que sentia necessidade, William ia até o consultório de Rossi, seu antigo professor. Naquela hora de conversa, o psicólogo infantil tentava deixar seu papel como profissional e assumia a poltrona do atendido. Rossi também era um dos nomes que compunham a banca que avaliara sua tese de doutorado. Tinha genuína admiração pelo brilhantismo do ex-aluno, embora, em várias ocasiões, o tivesse alertado sobre sua quase obsessão pelos mistérios da natureza humana, enfatizando a cautela de que os estudos da área necessitam. Com anos a mais de experiência, Rossi já havia entendido que desbravar o labirinto da mente exige um nível elevado de autoconhecimento. Esse é o requisito para não se deixar levar pela tentação de querer estar no controle de tudo.

— Como vai o trabalho, William?

— Direto ao assunto como sempre?

— Sempre da forma que você preferir.

— Eu atendi uma criança... oito anos. Um garoto. Os pais dele foram mortos e o menino foi obrigado a assistir tudo. A polícia pediu pra eu tentar tirar as informações necessárias pra eles prosseguirem com as investigações.

— Você conseguiu que a criança dissesse o que era preciso?

— Acredito que sim.

— Então o seu trabalho com ela terminou?

— O meu trabalho com a polícia, sim. Com o garoto está só começando.

Rossi estava sentado de forma elegante. Os olhos atentos em William demonstravam total atenção, mas não eram invasivos. Mesmo assim, havia algo na forma como projetava sua personalidade que lhe concedia uma autoridade aberta ao diálogo e ao mesmo tempo quase inquestionável.

— Claramente a criança vai precisar de atenção profissional. Mas o que eu gostaria de saber é por que ela é o motivo da nossa conversa.

— O senhor perguntou como estava o trabalho.

— Você está atendendo só essa criança, William?

— Na verdade, ela não é o único motivo. Há outra criança, uma menina, também de oito anos. Parece que quem matou os pais do menino fez a mesma coisa com os pais dela.

— Pediram pra você cuidar da menina também.

— É, pediram. — Depois de uma breve pausa sem deixarem de se encarar, William continuou: — Eu estava conversando com... com um conhecido sobre a minha tese de doutorado. Acontece que, depois dessa conversa, eu sei que vai parecer besteira, mas eu tive uma sensação estranha. É difícil de explicar.

— Sem pressa. Mas, enquanto tenta encontrar uma maneira de explicar essa sensação, por que você achou que isso iria parecer besteira?

— Bom, o senhor sabe melhor que ninguém que eu não sou do tipo que crê em sensações vindas de um lugar inexplicável.

— Claro, você é um profissional que precisa ter resposta pra tudo.

— Não é bem assim, sr. Rossi.

Rossi continuava sentado de maneira inabalável. Ele não sabia, mas, apesar de todo o respeito que merecia de seus alunos, havia uma piada interna sobre o professor. Os alunos diziam que, quando Rossi nasceu, logo depois de o médico ter dado a famosa palmada no recém-nascido, o bebê Rossi teria encarado o médico com seu olhar tranquilo e pensado: *Quer conversar sobre o motivo dessa violência?* Alguns iam ainda mais longe e diziam que ele não teria chorado.

— Não?

— Talvez um pouco. Um pouco mais do que deveria. — William sorriu antes de continuar. — Às vezes... eu me surpreendo pensando em alguns casos específicos que surgem no meu consultório. Alguns casos em que eu poderia conseguir mais respostas do que o atendido realmente precisa encontrar, entende?

— Você também quer as suas respostas. É natural.

— Mas eu não quero que as minhas perguntas se coloquem na frente das questões dos atendidos. Eu tenho medo de... acabar usando eles... sem querer.

— Sabe por que você conseguiu desenvolver um trabalho de nível tão elevado, William? Porque conseguiu captar a real função do nosso trabalho. Você foi capaz de entender que nós procuramos respostas para perguntas que não são feitas — o ex-aluno escutava com atenção —, e isso é bom. É muito bom. O que você não deve esquecer é que coisas boas são utilizadas como isca em armadilhas. Mantenha a sua curiosidade profissional sob controle e você sempre vai saber o que precisa ser feito.

— O senhor perguntou sobre o motivo da conversa. Na verdade, o real motivo é a pessoa que matou os pais dessas crianças. Eu sinto como... como se ela estivesse me dando o que eu preciso para continuar os meus estudos, sabe? E... eu não posso sentir isso. Eu não devo me sentir assim.

— Não é errado usar uma coisa ruim pra fazer algo bom. Muito pelo contrário, William.

— E se eu interpretar errado o que o senhor está me dizendo, sr. Rossi?

— Nós somos os únicos responsáveis pelas nossas interpretações.

Na delegacia, Artur conversava com Bete sobre o caso.

— É um homem de uns trinta ou quarenta anos, forte e esperto o suficiente para dominar dois homens sem dificuldade. Não tem sinal de luta em nenhuma das cenas, a não ser a garrafa quebrada na segunda casa, que pode ter sido por qualquer motivo. O que pode ser é que ele talvez se veja como um salvador, alguém que livra as crianças de pais que ele enxerga como problemáticos, e muito provavelmente ele sofreu maus-tratos na infância. Alguma coisa muito grave deve ter acontecido quando ele tinha oito anos.

Bete ia dizer alguma coisa, mas Artur interrompeu e continuou seu raciocínio:

— A questão da língua é que me deixa confuso. Se fosse uma mensagem pra alguém específico, não teria sentido fazer isso com vítimas sem nenhuma ligação.

— Talvez a mensagem não seja pra alguém... Talvez seja... pra todo mundo — Bete finalmente conseguiu falar.

— Pra todo mundo. Pra todo mundo. Para o mundo. Ele quer que as pessoas saibam de alguma coisa.

— Que saibam o quê?

— Não sei, não sei. — Artur começava a ficar agitado.

Bete pegou o desenho do retrato falado da máscara.

— De quem será esse rosto?

Depois de alguns segundos em silêncio, Artur pegou rapidamente o telefone de sua mesa, como se a pergunta de Bete tivesse despertado uma ideia. Buscou um número em meio aos cartões que tinha na gaveta e digitou.

— Aqui é o detetive Artur Veiga. Você quer aumentar a audiência do seu jornal?

🌹

Ao chegar a seu apartamento, William encontrou a noiva assistindo TV na sala. Ficou imaginando o que ela pensaria se soubesse do pacto que tinha sido proposto a ele.

Será que ela entenderia?

Não podia arriscar saber a resposta, e também não queria envolvê-la nisso. Olhou para ela e pensou que ficava linda quando estava largada desse jeito no sofá, sem maquiagem, com roupas confortáveis, abraçada à almofada.

— Descobriram o rosto do assassino daquele casal homossexual.

A frase despertou William de seu pensamento romântico. Tentando disfarçar o nervosismo e o interesse de cúmplice, se sentou ao lado dela para ver a notícia na TV. Um retrato falado ocupava toda a tela enquanto se escutava a voz da repórter.

—*A polícia divulgou hoje o retrato falado do possível envolvido no sumiço do casal Luiz e Felipe, que ainda está desaparecido. Se alguém tiver qualquer informação sobre o paradeiro do suspeito, ligue no número que está aparecendo na tela. Repetindo: se alguém tiver qualquer informação sobre o paradeiro do suspeito, ligue no número que está aparecendo na tela. Você não precisa se identificar.*

— Espero que consigam pegar logo esse bandido covarde.

William não sabia se os números estavam realmente piscando na tela ou se era a sua cabeça latejando com a possibilidade de conseguirem encontrar o tal David. Ficou encarando o rosto na TV. Um rosto velho, que não se parecia com a imagem que tinha pintado em sua imaginação. Levantou-se do sofá e foi até o computador checar seus e-mails. Como não havia nenhuma mensagem nova, ele mesmo escreveu:

Seu rosto está na TV!

Durante toda a madrugada, William permaneceu na frente do computador, alegando assuntos de trabalho nas diversas vezes em que a noiva o chamou para a cama. Adormeceu na mesa, sem ter recebido nenhuma resposta.

Quando despertou, pela manhã, William sentiu o corpo reclamando. Esticou os músculos das costas, que pareciam doer ainda mais, e, sentado em frente ao computador, sentiu um buraco se abrir no estômago quando viu um bilhete de Juliana colado na tela apagada do notebook.

Veja seu e-mail.

7

Sem ao menos ter checado o e-mail, William se levantou da cadeira e percorreu o apartamento, procurando a noiva.

— Ju?

Ninguém no banheiro.

— Ju?!

Ninguém no quarto. A casa estava vazia. O único pensamento que vinha à cabeça era a possibilidade de ela ter visto sua conversa com David na tela do computador enquanto ele estava dormindo na mesa.

Correu para o notebook e viu duas mensagens novas, uma de Juliana e outra de David. Posicionou o cursor do mouse sobre a mensagem da noiva, com os músculos do corpo contraídos e tensos. Clicou.

Não esqueça o aniversário do Cris.
Te amo.
Mil beijos. Não, 999, porque ontem você me deixou dormir sozinha.

Mal teve tempo de respirar aliviado e foi para a mensagem de David.

Não se preocupe, sr. William. Esse não é o meu rosto.

William suspirou, deixando escapar um ar que parecia estar preso havia muito tempo no peito. Com o desabafo da respiração, seu corpo amoleceu, como se tivesse relaxado após um esforço prolongado e doloroso. Havia um misto de alívio e tristeza, um peso invisível que parecia aumentar e forçava seus ombros para baixo. Algo que não sabia explicar tomava conta de sua alma. Algo úmido, embolorado. E foi assim, nessa mistura de ânsia e entrega, que, depois de muito tempo, William chorou.

O que estou fazendo?

🖋

Longe do endereço do psicólogo, David preenchia o interior de uma bolsa preta. Alicate, faca, fita adesiva, máscara de cartolina, entre outras ferramentas e utensílios. O cômodo onde estava não possuía janelas, e a luz vinha de dois pares de lâmpadas horizontais no teto e do aparelho de TV sempre ligado. Prestes a sair para cometer o próximo assassinato, David olhou mais uma vez o mapa estendido sobre a mesa, ao lado de uma caixa de documentos com uma etiqueta em que estavam escritos os nomes "Lucas Pires de Brito" e "Mirtes do Carmo de Brito". Percorreu com o dedo indicador o trajeto sinalizado no mapa, em seguida o dobrou e guardou dentro da caixa. Outro documento ainda estava sobre a mesa: a planta de uma casa. Nela era possível ver marcações indicando a localização do quarto do casal e também o da criança. Uma observação estava escrita na parte inferior do papel: "cães de guarda". Depois de examinada, a planta também foi dobrada e guardada. Antes de sair, David levou a caixa para o armário, onde a trancou com a chave que carregava no bolso. Permaneceu por alguns segundos encarando o móvel, como se estivesse olhando através dele. O armário parecia atraí-lo. Havia algo de vivo naquele móvel aparentemente tão normal, algo pulsante, ao mesmo tempo convidativo e ameaçador.

Com um movimento rápido, David conseguiu escapar dos pensamentos provocados pela presença do armário e voltou a atenção para o que tinha de fazer naquele momento. Ao sair pela porta que agora se fechava às suas costas, passou pelo belo jardim de rosas brancas e vermelhas e foi em direção à Saveiro preta, que tinha a caçamba coberta pela lona, presa nas laterais do automóvel. Colocou a bolsa com cuidado no assento do carona e partiu em direção a sua terceira vítima.

Como de costume, David dirigia evitando as ruas mais movimentadas. O trajeto alternativo fazia a viagem ficar ainda mais longa, dando tempo para repassar cada etapa da ação e, infelizmente, relembrar cenas de sua vida em pensamentos que insistiam em assombrá-lo: imagens de sorrisos, olhares, até a simples lembrança do som de seu nome sendo dito por sua mãe o torturava. Os momentos felizes do passado eram trazidos com tristeza pelo sadismo do tempo. Não é à toa que fotos tristes não ficam em porta-retratos — não se precisa delas para relembrar o que se gostaria de esquecer.

Um turbilhão de pensamentos insistia em bagunçar a mente já confusa de David. Coisas, pessoas, possibilidades. Vieram à cabeça os ensinamentos do velho que abrira as portas de sua casa e de seu trabalho. Ensinamentos hoje tão úteis para que a polícia não o encontrasse.

Você tem que limpar o corpo e, o mais importante: tratá-lo com respeito. Seja lá para onde a alma dessa pessoa vá, o corpo é a sua responsabilidade. Nós não fazemos simplesmente o corpo desaparecer, nós o transformamos. E toda transformação pede respeito.

Ele pensou que o velho também devia ter seu lado sombrio. Todo mundo tem. Basta a vida tocar no lugar certo para despertar o pior em qualquer pessoa.

O dia estava ensolarado, mas o céu parecia ter uma membrana opaca, como água com cloro, que impede a plenitude da alegria do azul. Seria uma boa manhã para curtir um parque com a namorada, se ele tivesse uma. Se ele tivesse uma vida normal.

Olhava para as pessoas na rua, entediadas, mal-humoradas, tristes. O jovem, o adulto e o velho. Pensou em como deve ser ficar velho.

Parado no sinal vermelho, reparou em um cego na calçada pedindo esmolas.

Ele é quem devia dar dinheiro às pessoas, pelo que elas são obrigadas a ver todos os dias.

Já estava dirigindo havia quase uma hora quando chegou ao pedágio. Depois de mais algum tempo, a paisagem antes movimentada deu lugar a uma estrada tranquila. Ele gostava mais da vista assim.

Foram pouco mais de três horas para chegar a uma pequena comunidade rural. Não havia mais prédios altos nem todo aquele barulho irritante.

Pensou que ali devia ser um bom lugar para aproveitar o resto do tempo depois dos erros da vida adulta.

Entrou em uma estrada de terra.

Pelo retrovisor, via a poeira que se levantava atrás do veículo, subindo pelas laterais e se fechando como o mar que engoliu os soldados que perseguiam Moisés. De vez em quando passava por uma propriedade onde havia casas quase sempre ao fundo da porteira, alguns animais e hortas para consumo próprio.

Desacelerou a Saveiro e foi devagar. Estava chegando a seu destino. Subiu uma pequena rua que se elevava após uma bifurcação e dava em um terreno mais alto, rodeado de árvores. Dirigiu mais alguns metros e encontrou o local onde permaneceria até escurecer. Até a hora de fazer o que tinha de ser feito.

Não demonstrava nenhuma alegria pela tarefa. Também não demonstrava tristeza. Não demonstrava nada. Era como um funcionário qualquer cumprindo o trabalho que tinha tomado o lugar de seus sonhos.

🌿

— O promotor está no meu pé, Artur. Eu preciso dizer alguma coisa pra ele e não posso simplesmente chegar e falar: "Bom, pelo menos nós sabemos que ele é canhoto e gosta de crianças". — Aristes estava sendo pressionado, então precisava pressionar alguém. É assim que as coisas funcionam em toda organização dividida em hierarquias.

— É fácil cobrar sentado atrás de uma mesa, senhor.

— Vá descobrir alguma coisa, Artur.

O detetive voltou para sua mesa, puxou a cadeira sem se preocupar com o barulho e apanhou um bloco de papel A3, daqueles usados por desenhistas. Começou a escrever tudo o que tinha até aquele momento:

Máscara: o rosto de alguém — sem identificação
Língua: uma mensagem — indefinida
Blusa: preocupação — sinal de remorso
Região: diferentes — sem ligação
País: diferentes — sem ligação

Criança: oito anos — característica comum
Crimes: dois

Olhou para todas as informações e tentou juntá-las, encontrar um sentido para aquela bagunça. Pegou o maço no bolso do paletó, tirou um cigarro e o colocou na boca, sentindo os lábios umedecerem o filtro e liberar o sabor amargo na língua.

🖋

Escurece mais cedo nas zonas rurais, longe da cidade, que parece sempre estar em clima de Natal, com seus prédios altos e torres com luzes acesas mesmo quando já estão vazias durante a madrugada. Às oito horas, tudo estava escuro. O único som vinha da orquestra de aves e insetos noturnos e do vento, que corria livre e agitava a folhagem.

David estava na mesma posição de vigilância quando olhou para o relógio de pulso. O som da natureza provocava uma paz sedutora para o sombrio predador que se encontrava acordado no meio da mata, malhado pela luz da lua, que vazava pelas folhas das árvores.

Todas as vítimas tinham sido estudadas com paciência, e para cada ação que seria posta em prática havia particularidades exigidas pelo ambiente. Por isso o binóculo infravermelho. Dessa maneira o assassino poderia observar com clareza o que acontecia dentro da casa e ao redor da área de ataque.

Moradores de regiões rurais possuem o hábito de dormir cedo, e as residências ficam a larga distância umas das outras.

Perfeito.

É claro que um tiro de espingarda para o alto acordaria um bom número de fazendeiros, pessoas mais unidas que as da cidade e que costumam proteger umas às outras em caso de perigo. Mas tudo estava perfeitamente arquitetado para evitar falhas e a possibilidade de ter caminhonetes acelerando atrás de si com balas zunindo no retrovisor.

Através do binóculo, apenas duas luzes acesas foram vistas na casa principal, cercada pela escuridão silenciosa. O céu parecia um vestido de baile preto, adornado por pedrinhas brilhantes coladas aleatoriamente. O assassino continuou espiando a casa até que uma das luzes foi apagada. Esperou. Esperou. Pacientemente esperou até que a última lâmpada foi desligada, despertando o cronômetro invisível da maratona cruel que estava prestes a se repetir mais uma vez.

A escuridão predominou nas planícies da fazenda, as irregularidades do terreno sombreadas por diferentes tons escuros, iluminados pelo pálido reflexo da lua.

David já tinha deixado a Saveiro na posição exata para agir. Bastou entrar no carro e desengatar o freio de mão para o veículo começar a descer a rua íngreme sem necessidade de ligar o motor. Só precisou controlar o carro com o freio para que ele não tomasse velocidade nem fizesse barulho nas curvas.

Parou antes de chegar ao seu destino e desceu tão silenciosa e sorrateiramente do veículo que era possível escutar as solas do calçado esmagando a grama verde do terreno. Abriu a lona que cobria a caçamba e enfiou a mão em um cooler de isopor, retirando nacos graúdos de carne crua. De uma distância segura, atirou os pedaços próximos à casa. O som que fizeram ao cair no chão foi suficiente para despertar o pastor alemão e o rottweiler. O cheiro convidativo fez o resto. Os cachorros se aproximaram com o focinho farejando o chão até a carne sangrenta, saborosa e impregnada de veneno. Mastigaram com vontade e lamberam a grama avermelhada, emitindo sons afobados de satisfação.

David esperou pacientemente quinze minutos, olhou pelo binóculo e viu os dois cães estirados sem vida na terra. Desengatou novamente o freio de mão e continuou descendo até a porteira da fazenda. Saiu do carro e foi empurrando o veículo para mais próximo da casa. Queria estar o mais perto possível da residência quando tivesse de carregar os dois corpos para a caçamba da Saveiro.

Ao chegar a uma distância considerável, apanhou a bolsa preta do assento do carona e foi andando furtivamente. Olhou através da janela da sala e confirmou o total silêncio. O interior da casa era um jogo de sombras projetadas pela luz da lua, que entrava pelas vidraças ao redor do imóvel.

Deslizou a faca fina através do peitoril da janela até tocar na trava que a fechava por dentro e, com um movimento firme, escutou o tilintar da dobradiça se abrindo. Atravessou a janela com cuidado para não esbarrar no abajur em cima de um móvel. Ao se posicionar de pé no interior da sala, colocou a máscara de cartolina no rosto e foi revistar os cômodos à procura do quarto da criança.

Subiu as escadas de madeira com cuidado. Um degrau rangeu, e ele cessou o movimento. Imóvel, se concentrou nos ouvidos atentos.

No quarto do casal, a mulher abriu os olhos, ainda pesados de sono, levantou somente a cabeça do travesseiro e sussurrou para o marido:

— Escutou isso?

— Uh, o que foi?

— Escutei alguma coisa na escada.

O homem ergueu a cabeça com os olhos mais fechados que abertos, cegos pela escuridão do quarto totalmente cerrado. David permanecia imóvel na escada, os músculos tensos, contraídos, a bolsa preta pendendo de um dos ombros.

— Não foi nada. Vamos dormir.

A mulher, ainda meio preocupada, agora estava sentada na cama. O marido já havia desistido e se entregava ao sono novamente.

— Eu vou olhar — disse ela.

Quando empurrou o lençol que cobria seu corpo, a mão do marido segurou seu braço.

— Pelo amor de Deus, mulher, vamos dormir.

Entregue ao pedido do marido e não tendo escutado mais nenhum movimento, ela se convenceu e voltou a deitar. O trabalho no campo esgotava o corpo, e o cansaço muitas vezes falava mais alto que o senso de alerta.

O invasor mascarado continuou sua subida, tomando cuidado com os degraus, e avistou quatro portas no corredor superior da casa.

A maçaneta do primeiro quarto girou lentamente sem fazer barulho, e, pela pequena abertura da porta, os olhos por trás da máscara de papel apareceram, vasculhando o cômodo. Observou o casal na cama. Fechou a porta e passou para a próxima, um banheiro. A terceira era um cômodo vazio com uma cama de casal, um beliche e um armário. Provavelmente o quarto de hóspedes.

Atrás da máscara, os olhos se moveram com firmeza até avistarem a última porta, no fim do corredor. Ao abri-la, a luz fraca entrou pela pequena fresta e deslizou pelo chão, projetando um risco pálido sobre a cama da criança adormecida.

David entrou silenciosamente. Agora era sua sombra que deslizava sobre o assoalho, avançando em direção ao garoto. Ficou algum tempo abaixado próximo ao rosto do menino, observando sua expressão tranquila. A criança dormia sem imaginar que o predador o encarava na penumbra da noite.

Com um gesto rápido, tapou a boca e as narinas da criança com um pano umedecido em clorofórmio, fazendo o garoto despertar assustado, debatendo-se de forma impotente contra o invasor que segurava seu corpo. No quarto pouco iluminado, a máscara de cartolina ganhava uma tonalidade fantasmagórica. Não era possível lutar contra a força do homem que o segurava com firmeza, e a substância agia mais rapidamente ao ser aspirada com velocidade pelo menino ofegante. Em questão de segundos, seu pescoço amoleceu e as pálpebras tombaram, escondendo o medo de seus olhos. David permaneceu imóvel, com os sentidos vigilantes, e só se levantou depois de ter certeza de que ninguém havia acordado.

A casa continuava quieta, até que um som alto veio do quarto da criança e fez seus pais despertarem, em alerta.

— O que foi isso? — a mãe falou primeiro.

— Fica aqui que eu vou olhar.

— Veio do quarto do Miguel?

— Silêncio. Fica aqui que eu vou ver.

Lucas esfregou os olhos embaçados e abriu a porta com cuidado. Seu olhar percorreu o corredor até o quarto do filho, que tinha a porta fechada. Andou com cuidado pelo piso de madeira, a ponta dos pés tocando o chão primeiro, e, passo a passo, chegou ao quarto. Ao entrar, viu a cama vazia e sentiu um vento gelado vindo da janela aberta, fazendo a cortina dançar.

Correu até a janela e colocou metade do corpo para fora, olhando para baixo com medo de ver o filho estendido no chão. Mas não havia nada lá. Permaneceu na mesma posição por alguns segundos, de costas para o quarto, olhando para o quintal e tentando encontrar algo que nem sabia que estava procurando. Foi quando escutou um rangido vindo de suas costas e virou rapidamente para trás.

Nada.

Apenas o vento soprando pelo quarto vazio.

Reparou que o guarda-roupa estava levemente aberto, exibindo uma fresta escura por onde não se conseguia enxergar seu interior.

— Miguel?

— O que está acontecendo? — gritou a mulher, do quarto do casal.

— Está tudo bem. É só o Miguel brincando. — Lucas tentava se convencer de que era só uma brincadeira de criança.

O homem foi andando devagar em direção ao armário e parou a poucos passos de distância. Segurou os puxadores das portas e abriu os braços como uma ave. As roupas penduradas no cabide tinham um volume maior que o normal, como se algo estivesse atrás delas. Enfiou as mãos entre as peças e jogou metade para cada lado. Miguel estava lá dentro, o corpo encostado na parede do móvel, desacordado. Lucas se virou com velocidade para procurar o interruptor de luz na parede, mas foi surpreendido ao se chocar com um homem parado no meio do quarto. Com o susto Lucas cambaleou para trás, e David, com a mão direita, segurou a nuca do homem, enquanto com a esquerda pressionava o pano úmido em seu rosto. Tudo aconteceu tão rápido que não houve tempo para pensar, não houve tempo para reagir; a surpresa congelou os reflexos de Lucas e, quando ele tentou afastar os braços que o imobilizavam, seus músculos já tinham perdido a força. Após alguns segundos o corpo do homem cedeu, mas, antes de cair na escuridão, seus olhos encararam os do invasor e pareciam tentar dizer alguma coisa. Pareciam dizer: *Por quê?*

— Lucas? Lucas?!

A mãe gritava do quarto, sentada na cama e apavorada diante do silêncio do marido. Escutou passos que rangiam no corredor de madeira e vinham em sua direção.

— Lucas?

Uma silhueta alta parou na entrada do cômodo, delineada pela luz fraca que pintava o ambiente como um cenário de filme de terror. A mulher se arrastou pela cama, chorando, fugindo, até suas costas encontrarem a parede fria.

— Pode levar o que você quiser. Leva o que quiser.

— Eu vou levar.

Tic... tic... tic...

William estava no aniversário de seu amigo Cris e tentava disfarçar o desconforto de estar ali, em plena comemoração, rodeado de sorrisos.

— Você parece meio amargo — disse Cris, estendendo um copo de uísque ao amigo.

William recusou educadamente, um gesto inesperado, principalmente em uma ocasião comemorativa. Ele conhecia bem o efeito do álcool e não queria correr o risco de ter a língua solta confessando seus pensamentos.

— Amanhã eu acordo cedo.

— Todos nós acordamos — Cris retrucou e logo em seguida se afastou para receber outros convidados que chegavam.

— O que houve? — perguntou Juliana.

— Nada. Só estou cansado.

— O caso daquelas crianças está mexendo com você, né?

— Um pouco.

— A polícia já sabe alguma coisa sobre quem está fazendo isso?

— Eu só cuido das crianças, não me envolvo na investigação.

— É assustador saber que um monstro assim pode estar em qualquer lugar.

William olhou ao redor, pensando nas palavras da noiva.

Um monstro assim pode estar em qualquer lugar.

Assustou-se ao pensar que não fazia ideia de quem era David, nem de como era seu rosto, já que ele havia dito que o retrato mostrado na TV não era o dele. Ele poderia muito bem estar naquele mesmo bar. Poderia ser o homem solitário sentado no balcão ou o barman que servia o homem solitário; poderia ser a garçonete ou o senhor mais velho que não tirava os olhos do decote dela. Poderia ser qualquer um. Poderia estar lá fora fumando um cigarro ou ser o sujeito no metrô lendo um livro. Poderia ser qualquer um.

— E não é que ele veio mesmo? — Cris falou alto, se aproximando de William novamente.

— Por que você convidou ele?

— Eu encontrei o Renan na rua e aproveitei pra fazer o convite. Quando estava na metade da frase, o Érico apareceu do nada. Tive que estender o convite pra ele também. Infelizmente.

— Aquela namorada é nova — comentou Juliana.
— O Érico troca a cada seis meses — William explicou.
— Vocês acham isso mesmo? — Sheila, mulher de Cris, havia se juntado ao grupo. — Até parece. Pra mim, são elas que não aguentam muito tempo. Olha aquele cabelo.

Toda sala tem aquele aluno que não faz muita questão de ser agradável. Um mala por natureza, como muitos dizem. Érico era esse sujeito da turma de William, Cris e Juliana na faculdade. E lá vinha ele, caminhando com a movimentação corporal típica de um mala por natureza, a coluna forçadamente ereta, cumprimentando as pessoas a distância apenas com um levantar de mão, como se fosse alguém popular. Para completar, tinha aquele cabelo certinho de namorado de boneca.

William já pressionava uma das têmporas com o dedo, indicando o aumento de uma dor de cabeça.

— William, quanto tempo — Érico tentava ser cordial, mas era claro que estava fazendo um enorme esforço.
— Verdade, Érico. Já faz algum tempo mesmo.
— Essa é a Jana. Jana, esses são os colegas da faculdade que te falei.

Jana parecia ser uma garota simpática. Era fácil perceber isso. Justamente por esse motivo, todos tinham a sensação de que ela não conhecia Érico muito bem.

— Vocês estão juntos há muito tempo, Jana? — perguntou Juliana.
— Quase dois meses — Érico respondeu.
— Você não perde essa mania de não deixar as pessoas falarem, não é, Érico? — Juliana disse sem parecer grosseira, quase em tom de brincadeira, uma forma profissional de chamar a atenção de alguém que merecia um puxão de orelha em público. Érico apenas riu de forma contida.
— Ok, ok, me desculpem. Eu tenho mesmo essa mania.

William se movimentou, desconfortável, olhando em direção à porta como se o lugar estivesse pegando fogo.

— Algum problema, William? — perguntou Érico.
— Não. Só estou um pouco cansado.
— William. Somos todos psicólogos aqui. Quase todos. Não dá pra mentir pra gente.

— Não estou mentindo, Érico. Ju...

— Jana, esse é o William, que eu comentei.

— Ele disse que a banca adorou o seu trabalho. Parabéns. — A moça era realmente simpática. William ficou com pena dela.

— Obrigado, Jana.

— O Érico comentou que você fez medicina antes de resolver fazer psicologia. — A garota continuou a conversa, inocente.

— Sim, é verdade.

— Eu não contei por que você resolveu abandonar a medicina já no final do curso — continuou Érico.

— É meu aniversário, gente. Vamos falar de algo mais divertido.

— Desculpa, eu não queria tocar em nenhum assunto chato.

— Não, Jana. Não tem problema. Bom — William tentou disfarçar a respiração mais forte —, eu nunca pensei em fazer psicologia. Na verdade, eu sempre quis ser cardiologista. Meu pai era cardiologista e, você sabe, eu também queria ser um. E eu realmente gostava dessa ideia. Eu estava quase terminando o curso, faltavam só dois semestres. — Ele limpou a garganta. — Um dia, voltando de uma viagem, eu estava no carro sozinho, na verdade o carro nem era meu, era do meu pai, e do nada outro automóvel passou por mim com muita pressa. Lá na frente ele perdeu o controle e capotou. Eu acelerei pra chegar lá, encostei e fui ver o veículo, que estava de ponta-cabeça, todo retorcido. Só tinha uma pessoa lá dentro, um rapaz inconsciente, com o rosto todo cortado e sangrando. Outros carros pararam pra ajudar. O rapaz não tinha pulsação, e o pescoço não apresentava fratura aparente; ele enfartou enquanto dirigia. Eu precisava fazer algo naquela hora. Então me agachei e entrei com metade do corpo pela janela quebrada — William mostrou o braço para Jana, que escutava atentamente —, o que me rendeu esta cicatriz de lembrança...

— Pula essa par... — Érico se intrometeu, mas foi logo calado por Jana, o que fez todos ao redor gostarem dela de imediato.

— Deixa ele contar, Érico. Continua, William.

— Eu destravei o cinto e puxei o homem pra fora, e tinha um senhor me mandando esperar a ambulância, dizendo que não podia mexer, que podia ter fraturado algo, e eu gritava que não dava tempo de esperar. Senti o pulso: nada. Comecei uma massagem cardíaca e nada de resposta. Eu corri até o carro do meu pai, porque lembrei que ele tinha deixado uma maleta com remédios e instrumentos na parte de trás. Voltei correndo, abri o estojo e procurei até achar um vidro de epinefrina.

Jana fez uma careta, indicando que não sabia o que era a substância.

— Adrenalina — William simplificou.

— Ah, tá.

— Peguei uma seringa e injetei na veia do rapaz. O efeito é muito rápido. Ele acordou como se tivesse rompido um plástico que o segurava debaixo d'água. Os olhos esbugalhados, ofegante. Eu mandei ele se acalmar, expliquei que tinha acontecido um acidente, ele estava muito nervoso, muito agitado. Fiz alguns curativos no rosto dele, verifiquei se havia alguma fratura fácil de localizar. Minutos depois a ambulância chegou.

— Você salvou a vida do homem. Eu ainda não entendi.

— É que essa é a parte feliz da história — respondeu William, sem nenhum sinal de empolgação. — Depois de oito dias saiu uma reportagem no jornal que falava de uma família, um casal e duas crianças, mortos a tiros dentro de casa. O assassino se suicidou em seguida. A foto do assassino estava na tela da TV...

— Não, me diz que não era...

— O homem que eu salvei no acidente.

— Minha nossa. — Jana colocou as duas mãos na boca.

— Na noite em que ele capotou o carro, estava indo matar essa família. Por isso a pressa, por isso a agitação quando acordou. Ele era o ex-marido da mulher e pai das duas crianças, duas meninas, uma de nove e outra de doze anos. Era um viciado, por isso a mulher o abandonou e foi morar na casa de um amigo, não era nem namorado dela, era só um amigo.

— Não tinha como você saber. — Jana ainda estava com uma das mãos no rosto.

— É o que a gente sempre fala — Cris disse, ao lado.

— Não foi por culpa que eu desisti de ser médico. Médicos devem salvar a vida de qualquer pessoa, inclusive daquelas que cometeram algum crime. Faz parte do trabalho deles. Eu desisti porque — William respirou com pesar antes de continuar — percebi que não era o bastante. Não era o bastante salvar um corpo. Eu tinha que encontrar um jeito de salvar a cabeça das pessoas, de alguma forma eu tinha que... — Ele pareceu se perder em alguma curva do raciocínio e ficou em silêncio, ignorando a presença de todos que o escutavam.

— William — Juliana chamou com carinho e deu um leve apertão em seu braço.

— Eu não quero fazer um curativo no dedo. Eu quero... tirar o corte da faca.

Jana estava em silêncio e olhava para William.

— E assim surgiu o meu concorrente. — Érico, que não fazia questão de se sensibilizar, foi ignorado, sendo obrigado a desmanchar o sorriso sem plateia.

— Que bom que ainda tem gente que se preocupa em fazer algo pelos outros. Mesmo que tenha que desistir das coisas de que gosta pra isso — Jana elogiou.

— Gente, isso aqui é uma festa. Vamos falar de histórias de festas. — O aniversariante não queria apenas tentar salvar a comemoração; queria mudar o rumo da conversa, que, ele sabia, não agradava o amigo.

— O Cris tem razão. Chega de assuntos chatos — completou William, tentando, sem conseguir, demonstrar alguma animação.

Juliana e ele ficaram na festa mais meia hora, mas William permaneceu calado, dentro de sua própria cabeça. Sua expressão não era de cansaço, e sim de preocupação com algo sério demais para dar espaço à festividade. Juliana havia percebido, mas, toda vez que tentava tocar no assunto, era rapidamente colocada de lado com uma desculpa qualquer.

— Estou com uma dor de cabeça terrível. Se importa se a gente for embora?

Quando se despediram, Cris tentou convencê-los a ficar, causando uma irritação que William não se esforçou em esconder.

— O Cris só estava tentando ser gentil, e é aniversário dele. Não precisava ficar irritado daquele jeito.

William dirigia em silêncio. Sabia que isso incomodava a noiva, mas não estava disposto a discutir.

— Está tudo bem mesmo?

— Sim. Só estou cansado.
— Se tiver alguma...
— Quantas vezes eu tenho que dizer que não é nada?

Nas raras ocasiões em que William era duro sem razão com Juliana, sempre se desculpava logo em seguida. Mas dessa vez isso não aconteceu.

— Tudo bem se eu preferir ficar em casa hoje?
— Tudo bem.

Não era a resposta que ela esperava. Eles nunca dormiam sem resolver uma discussão. Coisa de psicólogos ou de casal bem resolvido. Dessa vez, além de dormirem sem resolver a situação, cada um ia passar a noite em sua casa.

Depois que Juliana desceu do carro, dando um tchau sem beijo, William percebeu o estrago. Não conseguia dividir seus pensamentos, que agora eram quase que exclusivos da proposta do estudo de David. Pensou em ligar para Juliana, em subir até o apartamento dela, em fazer algo. Mas simplesmente foi embora.

🖋

David já estava na cidade. Passava por sua cabeça se deveria sentir algo especial, alguma euforia, algum sentimento próximo de orgulho por tudo estar caminhando como planejado. Mas ele não sentia nada, apenas o vento que entrava pela janela.

De repente, o vazio foi preenchido pelo medo em forma de luzes vermelhas e azuis girando no meio da rua quando virou uma curva e deu de cara com uma blitz policial. Os carros à frente andavam em velocidade reduzida enquanto policiais armados observavam a movimentação com olhares de quem busca qualquer detalhe suspeito. A maioria dos veículos passava direto, enquanto alguns recebiam um sinal de lanterna e eram obrigados a parar para averiguação.

David olhou pelo retrovisor com o pensamento de dar ré no automóvel, mas isso com certeza chamaria muita atenção. E, mesmo que quisesse fazer uma manobra como essa, não seria possível, porque outros carros já estavam atrás dele, impedindo uma eventual fuga pela contramão.

Eles não vão me mandar parar. Eles não vão me mandar parar.

Mas o pensamento positivo nunca fez parte de seu repertório. Sem fazer nenhum movimento brusco, abriu a bolsa a seu lado, tirou a arma, que ainda estava com o silenciador no cano, e a escondeu sob as pernas, de forma que fosse fácil sacá-la rapidamente, caso necessário.

A cada segundo ele se aproximava mais das viaturas. As luzes ficavam cada vez mais fortes e o irritavam na mesma intensidade, mas David tentava manter a expressão calma. Depois de tanto cuidado para evitar esse tipo de situação, lá estava ele, dirigindo lentamente para um possível fim prematuro.

Ainda não estou pronto. Ainda não estou pronto.

Um policial no lado esquerdo da rua apontava a lanterna para o rosto dos motoristas enquanto apoiava a outra mão na pistola pendurada na cintura. Outros dois policiais empunhavam espingardas calibre doze. Perto dali havia duas viaturas e outros homens fardados.

David calculava as possibilidades, comparando o número de homens com a quantidade de munição que tinha. Só mais dois carros na frente.

Tic... Tic... Tic...

A mente do assassino começava a brincar com ele. David olhou para a bolsa preta ao lado. O som metálico do alicate parecia crescer do interior escuro à medida que a distância dos policiais diminuía.

Tic... Tic... Tic... Tic... Tic... Tic...

O primeiro dos dois carros da frente foi liberado. O segundo avançou meio metro. O assassino sentiu dificuldade para mover o pé no acelerador.

Tic. Tic. Tic. Tic.

O policial apontou a lanterna para o motorista da frente. Poucos segundos estavam entre o alívio e o tiroteio. A única coisa que David sabia era que a primeira bala iria parar entre os olhos do policial que segurava a lanterna. Não conseguia pensar além disso. Não poderia ser pego. Isso não era uma possibilidade.

Não, não, não e não.

O motorista da frente recebeu o sinal para continuar.

Tictictictictictictictictictictictic.

David olhou para o policial da lanterna, que parecia dizer alguma coisa para os dois colegas próximos dele. Um cochicho, algo assim. O assassino olhou dentro do carro à sua frente, que começava a se mover para ir embora, e notou os olhos do motorista no retrovisor encarando os seus. Havia um sorriso naqueles olhos no espelho.

Parem esse cara. Ele tem algo no carro. E ele sabe que eu também tenho.

O policial segurando a lanterna gesticulou para David, que obedeceu lentamente. A luz do feixe caiu sobre seu rosto. O policial não tirava a outra mão da arma na cintura. David também estava com a mão em sua pistola, o dedo já sentindo a pressão do gatilho. Eles se encararam. O policial apontou a lanterna para a bolsa aberta no banco do carona de David. O alicate foi iluminado.

— Ferramentas — David explicou, com segurança.

O policial não disse nada. Apenas voltou a apontar a lanterna para o homem que carregava dois corpos na caçamba de seu veículo.

— O que tem na caçamba? — A voz era séria e focada.

— Nada. Está vazia.

O policial encarou David. Depois voltou a luz para a caçamba do veículo. E o que o assassino não esperava aconteceu.

— Encoste ali.

Os outros dois policiais estavam atentos à movimentação do motorista. Não havia tempo a perder. O dedo indicador deslizou, sentindo o metal do gatilho.

— Encoste ali, senhor.

Se encostasse o carro, a fuga seria muito mais difícil. Se acelerasse naquela hora, teria duas viaturas na sua cola e a identificação de seu veículo circulando por todos os rádios da polícia. Pensou nos dois corpos que jaziam na caçamba.

Eles vão olhar lá atrás.

David engatilhou a arma sob as pernas. Seus olhos não demonstravam a intenção de encostar o carro. Os dois policiais que empunhavam as espingardas deram alguns passos em direção ao veículo.

De repente, um barulho alto de pneus queimou o asfalto, e o cheiro de borracha preencheu o ar. Assustado, David olhou pelo retrovisor. O carro que vinha logo atrás dele saiu em disparada pela contramão após uma bem-sucedida manobra. O policial com a lanterna gritava e acenava para

David sair do caminho e seguir em frente a fim de dar passagem às viaturas, que aceleraram em direção ao veículo em fuga.

Ele sempre se achara um homem sem sorte, e tinha todos os motivos para pensar dessa maneira, mas hoje ela havia sorrido para ele. Em pouco mais de vinte minutos David cruzava a esquina de sua rua. Sem perceber, ainda estava com a arma debaixo da perna. Com um toque no controle remoto, o portão de metal se abriu rapidamente e uma mulher que andava com um cachorro na calçada teve o rosto iluminado pelos faróis da Saveiro. David reparou que ela deu uma espiada para dentro do quintal, mas não tinha com que se preocupar: nada ali era suspeito. Entrou e fechou o portão.

🌹

Quando estava retirando a lona que cobria a caçamba, ouviu a campainha tocar. Ficou em silêncio, imóvel, e pensou em não atender, mas poderia despertar alguma suspeita. Foi até o portão e abriu uma portinhola que dava para a rua. Era a mulher que estava passeando com o cachorro.

— Oi, desculpa incomodar a essa hora. Tudo bem?

— Em que posso ajudar?

— Desculpa parecer intrometida, mas eu reparei na roseira linda que você tem na parte de trás do quintal. Eu estou fazendo um jardim na minha casa e não tenho nenhuma rosa. Será que você me daria uma muda?

David pareceu um pouco nervoso com a situação, olhou para trás como se tivesse sido chamado e depois voltou a atenção para a mulher.

— Eu vou preparar uma muda e já trago.

— Muito obrigada. E, mais uma vez, desculpa incomodar.

Ao fechar a portinhola, a moça se assustou com o barulho de aço pesado. David entrou em casa, pegou um vaso, algumas ferramentas de jardinagem e foi ao quintal. Olhou para a roseira como se ela tivesse algum significado especial, muito mais que meras flores para enfeite. Procurou com cuidado e encontrou a parte ideal de uma das plantas para ser utilizada como muda. Enterrou a pá de jardinagem na terra fofa e começou a preencher o vaso, contornando o pedaço da planta que tinha cortado.

A mulher estava esperando do lado de fora com o cachorro, e cantarolava uma canção feliz que fez David diminuir a velocidade dos passos para poder ouvir mais um pouco. Tentava lembrar onde havia escutado aquela música, mas não conseguia recordar. Encostou o rosto no portão e ficou ali, escutando, tentando não fazer barulho para não interromper a canção. Pensou em perguntar o título para a mulher, mas desistiu da ideia. Essa atitude poderia dar abertura para mais intromissões, e ele não podia se dar ao luxo de pensar em outra coisa a não ser no que devia fazer.

Quando o portão se abriu repentinamente, revelando David com o vaso nas mãos, a moça parou a cantoria.

— Nossa, não precisava pôr no vaso! Eu trago de volta amanhã.
— Não precisa. Eu tenho vários.
— De verdade, muito obrigada.

A mulher tinha os cabelos lisos, com uma ondulação quase imperceptível logo abaixo das orelhas. As pontas terminavam assim que alcançavam os ombros, e, por trás da muda da planta, David viu seus olhos, um misto de inocência e curiosidade. Não devia ter mais que trinta anos, talvez nem isso.

— Essas rosas são muito especiais — disse David.
— De que espécie elas são?
— Rosa-louca.
— Que nome feio para uma flor tão bonita.
— Eu gosto do nome.
— Bom, melhor eu ir andando. Muito obrigada de novo.

David não deu tempo para a conversa se estender e desapareceu atrás do portão, que fechou tão rápido quanto tinha aberto. A mulher envolveu o vaso com um dos braços, enquanto segurava a guia do cachorro com a outra mão, e foi em direção a sua casa, feliz com a planta que logo iria florescer em seu jardim. Mal sabia ela o verdadeiro significado daquela rosa-louca.

8

Pela manhã, Artur estava em sua mesa na delegacia com a anotação da noite anterior nas mãos. Havia escrito as informações mais relevantes do caso e esperava que, de cabeça descansada, elas pudessem levá-lo a descobrir alguma coisa nova. Alguma coisa. Qualquer coisa.

Máscara: o rosto de alguém — sem identificação
Língua: uma mensagem — indefinida
Blusa: preocupação — sinal de remorso
Região: diferentes — sem ligação
Pais: diferentes — sem ligação
Criança: oito anos — característica comum
Crimes: dois

Cerrou os olhos. Tinha algo naquele jogo de palavras, como se fossem um quadro que precisava ser reparado. Mas havia tantas possibilidades que Artur não conseguia se agarrar a uma.

Regiões diferentes, pais diferentes, crianças com a mesma idade, dois crimes. Crianças com a mesma idade. Duas.
Duas.

Uma única característica em comum. Todas as outras diferentes.
Duas.
Números. Sequência. Repetições. Testes. Teste.

O telefone de Artur tocou, levando o detetive para fora do mundo das possibilidades. Ao ouvir o motivo da ligação, começou a ficar agitado. Desligou, pegou sua arma na gaveta da mesa e estava saindo quando Bete se aproximou.

— Que pressa é essa?
— Encontraram o dono do rosto da máscara.
— Como?
— Uma ligação anônima.

Artur saiu apressado, acompanhado de outros policiais. Iam fazer a batida naquele momento e não sabiam ao certo o que encontrariam. Ele não tinha esperança de capturar o assassino mascarado, afinal nenhum criminoso usaria uma máscara com seu próprio rosto, mas esse sujeito devia estar envolvido por algum motivo. Mesmo que nem ele soubesse qual.

Três viaturas dispararam com destino ao endereço fornecido pelo informante. As sirenes ligadas faziam os carros da frente abrirem passagem para os veículos, que corriam em alta velocidade e zuniam ao cortar o vento. A polícia em ação sempre chamava a atenção dos pedestres, motoristas e passageiros de ônibus, que se esticavam para ver o que acontecia. O bairro era afastado do Centro, e só depois de quase quarenta e cinco minutos pisando fundo as viaturas se aproximaram da região indicada. Duas delas seguiram pela rota mais próxima, enquanto a terceira deu a volta para chegar pelo outro lado da rua, para o caso de o suspeito resolver fugir, assustado pelo som das sirenes.

Artur estava em uma das duas viaturas que chegaram primeiro. As pessoas na rua abriram passagem rapidamente para os policiais, que desceram e se posicionaram divididos em cada lado da casa, com as armas em punho.

Artur tocou a campainha e aguardou. Nenhuma resposta. A casa estava trancada, as janelas fechadas, mas o veículo na garagem indicava que poderia haver alguém. Artur tocou a campainha novamente, segurando o botão por um tempo maior.

Dentro da casa, um homem aparentando ter uns sessenta anos estava de pé na sala, visivelmente nervoso com a chegada da polícia. Pensou em pular o muro dos fundos e fugir, mas na sua idade seria presa fácil para os policiais. E a tentativa de fuga apenas levantaria mais suspeitas sobre o envolvimento dele no crime noticiado nos jornais.

Olhou para um porta-retratos na estante da sala, com a foto de uma linda garotinha. Sua neta, que ele via raramente. A campainha tocou estridente mais uma vez.

— Se tiver alguém em casa, apareça! É o último aviso.

Os vizinhos observavam tudo escondidos atrás de suas cortinas. Artur fez sinal para um policial, que foi até o porta-malas de uma das viaturas e voltou trazendo um grande alicate mecânico. O homem se posicionou em frente ao portão e estava prestes a cortar o cadeado quando todos ouviram uma porta dentro da residência sendo aberta.

— Estou indo, droga. Estou indo — a voz saía arranhada, rouca.

O senhor de idade apareceu com os braços abaixados, como quem não tem nada a esconder. Era mesmo o dono do rosto desenhado na máscara. Até as orelhas pontudas eram iguais às da descrição. Os olhos eram opacos, incisivos e frios.

— O que vocês querem?

— Abra o portão devagar.

— Como se alguém como eu pudesse abrir o portão de outro jeito. O que vocês querem?

— Um homem da sua idade com certeza gasta muito tempo sentado na frente da TV, então não finja que não sabe.

Ele olhou para Artur com raiva. O detetive não sabia dizer se era porque o homem tinha algo a esconder ou porque tinha sido chamado, educadamente, de velho.

Ele colocou a mão no bolso do moletom preto.

— Devagar.

— Eu preciso das chaves para abrir o portão, senhor policial.

— Devagar.

Após o estalo do cadeado se abrindo, o velho olhou para Artur com a mesma raiva de antes e se virou, colocando a palma das mãos no carro estacionado na garagem. Um policial abriu o portão e Artur entrou e revistou o homem, sempre com a arma em punho.

— Vamos conversar lá dentro.

O dono da casa foi na frente, escoltado por Artur e mais três policiais. Os demais permaneceram do lado de fora.

O velho se sentou em um sofá, e, enquanto os policiais foram vasculhar os outros cômodos, Artur esperou de pé, em silêncio, encarando o senhor até os outros voltarem.

— Vazio.

— Qual o seu nome?

O velho esperou um pouco para responder. Parecia resmungar por dentro.

— Marcos.

Artur olhava ao redor da sala, curioso, ia e voltava com os olhos, pensava em silêncio, até que avistou o porta-retratos na estante.

— Sua neta?

— Sim.

— Não vejo nenhuma foto do seu filho ou filha.

— Isso é crime?

— Ainda bem que não. Filho ou filha?

— Filho.

— Há quanto tempo vocês não se falam?

— Quem disse que a gente não se fala?

— Sua estante. Há quanto tempo?

— Alguns anos.

— Culpa dele ou sua?

— Você tem um mandado para entrar na minha casa assim?

— Tenho e também tenho autorização pra levar você pra delegacia, caso queira perguntar isso depois. Culpa dele ou sua?

O velho olhou para o lado. Rabugento.

— Não interessa mais de quem foi a culpa.

— Culpa sua, então.

Artur observava a reação do homem a cada pergunta.

— Quantos anos o senhor tem?

— Cinquenta e nove.

— Vovô novo.

— Filho inesperado. O meu e o dele.

— Onde ele mora?

— Vai prendê-lo também?

— Acho que não. Onde ele mora?

— Fora da cidade.

— Por que o seu rosto está sendo usado como máscara por um assassino?

A pergunta repentina espantou até os outros policiais que estavam na sala.

— O quê?

— Vamos fazer o jogo do não-sei-do-que-você-está-falando?

— Não sei do que você está falando.

— Então você não viu nos jornais o seu rosto como suspeito de envolvimento no assassinato do casal homossexual?

— Só porque a descrição parece comigo, não quer dizer que sou eu.

— Algum dos seus vizinhos discorda.

— Vizinhos só servem pra discordar da gente.

— Você vai me dizer ou não?

— Você vai ter que se esforçar um pouco mais, detetive.

— Então vamos nos esforçar lá na delegacia.

Artur saiu da sala, mas antes de atravessar a porta mandou os policiais algemarem Marcos e o levarem. Enquanto o detetive observava o velho sendo colocado no banco de trás da viatura, um jovem policial chegou perto dele com a típica curiosidade de quem está começando.

— Senhor, posso fazer uma pergunta?

— Por que todo mundo começa uma conversa assim?

O policial ficou em silêncio.

— Claro. Pode fazer a segunda pergunta.

— Com todo o respeito, por que ficar perguntando coisas banais, como o senhor fez dentro da casa? Por que não ir direto ao assunto e encostar o cara na parede de uma vez?

— Eu não sou muito bom em entender o que as pessoas dizem, então faço perguntas que eu já sei a resposta e fico prestando atenção no jeito como a pessoa responde. Assim, quando eu pergunto algo que não sei, fica mais fácil descobrir se ela está mentindo.

✍

Quando Marcos entrou na delegacia, uma das primeiras coisas que viu foi uma folha com seu retrato falado fixada em um painel, junto a outros retratos. Foi acompanhado por dois policiais até uma pequena sala, com uma janela de vidro fechada por persianas.

Havia uma mesa com uma cadeira de um lado e duas do outro. Os dois policiais saíram, trancaram a porta e o deixaram lá. Artur foi para sua mesa pensar.

— E aí? — Bete apareceu do nada.

— O sujeito está na salinha. Vou deixar ele pensar um pouco.

— Vai deixar ele pensar na mentira que vai contar?

— Não. Vou deixar ele pensar se vale a pena mentir.

Artur esperou pacientemente em sua mesa, olhando para o retrato falado do homem agora trancafiado a poucos metros de distância.

Passaram-se trinta minutos e ele foi até a sala. Marcos estava de pé, impaciente pela demora. Artur sabia o efeito do silêncio nas pessoas. Sem dizer nada, puxou uma cadeira, sentou e esperou que o homem fizesse o mesmo. Coisa que fez, depois de encarar Artur com aquele mesmo olhar rabugento.

— Eu gostaria muito de saber por que alguém usaria o meu rosto em uma máscara. Mas eu não sei, eu não sei. Eu só quero ficar em paz.

— Paz é uma coisa que você nunca teve e nem deixou que outras pessoas tivessem. Você tem um longo histórico de coisas bem ruins, Marcos.

— Então me chame um padre, porque, se tivesse sido culpado por algo, eu teria sido preso. Eu sou inocente.

— Ninguém é inocente.

— Por quanto tempo você vai me manter aqui?

— Você sabe bem como funciona.

— Como eu disse, detetive — Marcos relaxou na cadeira, em sinal de provocação —, eu não sei de nada.

Artur estava começando a perder a paciência. Ele tentava provar para todo mundo que podia ser como qualquer um, mas a verdade era que ele odiava essa parte do trabalho: conversar com pessoas. Preferia mil vezes ficar na cena do crime, analisar provas que falavam sem palavras e, justamente por isso, nunca mentiam.

— Alguém está matando casais com filhos de oito anos. Ele corta a língua de um e mata o outro com um tiro na cabeça, depois desaparece com os corpos e deixa a criança amarrada a uma cadeira. Eu sei que não foi você, mas ele está usando o seu rosto por algum motivo e eu tenho que saber por quê.

— Detetive, deixa eu te contar uma coisa que você já deveria saber a esta altura: eu não sei de nada.

Fora da delegacia, o circo da imprensa já estava armado. O crime contra o casal homossexual era a notícia chocante da vez, e os jornalistas disputavam as primeiras informações como se estivessem em uma corrida atrás de um coelho em uma esteira.

Muitos policiais recebiam pagamentos para informar aos jornalistas as últimas novidades de um bom caso. E algum deles havia dito que o suspeito de matar o casal estava sendo interrogado naquela tarde. A notícia veio na forma de plantão urgente, interrompendo a programação normal da TV, com uma repórter relatando a possível prisão.

— Ainda não se sabe a identidade do homem que está sendo interrogado neste instante aqui na 27ª Delegacia de Polícia. Até agora as informações sugerem que o suspeito pode ser o autor do crime na residência do casal Luiz Marques Proença e Felipe Vilela da Fonseca. Ele foi encontrado após uma denúncia que entregou seu endereço depois que o retrato falado foi divulgado pela imprensa. Não temos notícias sobre o paradeiro do casal, mas fortes indícios...

✍

Dentro de sua casa, o verdadeiro assassino estava na frente da TV. O queixo tremia, fazendo-se ouvir dentro do crânio a batida dos dentes. Com os punhos fechados, cravava as unhas na pele grossa da palma das mãos. Movimentou o corpo em um giro em direção à porta de saída, deixando a voz da repórter ecoar pelo cômodo.

Em poucos minutos, já estava atrás do volante, cortando as ruas sem se preocupar em pegar as vias menos movimentadas como de costume.

Também não havia motivo para essa preocupação, já que dessa vez não carregava nenhum corpo na caçamba do automóvel. O plano tinha sido cuidadosamente pensado, e, para funcionar, o objetivo agora não era apenas chegar em segurança, mas também no tempo certo. A única coisa em que pensava era chegar à delegacia antes que o suspeito fosse liberado. Ele precisava estar lá quando isso acontecesse.

Olhava fixamente para a frente, apertando o volante com força e dirigindo em velocidade, atravessando os sinais amarelos sem preocupação sob o escuro manto do céu carregado de pesadas nuvens de chuva. David fez um movimento brusco para desviar de um motociclista que se atreveu a entrar em sua frente. Um reflexo automático e desdenhoso. Nada mais importava. Nada seria capaz de mudar o destino escrito por ele mesmo.

Quase cinquenta minutos depois, estacionou próximo à entrada da delegacia. Não lhe faltava paciência para esperar o tempo que fosse necessário. E esperou. O dia escuro ganhou um tom alaranjado, um borrão de cor e sujeira que enegrecia gradualmente com a contagem do relógio.

Já era noite quando uma grande movimentação agitou os degraus da entrada do departamento de polícia, com jornalistas tentando conseguir uma declaração do homem suspeito de assassinar o casal Luiz e Felipe.

— Eu não fiz nada, tanto que estou indo embora. Me deixem em paz.

Marcos entrou com a mesma cara fechada no táxi que já o aguardava e saiu com pressa. Dois faróis se acenderam logo atrás, e a Saveiro preta de David foi seguindo o automóvel a certa distância.

O táxi parou em um sinal vermelho, e David encostou bem ao lado da janela de Marcos. Não fossem os vidros quase totalmente escuros da Saveiro, o homem no táxi poderia ver o motorista ao lado encarando seu rosto cansado.

O sinal abriu, o táxi continuou seu rumo e David deixou o veículo tomar distância, sem nunca perdê-lo de vista. Mais de meia hora de corrida até chegar a seu destino, a casa simples de Marcos. David passou reto pelo táxi estacionado, fazendo o motorista do veículo lançar um olhar inquieto para a Saveiro preta. Marcos estava dentro de sua própria cabeça, circulando em pensamentos do passado, e não notou o veículo que o seguiu.

O táxi deu partida e saiu. O motorista viu novamente a Saveiro, agora com faróis desligados, estacionada a poucos metros da residência de seu ex-passageiro. Pelas janelas escuras conseguiu enxergar o vulto de um homem, a imagem de um fantasma.

Cada um que cuide dos seus problemas.

O taxista passou pelo veículo desligado e foi embora.

David esperou. Esperou até a noite silenciar com a chegada da madrugada. A paciência é a característica mais perigosa que um inimigo pode ter.

Clique.

O barulho do cinto de segurança sendo destravado. Cada som era ouvido nitidamente por David, como se tudo tivesse emudecido e ele pudesse ouvir apenas os próprios movimentos. Saiu do carro segurando sua bolsa preta e olhou para os lados: ninguém. Escuridão. Olhou através do portão da casa vizinha e viu um cachorro preto o encarando, vivo, totalmente desperto nos olhos profundos. O animal estava estranhamente quieto, como se compactuasse com suas intenções.

David pulou o muro sem fazer nenhum barulho ao pousar os pés no terreno da casa. Parou ao lado da janela e olhou para dentro. Sem movimento. Poucos passos depois, estava em frente à porta, que se abriu facilmente com a ajuda de dois grampos de ferro feitos justamente para esse fim. A maçaneta girou, deixando escapar um rangido baixo, e o fantasma entrou na cozinha escura, iluminada apenas pela claridade que atravessava as janelas.

Caminhou com tranquilidade até a sala e viu duas malas prontas.

Não. Você não vai escapar dessa vez.

No fim do corredor havia um quarto com a porta entreaberta. David abriu a bolsa preta, retirou um alicate e foi em direção a ele. Abriu a porta devagar e parou ao lado da cama onde o velho dormia como se não tivesse culpa.

Tic. Tic. Tic. Tic...

Marcos abriu os olhos, aterrorizado com o som metálico da ferramenta. Não se moveu, agarrando-se à falsa esperança de que fosse sua mente atordoada pela idade lhe pregando uma peça.

Tic. Tic. Tic...

Estava de costas, mas conseguia ver uma sombra projetada na parede à sua frente, a sombra de alguém parado de pé ao lado de sua cama.

— Ninguém gosta de linguarudos — a voz soou como um cochicho, escorregando rasteiramente no silêncio.

Marcos se virou lentamente em direção ao som e encarou David, que usava a máscara com o rosto do velho. E foi assim que ele se viu estampado na face de seu próprio algoz.

— Por favor, seja rápido.

— Não. Vai demorar. Vai demorar.

Tic. Tic. Tic.

Já estava virando rotina William usar as horas da madrugada para trabalhar no acompanhamento das crianças. As noites de sono se tornavam cada vez mais curtas à medida que ele se aprofundava nos relatos e sentimentos de cada uma delas. Durante essa madrugada não foi diferente: ele estava na frente do computador, mergulhado nas questões que não paravam de surgir. Questionamentos aos quais, ele sabia, só o tempo traria respostas.

    Anotações
    Criança: Luiza Marques Vilela

    Andrea, que ficou com a guarda provisória de Luiza, me contou que a menina apresentava uma hostilidade que não era comum em seu comportamento antes tão educado e tranquilo. Em diversas ocasiões a menina não respeitava as orientações dela nem do seu marido, e tinha grande dificuldade para dormir.
    Expliquei a Andrea que talvez Luiza esteja testando os sentimentos dela e do marido, dos seus novos pais, para ver se eles a amam de verdade a ponto de aguentar suas malcriações, ou se

em alguma circunstância poderiam desistir dela. E que isso, provavelmente, seria apenas uma fase, mas que deveria ser acompanhada.

Em nossa última sessão, Luiza não mostrou muita abertura à minha aproximação, dedicando-se mais às atividades individuais, com o mínimo de contato verbal. Sua preferência era pelos desenhos que ela fazia.

Notei que ela não utilizava muitas cores em suas pinturas e raramente preenchia os objetos ou pessoas das cenas, desenhando apenas os contornos.

Mas um desenho, em especial, chamou minha atenção. Em uma folha em branco ela havia desenhado uma casa, próxima ao centro da folha. No lado superior, como se fosse no céu, ela desenhou dois homens que claramente representavam Luiz e Felipe. E um pouco abaixo da casa, quase que saindo do papel, desenhou outro homem de mãos dadas com uma garotinha. O rosto dos dois homens no céu tinha sorrisos e olhos pequenos, quase como dois pontinhos pretos. Já o outro homem, que estava de mãos dadas com a garotinha, tinha um rosto bravo, com sobrancelhas em V e dentes pontiagudos. O mais intrigante, no entanto, é que a garotinha não tinha rosto. Não tinha olhos, nem boca, nem nariz. Era um círculo vazio, com cabelos em volta. Cabelos parecidos com os de Luiza.

Quando questionei Luiza para saber por que a garotinha estava com o homem de cara brava, ela simplesmente não me respondeu. Mas pareceu ter medo de que eu não gostasse da resposta.

O que eu gostaria de descobrir é se a menina estava sendo levada pelo homem ou se estava indo com ele por livre e espontânea vontade.

Antes de terminar a nossa sessão, tentei conversar com ela sobre a sua dificuldade para dormir. Mas nada do que ela disse me esclareceu se havia algum medo de ficar sozinha no quarto.

A pouca conversa que tivemos terminou com um questionamento dela.

Em suas palavras:

— Por que fica escuro de noite?

— Por que você acha que fica escuro à noite, Luiza?

— Eu perguntei primeiro.

Então eu expliquei, inclusive com desenhos, que era quando o sol estava do outro lado da Terra. Que ele dava a volta para iluminar o outro lado.

Ela me chamou de mentiroso.

Eu perguntei por quê.

Ela me disse que Felipe, um dos seus pais, tinha lhe dito outra coisa.

Em suas palavras:

— A noite é escura porque é quando as cores dormem.

William parou de escrever quando o relógio marcava quase três da manhã. Foi dormir e, ao acordar, se moveu e parou no mesmo instante.

Minha nossa.

As dores pareciam aumentar a cada dia. Sentiu os estalos da noite maldormida na companhia dos pesadelos cada vez mais recorrentes. No sonho as pessoas faziam suas atividades normalmente, mas todas elas apareciam pálidas, sem vida e sem cor.

Os cabelos estavam grudados na testa pelo suor. A cama estava úmida, fria, e ele se sentiu sozinho como havia tempos não sentia. Olhou para o relógio ao lado da cama: já era tarde, perdera a hora.

Nem sequer teve vontade de tomar banho. Apenas lavou o rosto com a água fria da torneira, escovou os dentes rapidamente e preparou um café forte e sem açúcar.

— Margô, eu não acordei bem — avisou, esfregando os olhos. — Acho que estou doente. Desmarque as consultas de hoje e peça desculpas, por favor.

— Mas, doutor — a secretária arriscou, sussurrando. — A senhora...

— Eu sei, Margô. Por isso eu disse para pedir desculpas.

Desligou o telefone de forma pesada e foi direto para o computador. Uma nova mensagem de David gritava em negrito na caixa de e-mail.

Bom dia, sr. William.
Segue o endereço da terceira criança. Ela não será encaminhada ao senhor pela polícia. É uma comunidade pequena, em uma região afastada da cidade, longe da jurisdição do distrito responsável pelo caso. Há um centro de saúde na comunidade. Vá para lá e diga que está fazendo um trabalho comunitário em regiões mais afastadas para cuidar de crianças que precisam de acompanhamento. Diga que é sem custo, que é um trabalho social. O que não é mentira. Eles já devem estar cientes do acontecido.

William não respondeu. Após tomar banho, entrou no carro e saiu. Teve que frear bruscamente no portão do prédio, pois não notara que duas mulheres estavam atravessando a calçada. Uma delas, a mais velha, não hesitou em lançar alguns palavrões ao motorista desatento, que, ciente da responsabilidade, pediu desculpas de dentro do automóvel.

A rua do seu prédio era tranquila, mas isso durava só até virar a esquina. Anda, anda, para, anda, para, fica parado, anda devagar, para, anda. William já estava ficando impaciente. Uma moto passou pelo corredor entre os veículos, seguida de mais uma e mais uma e outra. O dia não parava de ganhar volume. A cidade parecia um palco onde uma orquestra se reunia para tocar. A cada hora chegava mais um músico, um grupo em que cada integrante tocava o que queria.

Uma sensação claustrofóbica tomou conta de William. Passou a mão na testa, os dedos ficaram molhados. Ligou o ar-condicionado e depois olhou pelo retrovisor. Era tarde para voltar.

Para chegar à via expressa foram quase quarenta minutos. Sair do trânsito parado e entrar na via rápida deve ser a mesma sensação que uma rolha tem ao ser expelida da garrafa. Enquanto no outro sentido da pista os motoristas trabalhavam a paciência para entrar no show de mais um dia, à sua vista agora era possível sentir a liberdade de ir em frente e deixar tudo para trás. Um sentimento que não podia ser aproveitado completamente devido ao motivo da viagem.

Constantemente os olhos do psicólogo fugiam para o outro sentido da rodovia, onde o trânsito fluía com lentidão. A fila de carros que ia ficando para trás lembrava uma plateia, espectadores atrás das grades de segurança, vendo o artista ir embora. E ele ia em frente, tinha de fazer o que devia ser feito. Assim como os outros motoristas, parados no trânsito no sentido oposto, também vinham para realizar suas funções nesse jogo de tabuleiro da vida real. Cada um tinha sua tarefa, e ninguém estava muito satisfeito.

William diminuiu a velocidade para passar pelo pedágio.

Há sempre um pedágio se você quer fugir de algum lugar.

No outro sentido o trânsito estava ainda mais lento naquele trecho, devido à necessidade de parar e pagar a taxa. Ainda estava em baixa velocidade quando reparou no ônibus de uma empresa que transportava funcionários de uma cidade para outra. Lá dentro todos pareciam estar dormindo, como se o lado de fora não fosse problema deles.

À medida que o veículo ganhava velocidade e se distanciava, William sentia certo alívio. Por um momento, nem que fosse pela questão geográfica, sua vida estava ficando cada vez mais distante. É uma sensação libertadora ver as coisas diminuindo e sumindo no retrovisor.

Olhou para o banco do carona e conseguiu imaginar Juliana ali, sentada a seu lado. A cena da lembrança se passava como um filme. Ela ria mais, o corpo inclinado para a frente, as costas desgrudadas do encosto, ria e olhava para trás, onde estavam Cris e Sheila. Os três pareciam conversar sobre algo divertido, mas o psicólogo não conseguia escutar, só ver. Era como se a noiva e os amigos estivessem dentro de uma casa e ele olhasse através da janela. Quando estava sentada, Juliana tinha a mania de levantar a perna direita assim que começava a rir. William sempre reparava nisso quando ela fazia esse movimento. Os olhos se contraíam e o rosto se voltava para o céu. Ela sorria com o corpo todo. Atrás do assento da noiva estava Cris, mais relaxado no encosto do banco, o rosto voltado para o lado esquerdo, sorrindo e falando e fazendo alguma brincadeira com Sheila. William se lembrava da cena. Foi a última viagem que os quatro fizeram juntos, alguns meses antes. As passagens de avião estavam caras, e Cris deu a ideia de irem dirigindo. "A gente reveza."

Ele dizia que seria divertido, e realmente foi. Era uma daquelas lembranças que você guarda dentro de sua caixa de emergência.

Olhou para o celular, mas não havia nenhuma mensagem de Juliana. O que por um lado era bom, já que não queria dar explicações a ninguém, não queria dizer aonde estava indo. Era um assunto só dele. O psicólogo não conseguia se imaginar contando a verdade para a noiva.

Você consegue entender por que eu estou fazendo isso?
Ela não entenderia.
Alguém entenderia?

Bete aguardava em frente à guarita de um prédio. Ao fundo, o som do interfone chamava o morador.

— Sim? — A voz era metálica e feminina. Nem o chiado do aparelho foi capaz de esconder a fragilidade de quem estava do outro lado.

— Judite Alves de Castro?

— Eu mesma.

— Sou a detetive Elisabete Fraga. Nos falamos por telefone.

A resposta veio na forma de um estalo sinalizando que o portão tinha sido destravado.

Depois de quatro lances de escada, Bete encontrou Judite, que já a esperava com a porta aberta. A garota tinha entre os dedos um cigarro recém-aceso. O corpo inclinado para dentro da residência convidava a detetive sem a necessidade de palavras.

Ao entrar, Bete teve uma sensação nostálgica; o apartamento não era exatamente como aquele onde ela morava quando tinha seus vinte e poucos anos, mas estava impregnado no ar, marcado nos móveis, no alinhamento dos objetos, o estilo familiar do lar feminino nos primeiros anos de independência. Não era sofisticado, muito menos luxuoso, mas era espaçoso e acolhedor.

— Você divide o aluguel com mais alguém? — Bete sabia encontrar o tom certo para falar com cada pessoa. Uma forma natural de se aproximar que a ajudava muito no trabalho.

— Sim, uma amiga. Mas ela viajou para visitar os pais. Só volta na semana que vem.

— Tudo bem se eu sentar?

— Claro, claro, me desculpa. Senta, por favor. — Judite deu uma tragada forte, foi até a janela, abriu a cortina, balançou a mão no ar para espalhar a fumaça e voltou.

Bete se acomodou no sofá, os cotovelos firmados nas pernas, sustentando o corpo inclinado para a frente. A garota se sentou na poltrona ao lado. Bateu o cigarro no cinzeiro sobre a mesinha no centro da sala. Tinha as mãos delicadas, finas, unhas sem esmalte mas bem cuidadas.

— Como eu disse ao telefone, estou investigando a morte do Nicolas. Vocês namoravam há quanto tempo?

— Ia fazer um ano e três meses na próxima semana.

— A gente nunca esquece as datas, não é? — Bete se mantinha em uma postura firme, mas falava em tom sensível e honesto.

Judite ajeitou o cabelo preto atrás da orelha. Bete não demonstrou, mas, ao ver a namorada do hacker assassinado, esperava uma menina mais exótica, talvez uma parte do cabelo colorida, algo do tipo. Mas a garota não tinha nada de exótico. Era bonita, sem ser demais, os cabelos alcançavam os ombros e eram naturalmente lisos, ou com um alisamento muito bem feito, pensou a detetive. E tinha o brilho do olhar ainda ofuscado pela tristeza de quem perdeu alguém recentemente.

— Judite, você sabia que o Nicolas fazia trabalhos extras além do que tinha na empresa de segurança digital?

— Ele disse que fazia uns freelas.

— Você sabia que esses freelas que ele fazia eram para invadir o computador dos outros?

— Sempre que eu perguntava, ele falava muito por cima.

— Você chegou a conhecer algum cliente desses freelas?

— Não.

— Escutou algum nome, pelo menos?

— Não, nada.

— Judite, eu tenho muito pouco até agora. Não tem nada que você se lembra de não ter falado?

— Bom, a única coisa...

— Qualquer coisa pode me servir.

— Ele deixou uma mochila aqui em casa.

— Eu gostaria de dar uma olhada.

Judite apagou o cigarro, que já estava no fim. Bateu o maço na palma da mão, retirou mais um e acendeu antes de se levantar. Tragou para acender de vez e caminhou até desaparecer na esquina do corredor do apartamento. Bete conseguiu escutar uma porta de armário sendo aberta. Menos de um minuto depois, Judite voltou, carregando na mão uma mochila preta. A detetive a pegou com cuidado, segurando pela alça superior, e a colocou a seu lado no sofá. Abriu o primeiro zíper e encontrou apenas algumas peças de roupa emboladas. Abriu o segundo, mas o interior do compartimento estava vazio. Dentro havia um bolso menor, selado por outro zíper. Enfiou a mão na cavidade e tateou os cantos. Foi quando seus dedos encontraram algo, e, sem retirar a pequena peça, ela pôde imaginar o que era.

Um pen drive.

— Posso usar o seu computador, Judite?

Depois de percorrer um longo caminho pela rodovia, William chegou ao centro de saúde da pequena comunidade. Parecia um hospital em miniatura, sem grandes recursos, mas com pessoas dispostas a fazer o melhor que podiam. O psicólogo se sentiu confortável no ambiente, ao lado de outros profissionais que se sacrificavam como ele para ajudar o próximo.

Seu estômago roncou alto, lembrando-o de que não comia nada desde a tarde do dia anterior. A única coisa que havia posto na boca foram duas xícaras de café preto. Mas ele não se sentia fraco nem com fome. Pelo contrário: não tinha vontade de comer coisa alguma.

— Bom dia — disse William a uma moça na recepção.

— Bom dia, senhor.

— Meu nome é William, sou psicólogo infantil e gostaria de falar com o responsável do posto para oferecer meus serviços para a comunidade.

— Não sei se acredita em destino, mas eu acho que vamos precisar muito do senhor. Só um momento.

Minutos depois, a mulher voltou acompanhada de um homem que devia ter entre quarenta e cinquenta anos e vestia um jaleco branco que aparentava estar em uso havia muito tempo.

— O senhor é o psicólogo?
— Sim, sou eu.
— Venha. Vamos até a minha sala, por favor.

Enquanto caminhava pelos corredores da unidade de saúde, William viu pessoas com as mais diversas necessidades. Desde crianças com simples resfriados a adultos em macas à espera de atendimento.

— Temos muito trabalho por aqui... — O homem fez uma pausa arrastada.
— William.
— Muito trabalho, sr. William. A gente tenta fazer o que pode, mais até, mas o senhor sabe que os recursos para a saúde pública nunca são suficientes para ajudar todo mundo da forma que é preciso.
— Sei bem como é.

O homem olhou para William com certa desconfiança, tentando perceber se o psicólogo realmente sabia como era passar alguma dificuldade.

— Sente-se, por favor. Que tipo de trabalho o senhor pretende oferecer?
— Eu trabalho com crianças. Atendo desde aquelas que precisam de um acompanhamento mais simples, como as que estão no meio da separação dos pais, até traumas mais graves, acidentes, fobias, problemas de convívio social, traumas de violência doméstica. Se pudermos ajudar enquanto elas ainda são crianças, provavelmente não vamos precisar nos preocupar tanto quando crescerem. Assim como vocês, eu estou tentando ajudar o máximo que posso. E mais até.

— Esta é uma comunidade pequena, claro que existem separações, mas eu vou aproveitar que o senhor está aqui para tirar o máximo proveito do seu trabalho, já que está tão disposto a ajudar.
— Sim, estou.
— O senhor disse que tem experiência com crianças que sofreram traumas graves, inclusive de violência.
— Exatamente.
— Então eu acho que não vai ter a tranquilidade de começar devagar, sr. William. Uma criança de oito anos presenciou o possível assassinato dos pais ontem à noite. Arrancaram a língua do pai na frente do garoto. Pra ser sincero, nós ainda sabemos pouca coisa do que aconteceu. A polícia não

sabe onde eles estão, nem se estão vivos, mortos, nada. Mas, enquanto eles fazem a parte deles, nós podemos fazer a nossa.

— Acho que eu sou a pessoa perfeita pra ajudar.

O homem descansou as costas no encosto da cadeira e encarou William com uma seriedade triste.

— Eu era da cidade também, sr. William. Sabe por que eu me mudei de lá?

— Por quê?

— Eu saí de lá porque não queria me tornar alguém que não se choca quando escuta uma notícia dessas.

William entendeu muito bem a indireta.

—Talvez eu já tenha ficado tempo demais por lá.

— Isso me preocupa um pouco. Claro que precisamos de toda a ajuda possível, mas será que alguém que não sente a dor do outro pode auxiliar essa pessoa a entendê-la?

— Quando a gente entende a dor, para de sentir medo dela e consegue encará-la de frente, argumentar com ela e fazer com que vá embora, ou pelo menos fique em silêncio.

O homem ficou alguns segundos quieto, como se estivesse lendo.

— A criança está na casa dos tios. O senhor vai ter que se deslocar pra cá toda semana. É muito trabalho?

— Se fosse eu nem teria vindo.

O homem anotou o endereço e o telefone dos tios da criança em um papel e entregou a William.

— Bem-vindo ao time.

Antes que o psicólogo deixasse a sala, o homem disse uma última frase:

— Eram ótimas pessoas. Os pais da criança.

—Tomara que a polícia os encontre bem — tentou ser o mais sincero possível.

— Ainda há um coração batendo aí, sr. William. Não deixe ele endurecer, senão o senhor não vai poder ajudar ninguém.

Quem sabe se essas palavras tivessem sido escutadas antes. Talvez sua decisão fosse outra. Mas agora ele sabia que era tarde demais para voltar atrás. Agora ele iria até o fim, esperando as cartas da mesa serem viradas para saber o resultado de sua aposta.

A casa dos tios do garoto ficava a quase uma hora da unidade de saúde. Era uma propriedade rural modesta, cuja principal fonte de renda vinha da criação de vacas leiteiras. Ao passar pelo portão, conseguiu ver de longe um grupo de pessoas perto da porta de entrada. Parentes e amigos estavam reunidos para ajudar no momento de dor.

William parou o carro e notou todos os olhares voltados para ele. Era uma pessoa estranha na região, e sabia que os visitantes sempre causam esse tipo de reação em comunidades pequenas, onde todos são conhecidos. Um crime dessa natureza não passaria despercebido.

Ao chegar, foi recepcionado por Astor, dono da casa e tio do garoto. O médico da unidade de saúde já havia ligado e informado sobre a visita do psicólogo e a ajuda que ele estava oferecendo.

O homem vestia uma camiseta branca que entrava pela cintura da calça jeans batida. A sombra do boné velho caía sobre o rosto sem esconder as profundas marcas do arado do tempo, reforçadas pelo trabalho debaixo do sol. Os braços magros eram fortes, com veias que pareciam querer saltar da pele. A mão era áspera como a própria terra de que cuidava, e a educação, polida pela simplicidade.

— O senhor deve ser o doutor, né? Muito obrigado pela ajuda.

— Sim, meu nome é William. Sinto muito pela sua perda.

— Ainda temos fé em Deus que vamos encontrar meu cunhado e minha cunhada bem. Sem corpos não existe morte, né? Temos que ter esperança.

— Claro.

William nunca fora religioso. Para ele, a fé era uma maneira de ter esperança, mas ir à igreja era simplesmente ter desespero, e todos que diziam amar a Deus amavam com segundas intenções, por interesse próprio.

— Por favor, vamos entrar. Só não repare na bagunça.

— Não se preocupe.

William cumprimentou o grupo de homens com um leve aceno de cabeça e entrou na casa com toda a educação de um médico da cidade. Foi recepcionado pelos olhares de um grupo de mulheres que se dividiam em trabalhos domésticos, todas tentando ajudar de alguma forma.

— Rute. Rute!

A esposa surgiu através da porta larga que separava a sala da cozinha, acompanhada pelas sombras de outras duas mulheres.

— Esse é o doutor que veio ajudar o Miguel.

Rute demonstrava uma hospitalidade que só se vê em pessoas simples.

— Graças a Deus. Doutor, por favor — ela falava rápido.

— Calma, Rute.

— Desculpe — a mulher disse, abaixando a cabeça para segurar as lágrimas. — A minha irmã... Quem faria uma coisa dessas?

O marido passou uma das mãos sobre seu ombro.

— Vá buscar o Miguel.

— Acho melhor eu ir até ele — William se adiantou.

Rute não olhou para o psicólogo, apenas acenou positivamente e, com a cabeça baixa, movimentou o corpo para que o doutor a seguisse.

Subiram as escadas de madeira rústica até o quarto do casal. Dentro dele, viu o pequeno Miguel deitado com a cabeça no colo de uma mulher mais forte que o próprio psicólogo. Ela acariciava os cabelos do garoto, que estava de olhos abertos e parecia nem piscar. Outra mulher fumava um cigarro ao lado da janela. As duas acenaram com a cabeça para William. Ele se aproximou devagar e se sentou no chão ao lado da cama, ficando na altura dos olhos da criança, que pareciam atravessar o psicólogo.

Do lado de fora da casa, os homens fumavam, bebiam a cachaça produzida por um deles e faziam suposições sobre o crime sem motivo aparente. A manhã cedia lugar à tarde, e o vento que não encontrava prédios como obstáculo corria livremente pela campina aberta, balançando a copa das árvores, e o farfalhar das folhas se fundia ao mugido das vacas e à agitação das galinhas que ciscavam perto da residência.

Um cão que estava deitado na terra se levantou em posição de defesa e rosnou, mostrando os dentes, quando William apareceu do lado de fora da casa. O cachorro o encarava ameaçadoramente, mas foi logo acalmado por Astor.

— Pode ficar tranquilo, doutor. Esse vira-lata não morde. Não sei o que deu nele.

O psicólogo tentou, sem sucesso, recusar o café que uma das mulheres da casa tinha preparado. É impressionante como as pessoas que moram em regiões rurais comem em todas as ocasiões: nas felizes, nas tristes, nas comemorações, no luto. A recepção tão carinhosa de todos incomodava ainda mais William, que só queria estar longe dali, longe da presença de pessoas querendo agradecê-lo.

Seus olhos se encheram de lágrimas quando deu a primeira mordida no bolo de laranja, fazendo Rute ficar meio assustada com a reação do doutor.

— Se não gostar, não precisa comer... Eu posso fazer outro. Basta me dizer de que tipo de bolo o doutor gosta.

— O bolo está ótimo, Rute. Ótimo mesmo. É que toda essa situação... tudo isso... eu fico pensando... como alguém pode ser capaz de fazer uma coisa dessas com uma criança? Eu olho pra vocês e vejo pessoas tão boas e... ninguém faz nada pra impedir isso. O que é ainda pior do que a pessoa que realmente comete um crime desses, sabe? Qual é o ponto de tudo isso, se sempre acontece, se repete e nada muda? A gente só continua, como se fosse obrigado a aceitar. Alguém precisa fazer algo.

William tomou um gole do café preto, e assim que a bebida preencheu a boca sentiu o gosto doce. Não costumava adoçar o café.

— Se quiser mais açúcar... — Rute colocou na mesa um pequeno pote de porcelana aberto, onde era possível ver os cristais brancos como neve.

— Está ótimo assim. Obrigado, Rute.

O psicólogo ficou olhando o interior do pote. Branco reluzente. Depois voltou a olhar para dentro de sua xícara, o líquido adoçado e totalmente preto.

O branco açúcar pode mudar o gosto do café, mas ele ainda vai continuar preto.

🖋

William se despediu de Rute e Astor e disse que visitaria o menino uma vez por semana para acompanhá-lo de perto. Deixou seu cartão com os tios, para o caso de precisarem. Carregou consigo uma travessa de bolo que Rute quase o obrigou a levar. Antes de entrar no carro, deu uma última olhada para trás e viu todas as pessoas reunidas em frente à casa acenando com hospitalidade.

Se eles soubessem o que eu realmente sou.

Em poucos minutos William estava percorrendo a estrada de terra. Pisava fundo, como se estivesse sendo perseguido por um fantasma. Atrás dele, uma cortina de poeira se levantava e cobria a vista no retrovisor. O ponteiro do acelerador não parava de subir e o psicólogo não freava nas curvas, fazendo o carro quase sair da estrada em algumas delas.

Seus olhos estavam embaçados. Pela segunda vez em poucos dias, ele chorava.

Uma curva muito fechada estava logo à sua frente. Destravou o cinto de segurança e acelerou mais. De repente, o som de uma buzina soou forte quando um carro apareceu vindo em sua direção. Não fosse o outro motorista desviar o veículo para o lado, os dois automóveis teriam se chocado violentamente. William pisou no freio com força, fazendo o carro perder o controle e ziguezaguear na rua de terra até parar próximo a um despenhadeiro. Uma densa cortina de poeira envolveu o automóvel.

O psicólogo estava com a testa encostada no volante, gemia uma dor que não vinha do corpo, e a saliva densa que escorria de sua boca pingava no banco de couro. Saiu do carro carregando a travessa de bolo, sentou no meio da estrada de terra e a cortina de poeira que ainda pendia no ar grudou no rosto molhado como maquiagem borrada.

Arrancou nacos graúdos de bolo e os enfiou com violência na boca. Parecia querer comer os próprios dedos. Nem terminava de engolir, enfiava outro pedaço. Encostou a cabeça na lataria do automóvel, da garganta saltava uma veia grossa e o rosto tinha um rastro de terra grudado nas lágrimas secas. Olhou para a travessa de bolo. Vazia, oca. Sobravam apenas as migalhas e farelos do que antes a preenchia por inteiro. E era tão bom.

✍

Já estava anoitecendo quando William entrou em seu apartamento. Sem acender nenhuma luz, atravessou o corredor direto para o quarto, ignorando o computador, que continha uma nova mensagem.

10

— Alô?
— Artur?
— Que horas são?
— Não tão cedo para esta notícia.
— Fala de uma vez.
— Você pediu pra pesquisar qualquer coisa parecida com o caso das crianças.
— Hum?
— Você não vai acreditar.

Artur já estava sentado com as pernas para fora da cama. Passou a mão na boca seca e respondeu com o humor de quem acaba de acordar:

— Fala logo.
— Eu encontrei mais uma. Mais uma criança. Aconteceu há dois dias. Foi em uma pequena comunidade de uma região rural.

O detetive abriu a gaveta do móvel ao lado da cama, apanhou um bloco de anotações e uma caneta.

— Pode falar. Uhum. Certo.

Depois de desligar o celular, Artur continuou sentado. Cortou o pedaço de papel e colocou o bloco de notas e a caneta no mesmo lugar onde estavam. Olhou para os chinelos perfeitamente alinhados no chão e os encarou por alguns segundos. Esticou o braço para puxar a cortina e espiou o céu da manhã cinza.

Entre tomar um banho, se vestir e chamar um táxi, foram pouco mais de trinta minutos.

Ele já estava na calçada quando o veículo estacionou à sua frente. O endereço do destino já havia sido dado pelo telefone, e o taxista tinha adorado a notícia de uma viagem longa e rentável.

Ao entrar na via expressa, o trânsito estava aberto naquele sentido. Do outro lado, uma fila de carros se movia em menor velocidade. No período da manhã, o sentido congestionado era o que vinha das cidades vizinhas. Homens e mulheres que preferiam dirigir um pouco mais para morar em regiões com maior tranquilidade, longe do grande centro, onde tudo acontecia de forma exagerada. A maioria dos carros tinha os vidros fechados, assim como os ônibus interestaduais que faziam o transporte coletivo de quem preferia ir dormindo durante o trajeto. Do lado de fora era possível ver os rostos achatados contra as janelas, uma mistura de careta e falta de vontade de estar ali. Artur reparou que, dentro de um ônibus, uma mulher lia o jornal. Era a única acordada.

O táxi diminuiu a velocidade e o detetive viu o pedágio. O trânsito do outro lado da pista era ainda mais congestionado pela necessidade de pagar um preço para seguir em frente.

Enquanto o veículo se distanciava do habitat do policial, Artur sentia um desconforto crescendo dentro dele. A cidade realmente dava muitos motivos para fugir dela, e o detetive até gostaria de conseguir fazer isso, mas para ele não era apenas uma questão de querer. Era difícil ter coragem de sair. Ir para algum lugar estranho, precisar conhecer tudo de novo, pessoas novas, era tudo muito complicado e delicado, e, mesmo não querendo deixar que as limitações pessoais definissem seu destino, ele tinha sim uma grande dificuldade para se aventurar pelo mundo de outras pessoas. Só de pensar nessa possibilidade, Artur ficava agitado. O detetive sabia mais do que ninguém: a melhor maneira de se sentir seguro é conhecer o lugar onde se está. Um ensinamento que ele aplicava não só à cidade, mas também aos ambientes sociais. Principalmente aos ambientes sociais. As ruas, os prédios marcantes na geografia faminta, ele sabia onde estava, ele sabia o que esperar.

Para a maioria das pessoas, a característica mais diferente de uma cidade para outra é a paisagem. Para Artur, era o cheiro. E ele já sentia o perfume do próximo município se aproximando. Era algo mais leve, mais com cara de infância. E, para ele, essa era a principal diferença. As crianças parecem crescer mais rápido em cidades grandes. Não é à toa que normalmente elas são cinza.

No meio desses pensamentos, lembrou de uma frase que Bete havia dito quando conversavam sobre mudar ou não de cidade.

Na minha infância, piscina era diversão, era brincadeira. Para as crianças de hoje, piscina virou aula, virou escola.

Bete tinha razão, pensou Artur.

🖋

Quase três horas depois, Artur entrava com o táxi pelo portão da propriedade que fora investigar. Astor estava sentado do lado de fora da casa e se levantou quando o automóvel parou em frente à casa.

— Bom dia, senhor.

— Bom dia.

— Meu nome é Artur Veiga. O senhor é o tio do garoto que teve os pais assassinados? — disse, mostrando seu distintivo.

— Não sabemos se eles estão mortos. Pensei que quem estava investigando era...

— Eu não sou daqui. Podemos entrar para conversar?

— Claro. Me desculpe. Faz favor, vamos entrar.

Artur seguiu o homem até a sala da casa.

— Pode sentar. Gostaria de beber alguma coisa?

— Não, obrigado. Senhor...

— É Astor, mas não precisa do senhor na frente.

— Ok, Astor. Os pais do seu sobrinho não foram as primeiras vítimas desse criminoso.

Artur realmente não sabia como preparar o terreno para uma notícia inesperada.

— Desculpe, sr. Artur, eu... Como é?

— Outras duas famílias na cidade foram vítimas do mesmo tipo de ação, dois casais diferentes com um filho de oito anos. Acharam uma língua no chão?

— Sim... sim, senhor. — A voz de Astor saía confusa.

— O mesmo aconteceu com os outros casais. O garoto está ficando com vocês agora?

— Sim.

— Um psicólogo está cuidando das outras duas crianças. Vou pedir para ele vir cuidar do seu sobrinho. Acho que ele pode ajudar.

— Já veio um doutor aqui pra cuidar do Miguel.

— Qual o nome dele?

— Ah... eu não lembro de cabeça, desculpe. Vou pegar o cartão.

Astor se levantou da poltrona e foi em direção a um móvel na sala. Lembrava que tinha deixado o cartão de William na primeira gaveta e precisava dele para recordar seu nome. O psicólogo estava prestes a ser entregue pelo seu próprio cartão de visitas.

A pesada gaveta de madeira rangeu quando deslizou para fora, revelando um interior desorganizado, cheio de papéis aleatórios. O homem revirou folhas e pequenos objetos em busca do cartão.

— Será que a Rute guardou em outro lugar?

— Tudo bem, Astor. Não preciso do nome. Mas é melhor que o mesmo psicólogo que está cuidando das outras crianças também converse com o seu sobrinho. Eu vou avisá-lo e ele vai vir falar com o senhor.

— Tudo bem, claro, sem problemas. — Astor fechou a pesada gaveta.

O detetive se levantou e foi até a janela. Ficou olhando para fora por um tempo. Viu no fundo do terreno um pequeno estábulo e uma horta onde eram cultivados verduras e legumes para consumo da família. Ao seu lado havia um bonito vaso de cerâmica com rosas brancas. Observou que as pétalas estavam ganhando uma coloração levemente rosada. Seus pensamentos foram interrompidos pela voz de uma mulher.

— Não sabia que tinha visita.

— Rute, esse é o detetive Artur. Ele está... investigando outros dois crimes na cidade que... são iguais ao que aconteceu com o Lucas e a Mirtes.

— Santo Deus — a mulher falou, colocando uma mão no peito e outra na frente da boca.

— Eu quero ver a casa onde tudo aconteceu — disse o detetive, sem se importar muito com o choque da dona de casa.

Quando chegaram, Artur ficou quase vinte minutos estudando a residência por fora, olhando como se ele mesmo planejasse invadir o local. Desviou a atenção para o terreno ao redor.

Tinha que ser de noite.

Entrou devagar. Parou e olhou mais uma vez ao redor. Dava alguns passos, parava, observava. Viu as escadas que davam acesso ao segundo piso. Subiu devagar. Olhou as portas no corredor.

— O quarto do meu cunha...

— Silêncio. Ninguém mostrou para o assassino onde era cada lugar — o detetive interrompeu Astor.

Foi até a porta mais próxima, abriu uma pequena fresta e olhou o interior. Era o quarto do casal. Fechou a porta devagar, como se não quisesse fazer barulho. Foi até a outra e fez a mesma coisa. Chegou ao último quarto, abriu e entrou. Não tocava em nada, apenas observava. Deu de frente com a cama estreita da criança. Abriu o guarda-roupa.

Caberia alguém aqui. Meio apertado, mas caberia.

Virou-se e viu a janela que dava para o enorme terreno da propriedade. Olhou atrás da porta. Desceu novamente as escadas até a sala.

— Tinha três cadeiras aqui?

— Sim. A polícia levou o carpete. Estava... cheio de sangue. Vocês encontraram alguma pista nas outras duas casas?

— Nas casas não encontramos muita coisa além do que provavelmente vocês encontraram aqui. Nada foi levado?

— Não, nada.

🖋

Já era fim de tarde quando Artur voltou para a cidade. O céu estava uma aquarela de cinza, azul e vermelho, e o detetive resolveu não ir para a delegacia. Foi direto para o consultório de William.

— Alguma novidade com as crianças?

O psicólogo ficou em silêncio por alguns segundos.

— Estamos trabalhando. É muita coisa para elas assimilarem. Leva tempo.

— Descobri uma coisa de que o senhor não vai gostar.

William não disse nada. Só olhava para Artur.

— Temos mais uma criança.

— Mais uma? — William tentou disfarçar.

— Não é da cidade. É de uma comunidade afastada, a umas três horas daqui. Parece que já tem um psicólogo atendendo o menino, mas achei que o senhor gostaria de cuidar dele também, já que está cuidando das outras duas crianças.

— Claro, sem dúvida. Vou fazer isso.

— Não quer que eu lhe dê o endereço?

— Sim... A Margô pode anotar pra mim quando você estiver saindo.

Artur estava inquieto. Mesmo sentado na poltrona, parecia se mover pela sala.

— O que você acha disso tudo? — perguntou o detetive.

— Das crianças?

— Não. Da pessoa que está fazendo isso. O que você acha que ela quer?

— Eu acho que... há algum motivo particular para tudo isso. Mais do que a vontade de matar pessoas. Acho que ele está querendo provar alguma coisa.

— Sim. Um estudo.

Artur conseguiu ganhar toda a atenção de William.

— Um estudo?

O detetive se levantou da cadeira e andou pela sala com calma, olhando os brinquedos e materiais de desenho, que davam um clima de fantasia ao consultório infantil.

— Existem diferentes formas de testar alguma coisa. Um medicamento, por exemplo. Mas é preciso fazer comparações, ver o que influencia e o que não influencia o objeto de estudo ou... teoria social. É isso que o suspeito está fazendo. — Artur passou o dedo para sentir a maciez de um boneco de pelúcia. — Do jeito dele, mas está fazendo. Não tem nada a ver com os pais. Na verdade, os pais são apenas um dos dados, por isso eles são diferentes, assim como o tipo de criação, a região onde cresceram, o sexo. Somente dois dados desse estudo são comuns: a criança de oito anos e o método dos crimes.

Agora era William quem se levantava da cadeira. De repente o assento pareceu desconfortável, apertado, incômodo. O psicólogo colocou as mãos no bolso e não olhava para o detetive. Demonstrava estar pensando no que Artur dissera. Abriu o primeiro botão da camisa. As paredes, o teto e o chão do consultório pareceram se mover de forma pesada, como se estivessem se aproximando, se fechando.

— Mas é só uma teoria. O que você acha dela? — Artur olhou para William. — Você é o profissional das teorias.

O psicólogo tentava entender se Artur estava apenas contando suas ideias ou se tinha algum propósito ao revelá-las para ele.

— Se ele quer ter bons dados para esse... estudo, com certeza não vão ser apenas dois crimes. — William disfarçava com uma tentativa de oferecer ajuda. — E nós dois somos profissionais de teorias, detetive.

— Só enquanto eu não resolver o caso.

Só enquanto eu não terminar o estudo — era o que gostaria de responder.

— Falando em caso — tentou mudar a direção da conversa —, eu li sobre aquela série de crimes que você resolveu há uns dois anos. Foi uma forma pouco comum de prender um criminoso.

— Essa é outra história.

Os dois permaneceram cada um no seu mundo, dividindo a mesma sala com pensamentos silenciosos.

— Às vezes você não para pra pensar no porquê de tanta coisa errada?

— São as coisas erradas que nos dão emprego, doutor. O meu e o seu.

— E isso faz você se sentir melhor?

— Faz eu me sentir útil.

— Ter um propósito — William completou, concordando.

De alguma forma, ele estava gostando da conversa com Artur. Apesar de saber mais do que deveria, o detetive tinha um jeito de pensar que, querendo ou não, se alinhava com a forma de agir do psicólogo. Pelo menos era assim que ele estava interpretando o policial.

— Você gosta do que faz, detetive?

— E alguém gosta realmente do que faz? O senhor acorda todas as manhãs sorrindo por saber que vai passar o dia todo escutando problemas?

— Um sorriso nem sempre quer dizer algo bom, detetive. Isso me lembra uma coisa. Um dia eu assisti a um documentário, um desses sobre natureza selvagem. Os pesquisadores estavam tentando desvendar o motivo dos sons emitidos pelas hienas. A maioria das pessoas acha que aquele som é uma risada, mas os pesquisadores chegaram à conclusão de que as hienas de menor posição hierárquica no grupo, hienas dominadas, hienas frustradas, emitiam mais alto esse som que parece uma "risada" — desenhou aspas no ar com os dedos. — Às vezes damos a impressão de que gostamos de alguma coisa, quando na verdade só estamos com medo, dor, fome. Não tem nada de engraçado em ser um animal carniceiro que se alimenta do que sobrou dos mortos.

O diálogo entre William e Artur pedia intervalos de silêncio, que ambos respeitavam, sem a necessidade de uma resposta rápida. Não era uma conversa, era quase um jantar.

— Deixa eu te mostrar uma coisa. — William foi até um canto do consultório onde havia um armário e deslizou a porta do móvel, revelando um aparelho de TV. — Se quiser se sentar.

— Estou bem assim.

— Como quiser.

Apertou o play de um aparelho de DVD e começou a exibir a gravação de uma sessão com Marcelo, a criança que perdera os pais no primeiro crime. Pelo ângulo da câmera, o menino não parecia saber que estava sendo filmado. Em alguns casos William costumava gravar as sessões para analisar com calma as reações do paciente. O psicólogo não aparecia nas cenas, mas era possível reconhecer sua voz no vídeo.

— *O que você diria para a pessoa que fez isso?* — a voz de William perguntou para a criança.

— *Por que ele fez isso comigo.*

— *Mas ele fez com seus pais, não com você.*

— *Ele fez comigo. Me deixou sozinho.* — A criança parou um pouco. — *Mas eu tenho pena dele.*

— *Pena por quê?*

— Pessoas más são pessoas tristes. Por isso elas são más. Ele não deve ter nenhum amigo pra ficar feliz.
— Se ele pedisse desculpas, você desculparia ele, Marcelo?
— Não. Eu também estou triste. Tristeza faz a gente virar uma pessoa ruim.

O psicólogo parou a gravação, congelando o vídeo na imagem do garoto sentado no chão, mexendo em um robô de brinquedo. Artur e William ficaram um tempo em silêncio, olhando para o aparelho de TV com a imagem estática.

— O mal nada mais é do que um buraco que quer desesperadamente ser preenchido, detetive. Se a sua teoria estiver correta, se ele está realmente fazendo esse estudo, três casos são pouco para uma comparação. É melhor você se apressar, porque quem está fazendo isso vai matar mais.

✒

Já era noite, mas Artur resolveu ir até a delegacia. Não queria voltar para casa, não queria perder tempo. Ao chegar, viu um envelope fechado com seu nome em cima da mesa. Depois que Luiz e Felipe desapareceram, a irmã de Felipe ficou com a guarda provisória da menina. O envelope tinha o nome dela como remetente: Andrea Vilela da Fonseca. Dentro havia uma fotografia da menina Luiza sentada perto de uma janela, olhando para fora. Tinha cara de saudade e segurava o sapo de pelúcia que encontrara no consultório de William. No verso da fotografia havia uma mensagem de Andrea.

"Pegue quem roubou a felicidade dela."

Artur virou a foto novamente e olhou para a garota sentada ao lado da janela. Era possível ver as gotas de chuva escorrendo no vidro fechado, como se o mundo estivesse refletindo seus sentimentos.

Logo abaixo da menina estava um cachorro, deitado perto dela. Ao lado havia um móvel com um vaso de flores brancas, com uma coloração rosada que se abria do centro em direção à ponta das pétalas. Congelou os olhos no vaso feito de cerâmica clara, com a base estreita, que ia se alargando até a borda, onde começava a planta que saía da terra. Em um clarão de lembrança, recordou ter visto o mesmo vaso na casa da família da fazenda.

Recebemos dois dias depois do desaparecimento da minha irmã e do meu cunhado, lembrou da frase de Rute sobre o vaso.

Remexeu em alguns papéis em sua mesa e folheou uma pasta que guardava tudo o que tinha de Luiz e Felipe. Procurou o telefone de Andrea e digitou o número.

— Alô?
— Andrea?
— Quem gostaria?
— Aqui é o detetive Artur Veiga. Eu recebi o envelope.
— Ah, sim.
— Tem um vaso na foto com umas flores brancas.
— Sim. Alguém mandou pra gente... uns dois dias depois que... você sabe.
— Tinha algum bilhete junto?
— Sim, por quê?
— Você ainda tem o bilhete?
— Acho que sim.
— Estou mandando um carro ir buscar o vaso e o bilhete na sua casa.
— O que você quer com o vaso, detetive?
— Ele pode ter sido enviado pelo assassino.

🖋

Artur ligou para a casa dos tios da primeira vítima e eles confirmaram que haviam recebido um vaso com a mesma descrição dada pelo detetive. Uma equipe de policiais foi enviada para a casa de cada família a fim de trazê-los até a delegacia.

Artur ainda estava trabalhando quando Bete ligou para seu celular.

— Oi, Bete.
— Onde você está?
— Na delegacia.
— Artur, você não esqueceu do jantar, né?
— Droga, sim. Só precisava resolver umas coisas. Estou indo agora mesmo. Eu preciso levar algo? Flores?
— Uma garrafa de vinho já está ótimo, Artur.

— Ok, então. Estou aí em alguns minutos.
— Ótimo.

Depois de muito insistir, Bete havia convencido Artur a deixá-la apresentar uma amiga para ele. O marido de Bete era chef de cozinha, então o casal tinha resolvido oferecer um jantar em seu apartamento. Artur não se sentia muito confortável com a situação. Estava preocupado com o momento que se aproximava.

Já de pé, esfregava a palma das mãos no tecido da calça. Andava de um lado para o outro e pensou até em pedir um conselho para um policial que trabalhava em outra mesa.

Só espero que ela não seja muito bonita.

Alguns minutos depois estava em um supermercado, olhando o rótulo das bebidas. Não era de beber e não sabia qual levar, então pediu ajuda para um homem que tinha uma garrafa na mão. Ele parecia saber o que estava fazendo.

— Por favor, eu preciso levar um vinho para um jantar e não sei qual. O senhor poderia me ajudar? — Artur estava realmente nervoso.
— O que vai ser servido?
— Eu não sei.
— Que tipo de ocasião?
— A mais constrangedora possível.
— Vai jantar com uma mulher pela primeira vez, então.
— Isso. E um casal de amigos.
— Quais são suas intenções?
— Não parecer estranho.

O homem se divertia com o nervosismo de Artur.

— Leve esse.
— Por quê?
— Depois de abrir um desses, você não vai precisar falar muito.
— Perfeito.

Vinte minutos depois, Artur entrava pela porta do apartamento de Bete. Ao sentir o perfume no ar, conseguiu entender o exagero da amiga ao falar da comida do marido. O aroma realmente dispensava elogios. Pensou que devia ser um bom hobby para aprender. Afinal, de boca cheia as pessoas não falam muito. Pelo menos as educadas.

— Artur, esta é a Rosa.

O detetive olhou para a mulher de cabelos castanhos e olhos grandes e bonitos, mas seu pensamento se fixou na ironia do nome.

— Eu trouxe o vinho.

Quando foram para a mesa, Artur ficou observando onde cada um iria se sentar. Tentando ser o mais natural possível, puxou uma cadeira ao lado de Rosa.

— Ótima escolha, Artur — disse Oscar sobre o vinho.

O detetive apenas deu um sorriso nervoso.

A mesa estava arrumada com capricho, sem deixar de lado a simplicidade de um encontro entre amigos, dispensando as formalidades típicas dos restaurantes. O prato principal era *costoletta di vitello alla milanese*, como anunciou Bete, orgulhosa do marido.

— Carne de vitela? — perguntou Artur.

Oscar congelou. Não tinha pensado na possibilidade de o detetive ser contra o consumo de carne de bezerros abatidos ainda muito jovens.

— Desculpe, Artur. Eu nem me toquei de perguntar se alguém tinha algum problema com carne de vitela.

— Não tem problema. Não é isso. Eu só... Parece que está muito bom.

— Ainda temos — Oscar mostrou a travessa — risoto de açafrão e uma saladinha de endívia vermelha, rúcula, figo e queijo de cabra. Não esqueçam de espremer o limão siciliano por cima, faz toda a diferença. Pra ser sincero, é um jantar bem simples, mas espero que gostem.

— Eu não disse que o Oscar cozinhava muito bem, Artur?

— Sim. Várias vezes, Bete.

Artur falava de um jeito que fazia suas frases ganharem um tom divertido. Mas ele não entendia por que os três riam.

— A Bete contou que você é o melhor detetive da delegacia. — Rosa tentava deixá-lo à vontade. A amiga já tinha lhe adiantado suas peculiaridades.

— Na verdade são os outros que não são muito bons.

— É um jeito interessante de ser modesto.

— Não, é só a verdade mesmo.

Ele olhou para Rosa, que usava um vestido azul-claro, e reparou na forma como ela se mexia, como pegava a taça de vinho e colocava na boca para depois contrair o lábio inferior, que ficava molhado com a bebida, e secá-lo suavemente. Ela se movia com facilidade, sem querer parecer outra pessoa nem impressionar ninguém. E ele gostava disso. Havia uma naturalidade tão fácil na jovem que ele gostaria de conseguir dizer algo que não o fizesse parecer estranho.

— Você é realmente muito bonita, Rosa.

— Ah, obrigada.

— Você não tem filhos, não é?

— Como você sabe?

— Os seus seios. Os seus seios dizem que você não tem filhos.

Bete e Oscar se olharam furtivamente.

Rosa exibia um sorriso de quem não entendeu muito bem o que Artur quis dizer.

— Eu vou encarar isso como um elogio, Artur.

— Foi um elogio.

— Então obrigada. — A frase veio acompanhada de um sorriso que misturava graça e elegância, sem parecer de mentira.

Oscar estava se divertindo com a cena e, antes que a mesa caísse em silêncio, direcionou a conversa, colocando Bete no centro das atenções.

— Você já falou pro Artur da sua teoria sobre a luz interna da geladeira?

— Não é teoria, amor, é uma certeza — Bete respondeu, com a autoridade de mulher da casa.

— Então conte pra todo mundo. Vamos ver se eles concordam.

— Artur, sabe por que a geladeira tem uma luz que acende quando você abre a porta?

— Pra gente ver o interior.

— Errado. Pra isso temos a luz da cozinha. Ela tem luz interna para que você possa acordar no meio da noite e assaltar a geladeira sem precisar acender a luz da casa, assim você não acorda ninguém que possa te pegar em flagrante.

Bete, Oscar e Rosa caíram na risada. Artur ficou pensando na teoria.

— Faz todo o sentido — Rosa apoiou o pensamento da amiga.

— Viu, querido? Não tem ninguém que discorde das minhas certezas.

— Você é policial, amor. As pessoas não discordam de quem carrega uma arma.

O jantar transcorreu assim durante toda a noite: leve e tranquilo. Por algumas horas, Artur quase não sentiu desconforto por estar ali, em um evento social, com o ingrediente constrangedor de um encontro planejado. Nem a comida foi capaz de silenciar a mesa, e, algumas taças de vinho depois, todos foram para a sacada do apartamento, onde a conversa continuou, como disse Oscar, interessante.

Rosa e Artur deixaram o apartamento e combinaram dividir um táxi que deixaria Rosa primeiro. Ao fechar a porta, Bete olhou para o marido, que estava na sacada, rindo, e ficou na torcida para que o táxi não precisasse deixar Artur em casa.

11

Na manhã seguinte, Bete estava terminando de se arrumar. A TV estava ligada e a apresentadora dava a previsão do tempo para o dia.

— *Não saia de casa sem guarda-chuva. Hoje o tempo vai ficar fechado o dia todo e uma massa de ar frio vai se chocar com o ar abafado, o que pode provocar chuva forte no fim da noite.*

Bete olhou pela janela e viu o céu coberto por nuvens escuras.

— Hoje vai ser um dia feio.

Segurando o coldre da arma com o cano apontado para o chão, verificou a munição e colocou o revólver na cintura.

— Não vai passar na casa do Artur? — perguntou Oscar, que também já estava pronto para sair.

— Estou tentando ser otimista. Espero que ele não precise de carona.

O celular de Bete vibrou, sinalizando uma mensagem.

Que droga, Artur.

Bete dirigia sem pressa sob o manto cinza do céu. Ao chegar à esquina da rua do colega, não o viu parado na calçada como sempre fazia. Esperou alguns minutos e, como ele não havia descido, resolveu apertar o interfone. Depois de três toques, ouviu a voz metálica do policial pelo interfone.

— Quem é?

— Quem você acha que pode ser?

— Qualquer pessoa que tenha um dedo.

Às vezes, nem Bete sabia se Artur estava falando sério ou brincando.

— É a Bete, Artur.

— Se você tivesse perguntado "Quem você acha que é?", eu responderia que era você. Mas você disse "Quem você acha que pode ser?" — intensificou a palavra *pode* —, e isso muda completamente a resposta.

— Desce logo, Artur.

O detetive entrou no carro como se nada tivesse acontecido na noite anterior, girando nos dedos o cigarro apagado, até que Bete, que não parava de olhar para ele, resolveu ir direto ao assunto, sem perder tempo com preliminares.

— E aí? Conta.

— Contar o quê?

— Como assim o quê? E a Rosa?

— O que tem ela?

— Meu Deus, Artur. Depois que vocês saíram de casa, o que aconteceu?

— Nós entramos no táxi, fomos até a casa dela, eu deixei ela lá e fui pra minha.

— Não rolou nem um beijinho?

— Ela não queria me beijar.

— Minha nossa. É claro que ela queria.

— Não queria. Eu perguntei.

— Você perguntou?

— O táxi parou, eu desci com ela até o portão, ela disse que tinha adorado a noite, que foi divertido e que nós poderíamos fazer isso mais vezes. Aí eu perguntei se podia beijá-la e ela disse: "Você vai ter que fazer mais do que isso pra me beijar". Então eu fui embora.

— Meu Deus, Artur. — Bete não conseguia acreditar. — Ela estava sorrindo quando falou isso?

Artur ficou em silêncio, como se estivesse pensando.

— Não era bem um sorriso.

— Você devia ter beijado ela.

— Mas ela falou que eu tinha que fazer mais alguma coisa antes. E se eu beijasse e ela dissesse: "Não me escutou?"

— Aí você falava: "Escutei sim, mas é a minha boca que está te beijando e ela não foi feita pra ouvir". — Bete gesticulava de um jeito exagerado, representando um galã de filmes.

— Eu fiz tudo errado.

— Não, não. Você foi um cara legal. E não se preocupe com isso de dizer coisas erradas. Sair com alguém não é como uma prova de concurso público, em que uma resposta errada elimina uma certa. Ninguém consegue acertar tudo. Na verdade, eu diria que hoje em dia, se você acertar vinte por cento, já passa.

— Vinte por cento? Como eu faço essa conta?

— Esquece a conta, Artur. Mas na próxima vez vê se lasca um beijo na boca dela. Só não pergunte pra uma mulher se pode fazer isso, ok?

Artur assentiu em silêncio. Estava guardando os conselhos românticos na memória. Alguns segundos depois, a conversa já tinha virado trabalho.

— E como está o caso das crianças? — perguntou Bete.

— Nós descobrimos uma terceira.

— Que droga.

— Tem um vaso que todas as famílias receberam, um vaso de flores. Todas elas receberam dois dias depois do sumiço. Mandei uma equipe em cada casa buscar os vasos e levar para a perícia dar uma olhada, pra ver se encontram alguma coisa.

— Um vaso?

— Um vaso de cerâmica clara com flores brancas, meio rosadas. Eu vi esse vaso na casa da terceira criança e depois na casa da segunda. Todas as vítimas receberam um.

— Você acha que o assassino está mandando flores pras vítimas?

— Talvez.

— Que doente. Tem alguma ideia do motivo das flores?

— Não. Preciso esperar o laudo da perícia.

— A parte boa é que o seu caso deve passar na frente de todos os outros e o resultado vai sair mais rápido. O Aristes está louco pra você encerrar isso logo.

— E você com o hacker? Alguma novidade?

— Eu fui até a casa da namorada dele, uma menina legal. Judite. Ela não sabia muita coisa sobre a vida dupla do namorado. Sabia que ele fazia uns trabalhos por fora, mas não que era perigoso. Só que o rapaz deixou uma mochila na casa dela e eu encontrei uma coisa.

— O quê?

— Um pen drive. Eu abri lá mesmo, no computador da namorada, olhei as pastas e achei uma que parece ser um trabalho recente dele. Tinha um arquivo onde estavam anotados alguns dados do cliente.

— Qual era o trabalho?

— Ele estava acessando o e-mail de outra pessoa.

— Tinha o endereço?

— Da pessoa hackeada ou do cliente?

— Do cliente.

— Endereço, telefone, até algumas fichas médicas tinha. Parece um sujeito problemático. A namorada do hacker disse que ele investigava os clientes.

— Onde fica a casa dessa pessoa?

— Fica...

O celular de Bete vibrou, sinalizando a chegada de uma mensagem. Era Rosa.

— Hora do relatório romântico. Vamos ver — Bete anunciou, rindo.

Seu amigo é divertido. E diferente. Gostei.

Ela leu a mensagem em silêncio, fazendo Artur ficar ansioso.

— O que ela disse?

— Papo de mulher, Artur.

— Você realmente não vai me contar?

— Você é detetive. Descobre.

— Não acredito que você não vai me contar.

— Vou dar uma pista: ela... gostou.

Bete e Artur seguiram até a delegacia com ele tentando convencê-la a revelar os detalhes da mensagem, mas Bete se recusou a reproduzir as palavras exatas da amiga. Ela queria que Artur se dedicasse a entender os sinais por conta própria, e se divertiu com a ansiedade do amigo, que colocava e tirava o cigarro da boca sem parar.

✍

Depois de deixar Artur na delegacia, Bete seguiu para o endereço encontrado nos arquivos de Nicolas. Foram quase cinquenta minutos dirigindo. Ainda era cedo, mas o trânsito já estava carregado.

Bete chegou à rua anotada no pedaço de papel.

Duzentos, duzentos e trinta, duzentos e setenta, trezentos.

Um portão de chapa de ferro cobria a fachada da casa, e muros altos a impediam de ver seu interior. A detetive desceu do veículo e olhou para os dois lados. A rua tinha pouco movimento. Tocou a campainha uma vez e aguardou. Tocou pela segunda vez. Uma portinhola no portão de metal se abriu, revelando olhos intrigados atrás do pequeno retângulo.

— Sim?

— Bom dia. O senhor é David Rocha Soares?

— Sim.

— Pode abrir o portão, por favor? — Bete mostrou o distintivo da polícia. Atrás do pequeno quadrado, os olhos não demonstraram nenhuma reação nervosa. Se a pessoa do outro lado estava escondendo algo, era boa em não demonstrar isso.

— Claro.

A portinhola se fechou. Em seguida o portão se abriu rapidamente, assustando Bete com a velocidade. Por impulso, a detetive colocou a mão na cintura, onde estava sua arma.

— Algum problema? — perguntou o homem alto que se revelou por trás da chapa de aço.

Bete franziu o rosto.

— A gente se conhece de algum lugar, não?

— Lembra do... incidente na frente de uma escola infantil algumas semanas atrás?

— Claro. Você era o homem que estava quebrando a cara daquele outro.

— Daquele pedófilo. Aquele sujeito era um pedófilo.

— Isso. Que bom que você estava lá. Ele realmente era.

Quando os policiais levaram David e o outro homem para a delegacia, buscaram a ficha do rapaz agredido e constataram que ele já tinha cumprido pena por pedofilia e estava em liberdade condicional. Descobriram seu passado, agradeceram David e o liberaram sem se dar o trabalho de buscar a ficha dele também.

— Posso entrar?

Os dois ficaram reparando nas reações um do outro. Ambos preparados, como dois competidores em um duelo de faroeste. Apesar da cooperação de David, havia certa tensão no ar, como se algo estivesse para acontecer a qualquer momento.

— Claro. Por favor.

Bete não sabia o que a esperava. Estava entrando na casa de um possível suspeito de assassinato, mesmo que ele tivesse prestado uma grande ajuda ao impedir que um pedófilo fizesse mais uma vítima. Passou pela cabeça de Bete se o hacker também não seria um pedófilo e teria sido morto por isso. Reparou no grande quintal que se escondia dentro do terreno. A casa estava com todas as janelas fechadas.

— Espero não estar interrompendo nada, David.

— Não está. É sobre aquele pedófilo?

Os dois se olhavam. Olhos nos olhos. Nenhum demonstrava receio com a presença do outro. O homem tinha o olhar lobotomizado, frio como um veterano de guerra.

— Não. Esse não vai fazer mal a nenhuma criança por um bom tempo.

Com um aperto no controle remoto, o portão de metal se fechou atrás de Bete, e o som a fez ficar apreensiva. As nuvens no céu se movimentavam sem velocidade.

— Algum problema em me deixar conhecer a sua casa? — Bete reparou que David não se mexia.

— Não, nenhum. Vamos pela parte de trás.

Foram andando e deram a volta pelo belo jardim de rosas brancas e vermelhas.

— Bonitas flores — ela elogiou.

— Obrigado.

— Você fez um ótimo trabalho lá na escola defendendo aquelas crianças — disse Bete.

— Eu não suporto a ideia de alguém que seja capaz de fazer mal a uma criança. Isso é... inaceitável. — David conseguia falar de forma agressiva sem alterar o tom de voz.

— Você trabalha com quê, David?

— No momento estou desempregado.

— Sabe alguma coisa sobre computadores?

— Normalmente eu só uso pra mandar e-mails. E fazer algumas pesquisas.

— Pode me mostrar a sua casa?

— A senhora pode me adiantar do que se trata?

— Conhece um homem chamado Nicolas Álvares Maia? — Bete falou, preparada para sacar a arma dependendo da reação do suspeito.

David era esperto o suficiente para saber que, se ela estava ali, era porque tinha feito alguma ligação sobre seu envolvimento com o hacker. Mentir que não o conhecia só faria a suspeita aumentar.

— Sim, ele fez um trabalho pra mim. Eu estava com problemas para acessar um e-mail. Mas o que tem ele?

— Ele morreu.

— Morreu?

Havia frieza, mas não parecia haver mentira na reação dele. Talvez por não ter nada com isso ou — pior, Bete pensou — talvez por não se importar.

— Alguém o enforcou dentro do apartamento dele.

— Que coisa horrível.

— Que tipo de trabalho você disse mesmo que ele fez?

— E-mail. Eu precisava acessar um e-mail, era outra conta que eu tinha e eu não conseguia acessar de jeito nenhum. Que pena que ele morreu. Ele fez um bom trabalho pra mim. Um ótimo trabalho, aliás.

— O Nicolas era um hacker, David. Você por acaso estava tentando acessar os e-mails de outra pessoa?

— Espera. A senhora não acha que eu matei esse homem, não é?

— O que eu sei é que ele prestou um serviço pra você.

— Exatamente. E sabe porque eu lhe contei.

— Na verdade eu sei por causa do pen drive que estava na casa da namorada dele.

Pela primeira vez David pareceu tentar disfarçar sua reação.

— Entendi. E por acaso só tinha o meu nome nesse pen drive?

— Não. Tinha alguns outros também.

— E qual é o próximo passo agora? — David olhava para os olhos da detetive sem deixar de prestar atenção na mão dela, que estava perto da arma.

— É continuarmos a nossa conversa. Você pode me explicar melhor esse problema que estava tendo para acessar essa outra conta de e-mail?

— Sinceramente, não há muito o que explicar além do que eu já disse.

— Você me permite ver essas duas contas?

— Essa invasão de privacidade é mesmo necessária, detetive?

— Eu também não gosto que fucem nas minhas coisas, David, mas, sim, é realmente necessário. Eu posso voltar com um mandado, mas...

— Não será preciso, detetive. Eu não tenho nada a esconder. Vamos entrar que eu mostro para a senhora.

— Você é o dono da casa. Eu o acompanho.

— Claro.

David tomou a dianteira, seguido de perto por Bete, que olhava ao redor.

— Só um minuto, por favor. — A detetive interrompeu o trajeto quando reparou, no canto do jardim, em uma fileira de vasos de cerâmica. Por um breve instante, sua atenção se voltou para as flores, a maioria branca, algumas com uma leve coloração rosada nas pétalas.

Todas as famílias receberam um vaso de flores... um vaso de cerâmica clara com flores brancas, meio rosadas — Bete lembrava da conversa que tivera no carro com Artur.

Você acha que o assassino está mandando flores pras vítimas?

Talvez.

Esse intervalo de atenção foi suficiente para que David se distanciasse sem ser notado. Como um gatilho, a conexão foi feita na mente da detetive. O homem que ela buscava pelo assassinato do hacker era o mesmo que havia matado todos aqueles casais. Bete colocou a mão na cintura, com a intenção de sacar sua arma, mas o gesto foi interrompido por um arame fino em volta de seu pescoço.

Com um movimento, David girou o corpo de Bete e a derrubou no chão de barriga para baixo. O assassino caiu sobre ela com um dos joelhos em suas costas, fazendo força no garrote e flexionando os braços enrijecidos como se estivesse domando um cavalo selvagem. Bete tentava colocar os dedos entre o arame e seu pescoço, mas não encontrava nenhuma brecha. Seu corpo era arqueado para trás com a força de David, que mantinha o joelho sobre as costas da detetive, fazendo seu rosto ficar voltado para o jardim. Ela via as flores brancas, rosas e avermelhadas enquanto suas pernas se debatiam com violência, dobrando e esticando os joelhos sem tirar o corpo do lugar, arrastando os pés, que iam escavando a terra do chão. O fio pressionava sua garganta, impedia a circulação do sangue e fazia sua cabeça latejar. O ar não conseguia atravessar a barreira do garrote. Pela boca a detetive expelia um silvo áspero e baixo, que diminuía lentamente. David colocou mais força no fio, fazendo veias vermelhas trincarem os olhos de Bete, que ficavam cada vez mais rubros, até congelarem brilhantes com as lágrimas que se acumulavam sob as pálpebras, e que agora escorriam lentamente pelo rosto sem vida da policial.

Quando os últimos espasmos de Bete cessaram, o assassino a colocou em seu ombro, abriu o cômodo de trás da casa e a carregou para dentro. Depositou o corpo em uma mesa de metal e com as costas da mão enxugou o suor da testa. Não houve flores, tiros para o alto nem amigos. Apenas um cortejo frio, providenciado pelo homem que tirou sua vida.

🌹

Na delegacia, Artur tamborilava os dedos na mesa e, na outra mão, girava um cigarro. Olhava os três cartões que haviam sido enviados com os vasos de flores. Estavam dispostos lado a lado e tinham a mesma mensagem escrita à mão com caneta vermelha sobre papel branco.

Sinto muito.

— Artur! — o delegado gritou seu nome com metade do corpo para fora da porta de seu escritório.

Quando entrou, o detetive o viu em pé, em frente à TV ligada no noticiário.

— O que a princípio se considerava um crime de homofobia acaba de subir a patamares ainda mais assustadores. Outros dois casos com os mesmos sinais de violência aconteceram. Duas famílias, uma no subúrbio da cidade e outra em uma pequena comunidade rural, também estão com dois membros desaparecidos, deixando apenas uma criança como testemunha do crime. O que se sabe até agora é que a única ligação entre as três famílias é cada uma possuir um filho de oito anos. Segundo nossas fontes, não houve pedido de resgate em nenhum dos casos. Como os crimes estão sendo investigados pelo Departamento de Homicídios, só nos restam perguntas sem resposta. Estamos à mercê de um novo assassino em série? E o que ele quer, já que, até onde se sabe, a motivação não é dinheiro? Aguardamos o pronunciamento do Departamento de Polícia. A sociedade quer saber o que está sendo feito. E, principalmente: estamos seguros?

Quando o pronunciamento do repórter terminou, a TV voltou para o programa de entrevistas de celebridades. Com um aperto no botão do controle remoto, o delegado colocou o aparelho no mudo.

— Faço da pergunta do repórter a minha, Artur. O que nós temos?

— Estou esperando a análise da perícia sobre as flores recebidas pelas famílias. Não encontramos nada nos cartões além da mensagem, sem digital, nada. Só a frase "Sinto muito".

— "Sinto muito." Agora que a mídia está em cima, eu preciso de algo concreto, Artur. — O delegado passou as mãos na cabeça.

— O intervalo entre uma morte e outra é muito curto. Ele não está perdendo tempo. É pouco provável que o suspeito tenha um emprego comum, com horários a cumprir. Ele deve ter o seu próprio negócio, ou talvez nem tenha um trabalho fixo — Artur respondeu rapidamente.

— Ótimo. Vamos interrogar todos os desempregados — completou Aristes, antes de ser interrompido pelo toque do telefone em sua mesa. — Sim? Merda.

Artur estava saindo da sala quando o delegado gritou seu nome, sem tirar o fone do rosto, e fez um sinal para que ele esperasse.

— Quando? Onde?

Aristes, com a expressão ainda mais fechada, apanhou um bloco de anotações em sua mesa e escreveu algo que a pessoa do outro lado da linha dizia.

— Droga. — O delegado desligou o telefone e passou a mão nos cabelos. — Temos mais uma família. — Estendeu o braço, entregando para Artur o endereço do provável quarto crime. — Artur, nós não podemos continuar só limpando a sujeira.

— Sim, senhor.

O detetive saiu da sala com o peso de estar sempre um passo atrás do assassino. Até agora não conseguira nada que realmente o colocasse próximo de pegá-lo. Foi até sua mesa, apanhou o paletó sobre o encosto da cadeira e percorreu os olhos sobre as pistas que tinha até o momento. Olhou para os bilhetes enfileirados. Três. Pensou que logo haveria mais um para a coleção. Sentiu-se um estudante universitário, apenas catalogando a pesquisa para finalizar seu trabalho de fim de curso.

Pensou nos muitos casos que ficavam sem solução, engavetados nas prateleiras empoeiradas do sistema criminal. Nas vítimas sem justiça. Nas pessoas sem vingança. Até que seu pensamento foi quebrado por um policial da patrulha.

— Pronto para ir, senhor?

— Sim. Vamos.

🖋

Com o policial no volante e Artur no banco do carona, a viatura acelerou do pátio da delegacia rumo a seu destino, um dos bairros mais ricos da cidade. Ao se aproximar da região, o detetive observou o lugar, que se abria como uma ilha particular. Ruas arborizadas pintavam a área com suas árvores bem cuidadas e de um verde acolhedor. Até mesmo o ar era diferente, como se filtros tivessem sido espalhados ao redor do bairro para impedir a entrada da poluição e do barulho.

Outras viaturas passavam sem pressa, como seguranças particulares. Em várias esquinas havia pequenos postos de vigilância com vigilantes contratados, homens impecavelmente uniformizados que estavam de prontidão, atentos como guardas da rainha.

Não havia crianças brincando nas ruas, o que fazia a beleza e a paz do lugar contrastarem com a frieza da ausência de alegria infantil, sob os olhares de ficção científica das câmeras posicionadas acima dos portões. Através dos muros altos que rodeavam os quarteirões era possível enxergar apenas a parte superior dos imóveis, com seus telhados irregulares. Cada casa parecia um clube de campo.

No horizonte, grandes prédios pareciam lustres no céu, com suas largas sacadas envidraçadas. E foi em um desses que inexplicavelmente o assassino tinha conseguido entrar.

— O problema das pessoas é que elas só constroem muros do lado de fora. O mal consegue atravessar o concreto — disse o policial que dirigia.

Artur reparou no terço enrolado no retrovisor, onde uma pequena cruz balançava com o movimento do automóvel. Olhou para a mão do policial e viu a marca de sol onde deveria estar uma aliança de casamento.

— Olha aquele prédio. Só a sacada é duas vezes maior que a minha casa. Contando com o jardim. — O policial fez uma pausa para a resposta e continuou: — Você não é de falar muito, né?

— Eu prefiro escutar.

— Você é que tá certo.

Olhou para o cigarro que girava apagado na mão de Artur.

— Quer fogo?

— Eu não fumo.

O carro virou à esquerda, revelando um conjunto de prédios no fim da rua. De onde estava, já era possível enxergar uma grande guarita na entrada. Ao se aproximar, o policial parou. Artur olhou para fora e viu a seu lado uma torre de uns quatro metros.

Um pouco acima da altura do carro, começava uma janela escura, que não permitia enxergar o interior. À frente, um portão de barras de metal impedia a passagem da viatura. Do seu lado esquerdo, o policial falava com a parede, onde havia um aparelho de TV. Na tela era possível enxergar o segurança no interior de uma das torres negras. Estava uniformizado, e sua expressão não escondia a tensão. Talvez pela profissão, ou mais provavelmente porque alguém tinha atravessado a vigilância de sua equipe na noite anterior.

— Policial Raul dos Santos e detetive Artur Veiga.

Artur olhou para cima e viu os olhos das câmeras voltados para o veículo. Já estava trabalhando. Pensava como o assassino teria passado por toda essa revista. Do lado esquerdo, a voz metálica de robô dava instruções sobre como chegar à torre onde ficava o apartamento.

— Obrigado.

Sem fazer barulho, o portão de ferro se abriu como dois braços que dão boas-vindas. A viatura percorreu um largo caminho de entrada arborizado, perseguida por olhares curiosos de moradores e funcionários do condomínio de luxo. Fez uma curva à direita e depois à esquerda, deslizando por um jardim com uma grande fonte no centro. Seguiu por mais duzentos metros até parar com o motor ligado em frente a uma torre de vinte e três andares.

O único a sair do carro foi Artur, que desceu olhando para o topo. Daquele ângulo, o prédio se afunilava até um céu cinza, com nuvens carregadas e imóveis. À sua frente se estendia uma escadaria de degraus brancos que chegava até a entrada com portas largas de vidro. Policiais conversavam com moradores, fazendo anotações em seus blocos. Ao chegar ao hall de entrada, Artur viu um salão espaçoso, claro, de cujo teto pendia um majestoso lustre de cristal. A única cor vinha de um grande quadro abstrato, que cobria boa parte da parede principal. Logo abaixo havia dois elevadores, e Artur entrou no que já estava aberto. Dentro dele, um policial buscava impressões digitais no painel de botões. Um apartamento por andar. Na parte superior, o globo preto de uma câmera de segurança o encarava.

— Pode apertar o botão da cobertura, por favor?

— Sim, senhor.

O elevador se moveu sem fazer barulho, e com muita velocidade já estava no vigésimo terceiro andar. Quando a porta se abriu, ficou claro que o problema da falta de recursos da polícia era rapidamente resolvido em casos de interesse maior. Dessa vez não faltavam profissionais à procura de evidências deixadas pelo assassino: impressões digitais, fluidos corporais invisíveis a olho nu. Artur teve de tomar cuidado para não esbarrar nas placas numeradas ao lado de manchas de sangue no piso de mármore branco. Olhou ao redor, e a vista quase se perdia na dimensão do imóvel. Um homem deixou a conversa com outros dois policiais e veio em sua direção.

— Detetive?

Artur apenas balançou a cabeça.

— Sou o chefe de segurança do condomínio. Caio. — Artur olhou por um segundo para a mão estendida antes de retribuir o gesto.

— Como alguém estranho entraria aqui?

— Sinceramente? Eu não sei. Temos tudo para que os nossos moradores estejam completamente seguros.

— Está claro que nem tudo. A única entrada é pela guarita da frente?

— É... Não. Nós também temos uma entrada na parte de trás. Para entregas, caminhões de mudança, serviços. Sempre verificamos todos os veículos que entram: caçambas, porta-malas, tudo. Ninguém tem acesso sem cadastro. E nós trabalhamos apenas com grandes empresas.

— Nada nas câmeras de segurança?

— Não temos nenhuma imagem que revele algo... mas... Bom, é melhor eu mostrar do que dizer. Por favor.

Artur seguiu Caio até uma mesa em uma das salas do imóvel. Enquanto caminhava, observou a sala principal e viu a cena recorrente em todos os crimes. As duas cadeiras lado a lado, com outra à frente. Flashes de luzes das câmeras dos policiais piscavam a todo instante.

— Aqui.

Em cima da mesa estava um notebook aberto, com um mosaico de imagens de segurança.

— Estas telas mostram as câmeras de segurança de todos os possíveis trajetos que alguém faria desde a entrada no condomínio até a porta do apartamento. Veja. Esta é a câmera da portaria principal, no momento em que o sr. Jonas entrou na noite anterior. — Caio apontou para o primeiro quadrado do mosaico. Era possível ver um sedã preto parado entre as duas colunas da portaria.

— Pode aumentar a imagem?

— Claro.

Com um clique, o pequeno quadrado se expandiu e tomou toda a tela do notebook.

— Congela.

Artur olhou a imagem estática na tela.

— Os vidros?

— Sim, estão todos estilhaçados. Nossos funcionários são orientados a não se intrometer na vida dos moradores. Mas algo assim é difícil de não questionar. Veja dessa maneira e escute.

Com outros cliques, a tela do computador foi dividida em duas cenas. Em uma delas era possível ver a câmera que filmava o veículo de frente. A outra mostrava a visão do segurança da cabine, como se ele estivesse olhando a tela da câmera que ficava na altura da janela, aberta, do motorista. Era possível ver o rosto do sr. Jonas ao volante. Pelos vídeos não havia mais ninguém no carro.

— Está tudo bem, senhor? — dizia a voz metálica do segurança, saindo pelo alto-falante da portaria.

— É, sim, sim. Eu bati o carro, mas... mas... Sim, está tudo...

— Desculpe, senhor. O microfone falhou e eu não consegui escutar o fim da frase.

— Está tudo bem, eu disse. Tudo bem. Tudo bem.

— Ok, senhor. Bom descanso. Se precisar de algo, é só chamar.

Caio voltou a colocar o mosaico de cenas na tela, e Artur conseguiu acompanhar por vários ângulos a visão do veículo entrando no condomínio.

— Repare que algumas câmeras falham de vez em quando, quase saindo do ar. — Caio apontou para algumas telas que se distorciam.

— Isso já aconteceu alguma vez?

— Nunca.

— Todos os vidros estão estilhaçados, mas não há nenhum amassado na lataria — observou Artur. — Volta na cena que filma o rosto dele.

— Aí está.

— Coloque em tela cheia.

— É, sim, sim. Eu bati o carro, mas... mas... Sim, está tudo...

— Desculpe, senhor. O microfone falhou e eu não consegui escutar o fim da frase.

— Está tudo bem, eu disse. Tudo bem. Tudo bem.

— Congela. Tem mais alguém dentro do carro — observou Artur. — Olhe o retrovisor. Nessa posição ele não serve para o motorista ter uma visão da traseira do automóvel. Está inclinado mais pra cima e pra dentro. O assassino está no banco de trás e consegue ver a expressão do motorista pelo retrovisor, para ter certeza de que ele não está fazendo nenhum sinal. Continua rodando.

Artur puxou uma cadeira e se sentou ao lado de Caio. Não escutava as gavetas da casa sendo abertas e fechadas, não escutava os flashes das máquinas que registravam qualquer coisa que pudesse servir de pista, nem o burburinho dos policiais comentando sobre o tamanho do apartamento. Sua atenção estava totalmente voltada para o mosaico de cenas que mostrava o trajeto do carro.

— Veja.

O veículo parou em uma das seis vagas do estacionamento privativo. Havia mais dois carros estacionados, um da mulher de Jonas e outro da empregada que morava com eles. O carro ficou parado por cerca de dois minutos, sem nenhum movimento.

De repente, as três câmeras de segurança do estacionamento saíram do ar e ficaram totalmente distorcidas. O defeito durou pouco mais de um minuto, e as telas voltaram ao normal quando o carro já estava vazio. Em seguida aconteceu o mesmo com a câmera de segurança do elevador, onde provavelmente Jonas estava.

— Temos um relatório de funcionamento dos elevadores. Sabemos exatamente sua movimentação, e nesse momento ele estava subindo até aqui — explicou o chefe de segurança.

— Existem aparelhos portáteis que emitem ondas magnéticas que interferem em outros aparelhos eletrônicos. O assassino devia estar com um desses — disse Artur.

— É fácil conseguir um aparelho assim?

— É fácil conseguir qualquer coisa na internet.

— Não há nenhuma movimentação nas câmeras de segurança por mais quarenta e seis minutos. Depois, veja só. Novamente a câmera do elevador sai do ar, fica com a imagem distorcida. Depois, as três câmeras do estacionamento. A interferência só para quando o sedã preto começa a se movimentar.

Artur e Caio voltaram a acompanhar o trajeto inverso do automóvel, que já estava do lado de fora do estacionamento, seguindo em direção à portaria. O carro parou na frente do portão fechado e o motorista acenou de lá de dentro.

— Congela e amplia.

Através do para-brisa estilhaçado, era possível ver a figura de um homem com a mão levantada, acenando. Era impossível reconhecer o rosto atrás das ramificações que saíam do ponto de impacto no vidro e se estendiam cravejadas como um relâmpago. Artur sabia que o assassino estava ali, como um monstro desfigurado atrás de um véu de teia de aranha.

Caio olhou para Artur sem saber se devia deixar o vídeo seguir. O detetive continuava encarando a tela do notebook, mantendo a fantasia congelada. Enquanto o vídeo estivesse parado o assassino estaria ali, na sua frente. Quando mandou Caio continuar, Artur teve aquela sensação de fracasso ao ver o veículo se distanciando e o deixando apenas com duas cadeiras vazias e muitas poças de sangue no chão.

Artur se levantou da cadeira.

— O carro foi encontrado a algumas quadras daqui — disse Caio.

— Eu sei. — Olhou ao redor. — Algo mais que queira me mostrar nas câmeras de segurança? — Caio apenas franziu o rosto e balançou a cabeça negativamente. — Ok. Ok.

O detetive foi examinar o apartamento. Dirigiu-se até a sala principal e parou a alguma distância do cenário familiar. As duas cadeiras estavam lá, lado a lado. A outra na frente. Deu a volta com cuidado por trás de um largo sofá claro. Uma brisa fria entrava através da extensa porta que se abria para a sacada. Lá fora, o crepúsculo alaranjado se misturava com o cinza-chumbo das nuvens carregadas em uma vista de aquarela. Olhou para a parte inferior da cadeira, onde poças de sangue ainda brilhavam frescas.

Na cena do primeiro crime, demorou três dias para alguém entrar na casa. Nessa, não foi preciso esperar mais que o amanhecer para darem falta de Jonas Montenegro Muniz, um grande empresário, sócio de uma das maiores empresas de tecido do país. Seu tempo era valioso demais para se dar ao luxo de desaparecer por algumas horas.

Subiu com os olhos as escadarias que levavam até a parte de cima do luxuoso duplex. Suas pernas resolveram fazer a mesma coisa, então, sem pressa, venceu degrau por degrau até chegar ao largo corredor branco, colorido apenas por diversos quadros, que pareciam janelas abertas para cenários abstratos. Artur nunca conseguira entender o valor que as pessoas davam a esse tipo de pintura.

Percorreu o corredor, entrando em quarto por quarto. Aparentemente, nada fora do lugar. No quarto da criança, nada de anormal. Videogame, TV de tela plana finíssima, cama de solteiro, tudo muito bem-arrumado, uma estante com livros infantis, muitos brinquedos e bonecos tão realistas quanto os personagens dos filmes de que saíram.

A porta do quarto dava para outra, bem à sua frente. Ao entrar, viu um policial ajustando uma câmera fotográfica ao lado da cama onde o corpo da empregada que cuidava da criança estava estendido de barriga para baixo.

— Tiro na nuca — falou o policial. — Pela posição, nem deve ter visto o assassino entrar.

Quando terminou a frase, disparou a câmera, fazendo relampejar dentro do quarto.

Artur saiu do cômodo, voltou pelo corredor e parou, observando do alto as três cadeiras vazias na sala. O apartamento ainda estava bem movimentado com o vaivém de policiais varrendo todos os cantos com suas máquinas fotográficas e lanternas ultravioleta. Em sua cabeça, tentou refazer o itinerário do assassino.

Abordou o sr. Jonas em algum lugar na saída do trabalho.
Levou o carro para uma rua sem movimento.
Estilhaçou os vidros com algum objeto pesado.
Posicionou o retrovisor para observar o rosto do motorista, enquanto se escondia atrás do banco, provavelmente com uma arma pressionando o encosto.
Passou pela portaria.
Ligou o aparelho para interferir no sistema de segurança. Subiu. Deu uma coronhada no empresário logo na entrada do apartamento, fazendo o homem desmaiar, o que explicaria os respingos de sangue no chão.
Já era tarde e todos dormiam. Foi ao quarto da empregada e atirou na cabeça dela.
Imobilizou a esposa e a levou para a sala.
Amarrou o casal nas cadeiras. Depois a criança.
Matou os dois e carregou os corpos para o sedã preto.
Saiu calmamente, trocou de veículo e abandonou o carro com os vidros estilhaçados.
E agora deve estar preparando o vaso de flores para enviar...

Artur freou o pensamento naquele instante e desceu as escadas correndo até Caio.

— Para onde a criança foi levada?

— É...

— Onde?

— O irmão do sr. Jonas estava aqui. Deve ter ido com ele.

— Preciso do telefone dele. Agora!

Artur pegou o celular e ligou para Aristes.

Não demorou três toques para o delegado atender.

— Descobriu algo, Artur?

— Preciso de uma equipe disfarçada agora.

— Como assim? Pra quê?

— Todas as famílias receberam o vaso de flores dois dias depois dos assassinatos, nenhuma delas prestou atenção no entregador. Talvez tenha sido um entregador comum, talvez o entregador tenha sido o próprio assassino. Precisamos interceptar a entrega do quarto vaso.

— Me passa o endereço. Vamos pegar esse filho da puta.

Juliana estava sentada de um lado da mesa. Cris estava logo à sua frente. Os dois esperavam a garçonete terminar de servir o pedido que tinham feito. Café preto para Cris e com leite para ela.

— Mais alguma coisa?

— Não, obrigada — Juliana respondeu, com um olhar que não tinha sua marca de alegria.

Assim que a garçonete deixou os dois a sós, Cris tomou a iniciativa na conversa.

— Como assim o William não está bem?

— Eu não sei direito, Cris. E pra eu não saber o que está acontecendo é porque realmente tem algo errado. Ele simplesmente começou a se fechar de uns dias pra cá.

— Será que você não está exagerando, Ju? O William está...

— Trabalhando demais, eu sei, Cris, mas ele sempre trabalhou demais e nunca ficou do jeito que está. Esse negócio todo com as crianças que ficaram órfãs...

— A polícia ainda não disse se os pais foram mortos.

— Eu sei, mas não é porque a polícia não disse nada que não aconteceu. E não é esse o problema. Não é assunto do William, mas ele está envolvido demais.

— O William sempre se envolve demais com as crianças que atende, você sabe disso.

— Eu sei, Cris, mas é diferente. É como se ele se sentisse, não sei... se sentisse responsável por tudo isso. Ele está se cobrando demais dessa vez, mais do que de costume.

— Você já conversou sobre isso com ele?

— Aí que está o problema. Ele não me diz o que tem feito. Não é como nas outras vezes, quando ele sempre dividia os assuntos do trabalho, e é por isso que eu estou preocupada. Ele não está bem. Até a aparência dele está mudando: emagreceu, está com cara de cansado...

— É porque ele realmente está cansado, Ju.

— Não é só cansaço. Ele parece um viciado. Parece que uma droga está consumindo ele, sabe?

— Você não acha que...

— Não, não acho. É só modo de falar. Mas ele está abatido, está nervoso. Quando não está trabalhando no consultório, está na frente do computador escrevendo sobre as crianças. Ele está diferente e eu acho que nem ele mesmo está conseguindo perceber isso. E o problema é que ele não me deixa mostrar que tem alguma coisa errada nisso.

— Será que o problema que você está vendo não é justamente o fato de ele não estar te incluindo no trabalho dessa vez e... você é que está vendo algo errado? Tem coisas que a gente deve resolver sozinho, Ju. A gente nem sempre quer a influência de outras pessoas.

— Cris, eu entendo o que você está tentando dizer.

— Tentando, não. O que eu estou dizendo.

— Eu sei, Cris. Eu não quero que você compre o meu lado. Não é uma disputa aqui. Eu só queria que você desse uma checada. Que fosse conversar com ele, ver se eu estou imaginando coisas ou se o William realmente está precisando da gente. Você é o melhor amigo dele. Talvez ele se abra com você.

— E se não tiver nada pra se abrir? Você vai ficar mais tranquila?

— Claro que eu vou ficar mais tranquila. Eu só preciso ter certeza de que ele está bem, que não há nada de errado acontecendo.

— Você acha que... pode ser algo entre vocês dois?

— Não. Eu não acho que o William esteja fazendo nada em relação à gente. Você o conhece. Se tem uma coisa que ele respeita são os compromissos que assume. Mas às vezes a gente tem um problema e não consegue perceber que tem. Eu só queria que você fosse conversar com ele. Você é como um irmão para o William, e, se tiver algo errado, ele vai se abrir com você. Por favor?

— É claro que eu vou falar com ele. Pode ficar tranquila.

✍

Aquele dia ainda estava longe de terminar para William, que, sentado à mesa da sala do seu apartamento, digitava com velocidade as observações obtidas em mais um dia de trabalho com a jovem Luiza.

Passara a tarde toda com ela no consultório. Já havia ganhado a confiança da menina, que o via como um amigo grande e conversava, ainda que com tristeza, sem oferecer grandes obstáculos aos questionamentos do psicólogo. Abria suas confissões, suas dúvidas, seus medos, mas durante a tarde toda não abrira nem o esboço de um sorriso.

```
Anotações
Criança: Luiza Marques Vilela

Fora a lógica imaturidade de alguém com tão pouca idade,
Luiza conversava séria como um adulto. Ao me sentar com ela no
chão, onde estavam diversos brinquedos, a menina não demons-
trou nenhum interesse por eles, a não ser pelo sapo de pelúcia,
que estava sempre com ela. Sentou encostada na parede do con-
sultório, com as pernas frágeis esticadas, e mexia nos dedos das
mãos, sempre olhando para baixo. Mas não conseguia esconder o
olhar perdido, que às vezes visitava o teto, a parede ao lado, os
próprios dedos.
     Quando questionei como estava sendo morar com a tia, res-
pondeu com um "ela não é minha tia, eu sou adotada". Às vezes
falava de cabeça erguida, mas me encarava com seus olhos gran-
des, como se esperasse uma advertência. É possível observar nela
```

o conflito de quem está querendo provar que já não é mais uma criança, mas ainda apresenta as características infantis de quem espera a aprovação ou reprovação de um adulto.

Ao lado do notebook descansava uma dose generosa de uísque, com três pedras de gelo já quase completamente derretidas. O copo suava na mesa, fazendo um círculo de água se alargar a seu redor. A bebida estava lá, como um botão de incêndio atrás da vidraça, enquanto William trabalhava na penumbra, tendo como fonte de luz apenas o brilho frio da tela azulada do computador.

O som do teclado ficou mudo. William congelou os dedos nas teclas e parou para escutar. O zumbido de uma mosca ia e voltava em rasantes, passando de uma orelha à outra tão rápido que dava a impressão de haver mais que uma. Em um instante, o silêncio o convidou a voltar ao trabalho.

    Perguntei a Luiza se tinha medo do escur...

A mosca havia pousado na tela do computador. Gorda, de um verde-azulado brilhante que refletia a luz da tela. Percorria as palavras como quem anda em um labirinto. De vez em quando parava, esfregava as patas traseiras e voltava a explorar a tela. Levantou voo com o som estridente do interfone. William permaneceu imóvel, a luz azulada do monitor reforçando o aspecto cansado dos olhos, que começavam a afundar em suaves olheiras. Pensou em não atender. Olhou o relógio no pulso. Dez e treze. Àquela hora só poderia ser Juliana, Cris ou engano. Levantou sem pressa, querendo que fosse engano.

— Sim.

— Sr. William, é o seu amigo Cris.

William pressionou os olhos com os dedos e desceu a mão, em sinal de cansaço.

— Pode subir.

Fechou a tela do notebook e acendeu a luz da sala. Só naquele instante se deu conta do estado do apartamento. Sacolas de compras sem guardar, caixas de congelados que não se lembrava de ter comido, copos, um prato sujo em cima da mesinha de centro. Não se deu o trabalho de organizar nada. Se jogou no sofá e sentiu, como havia tempos não sentia, a leve sensação de bem-estar de ficar largado na frente da TV depois de um dia cheio de trabalho.

A campainha tocou.

— Tá aberta.

— Meu Deus, há quanto tempo a empregada não vem?

— Outra despedida de solteira de alguma amiga da Sheila?

— Não. Hoje quem pediu carta de alforria fui eu.

Cris andou pelo apartamento, ergueu uma caixa vazia de congelado, olhou para a louça suja.

— Isso aqui tá um chiqueiro.

— Se quiser limpar, fique à vontade.

— Não. Já basta a Sheila com chicote. Vai. Levanta, joga uma água no corpo e vamos beber alguma coisa.

— Nem pensar, Cris. Eu trabalhei o dia inteiro.

— Então. Mais um motivo pra gente sair.

— Amanhã eu preciso acordar cedo.

— Todos nós precisamos. Vai. — Cris chutava a perna do amigo.

William passou as mãos na cabeça, alisando o cabelo para trás, e encarou o amigo de pé, com aquela expressão difícil de vencer.

— Droga, Cris. Amanhã eu vou falar com a criança com bafo de álcool.

— Qualquer coisa você diz que está personificando a figura paterna alcoólatra.

Os dois se olharam sem risadas.

— Muito cedo pra piada?

— Muito cedo.

William tentou um último manifesto:

— Eu falei pra Ju que não ia sair com ela e agora vou sair com você?

— Relaxa que eu já falei com ela. Vai. Banho, que não é só o apartamento que está um nojo.

William saiu se arrastando até sumir dentro do banheiro. Cris deslizou a porta da sacada, deixando um vento frio entrar. Esfregou os braços para se aquecer. Lá fora o céu negro fechado por um tapete de nuvens carregadas impedia o sinal de qualquer estrela. Foi quando lembrou que precisava mandar um e-mail. Viu o notebook de William ligado sobre a mesa. Puxou uma cadeira, se sentou e levantou a tela do computador, dando de cara com as anotações do amigo. Correu os olhos rapidamente.

— Nossa.

Minimizou a janela do programa, descortinando a tela do navegador. A última mensagem de David estava aberta. Visualizou o texto sem muito interesse, mas pouco a pouco sua expressão tranquila foi se transformando. Os músculos do rosto enrijeceram e as sobrancelhas desceram, semicerrando os olhos, que não acreditavam no que liam.

```
Sr. William,
Provavelmente amanhã a polícia deve comunicá-lo de que outra
criança vai precisar da sua atenção. Pelo fato de pertencer a
uma família rica, pode surgir o obstáculo de os parentes
quererem que a criança fique sob os cuidados de algum médico
conhecido. É seu papel convencer a polícia e os familiares de
que você é o profissional mais adequado para atendê-la.
Acredito que você tenha argumentos suficientes para conseguir
isso sem grandes problemas. Com ela, já são quatro. Estou me
preparando para a última delas, e assim terminarei minha parte
em nosso acordo e aguardarei com ansiedade a conclusão do seu
estudo.
David
```

Cris se levantou da cadeira, processando a mensagem com dificuldade. O barulho do chuveiro cessou, e ele ficou esperando, de pé em frente ao notebook aberto. William saiu do banheiro vestindo calça jeans e camiseta branca e segurando a toalha molhada nas mãos.

— O que você fez, William?

Quando olhou para a mesa e viu o notebook aberto, William deixou a toalha cair. Foi com pressa em direção ao computador, virou a tela para si e viu o e-mail de David aberto.

— Meu Deus, William, o que você fez?

— Quem deu autorização pra você mexer nas minhas coisas?

O corpo de William estava arqueado, com um dos braços em volta do computador, protegendo a máquina. Olhava para o amigo como um animal acuado, mas alerta.

— Anda, me fala que e-mail é esse. Quem é esse tal de David?

— Você não vai entender.

— Não tem nada pra entender, mas tem pra explicar. Que merda é essa?

— Você não precisa desse fardo nas suas costas também, Cris.

— Deixa esse computador aí e senta lá no sofá. Você vai me contar exatamente o que está acontecendo.

William demorou alguns segundos para se distanciar da máquina, como um viciado que não quer largar a droga. Não tirava os olhos dela. Foi se arrastando de forma pesada até o sofá e se sentou.

— Olha pra mim!

— Por que você tinha que vir aqui?

— Porque eu sou seu amigo, droga. É isso que amigos fazem. Amigos batem na porta, derrubam a porta. E amigos não mentem um pro outro. Então você vai me contar o que está acontecendo, quem é esse David e que merda de acordo é esse que você aceitou.

— Eu não aceitei nada.

— Não é preciso dizer sim pra aceitar alguma coisa, William.

— Eu não sei o que tem de errado comigo — William falava sem olhar para o amigo, a cabeça enterrada entre as mãos. — Eu fiz uma coisa horrível. — Ergueu os olhos para Cris. — E isso está acabando comigo.

Seus lábios tremiam. Cris se sentou a seu lado e William deixou a cabeça desabar sobre o peito do amigo.

— Ei, ei, ei, ei. — Cris levantou a cabeça de William, segurando-a entre as mãos. — Eu vou te ajudar. Mas primeiro você precisa me contar tudo, desde o começo.

✒

William expôs tudo ao amigo. O primeiro contato de David, a primeira criança levada a seu consultório pela polícia, a segunda, a terceira. Contou que no início também não conseguia aceitar a ideia, mas que depois começou a olhar para ela de outra forma, e que talvez, talvez, o sacrifício fosse algo que poderia render um resultado que ajudaria um maior número de pessoas. Mas tinha a consciência, ou a falta dela, de que deixou que um plano cruel fosse realizado, e isso estava consumindo o que ele tinha de melhor: seu coração.

— A gente vai contar tudo isso pra polícia.

— Não, não, não. Agora é tarde demais.

— Nunca é tarde demais pra fazer a coisa certa, William!

— Você não entende. Eu sabia que não ia entender. Ninguém poderia entender. Só eu. Eu!

— Você que não está conseguindo entender o que está fazendo. E tudo isso, tudo que você fez, ou deixou que fizesse, tudo isso vai ter uma punição. Não dá pra simplesmente sair dessa.

— Você acha que eu estou com medo de punição? De ser preso? A minha punição já está no pacote, e não é a cadeia.

— Esse não é você. Você não é assim, William. Ainda dá pra fazer alguma coisa boa.

— Eu estou fazendo uma coisa boa, uma coisa que ninguém teria coragem de fazer.

— Não. Você está fazendo uma coisa com que ninguém deveria concordar. Será que não consegue ver isso? Você precisa entregar essas conversas pra polícia tentar rastrear esse tal de David antes que ele mate mais alguém.

— Só vai acontecer mais uma vez. Só mais uma.

— E você não vê problema nisso? Não vale a pena tentar salvar o mundo quando você acha que uma vida perdida é um preço aceitável a pagar. Você ainda pode impedir que duas pessoas sejam mortas. Que uma família seja destruída.

— E as outras pessoas que morreram? E as outras crianças que ficaram órfãs? Se eu não terminar o que comecei... tudo, tudo o que deixei acontecer vai ser em vão. Você acha que eu estou contente com isso, Cris? Você acha que eu realmente queria que tudo isso estivesse acontecendo? A minha vida está um inferno. É muito fácil chegar aqui e dizer que eu estou errado. É muito mais fácil julgar do que entender.

Cris apanhou as chaves do carro de William e jogou a seu lado no sofá.

— Se você não fizer isso, eu vou fazer.

William apanhou as chaves, que tremelicavam como sinos em suas mãos. Levantou-se do sofá e foi se arrastando em direção à porta do apartamento, de cabeça baixa. Cris colocou o braço ao redor do ombro do amigo e ambos desceram até a garagem do prédio, na direção do carro de William.

— Deixa que eu dirijo — disse Cris.

— Não, eu vou. Eu preciso percorrer esse caminho.

— O cinto — Cris lembrou.

Quando os dois deixaram o prédio, as nuvens carregadas enfim explodiram em uma chuva pesada. O automóvel cruzou algumas ruas até chegar a uma longa avenida. O silêncio era quebrado por frases picadas de Cris, como se ele estivesse falando sozinho.

— Meu tio é um ótimo advogado... Sim, eu vou falar com o meu tio... A gente tenta um acordo... Você não matou ninguém...

William olhava fixamente para a pista, para o limpador de para-brisa, que funcionava nervosamente, fazendo barulho de borracha puxando a água do vidro, que logo era coberto novamente pela chuva. A água fazia a lanterna vermelha do carro à frente parecer duas estrelas em chamas. Quando passavam embaixo de um poste, a luz lambia o rosto de William, fazendo seus olhos brilharem, um brilho que parecia ainda mais intenso quando a luz ficava para trás e seu rosto caía na penumbra.

Os pneus do automóvel corriam pela rua molhada, enquanto um poste de concreto se aproximava à direita do veículo. O velocímetro não parava de se mover.

Setenta. Oitenta.

O poste passou como um fantasma ao lado do carro, e mais à frente vinha outro, ganhando tamanho de forma ainda mais rápida.

Noventa. Cem.

William não sabia se a visão era turvada pela chuva no para-brisa ou pelas lágrimas que começavam a encher suas pálpebras.

Cento e dez, cento e vinte.

Quando piscou, uma delas desceu fugitiva, contornando a pele até parar e se agarrar desesperada à ponta do queixo, balançar e despencar no ar ao encontro da perna de William, que pisava no acelerador.

Cento e vinte e cinco, cento e trinta.

Sem virar o rosto para Cris, disse sua última frase para o melhor amigo:

— Me desculpa.

Com um movimento rápido, apertou a trava que prendia o cinto de segurança do amigo e girou o volante bruscamente para a direita, fazendo o carro se chocar com violência no poste. O airbag não foi capaz de deter o corpo de Cris, que atravessou o para-brisa, fazendo os cacos pontiagudos do vidro esfolarem sua pele, até se chocar contra o que restou do poste de concreto, em um impacto duro e seco.

🖎

William demorou alguns minutos para acordar. A chuva entrava no carro através do enorme buraco estilhaçado no para-brisa, encharcando o banco antes ocupado pelo amigo. Com a visão nublada pela batida, não conseguia enxergar direito. À sua frente, tudo eram vultos.

Custou a destravar o próprio cinto de segurança. Quando conseguiu abrir a porta e deu o primeiro passo, seu corpo despencou sem forças. Tentou se levantar se apoiando no automóvel retorcido, mas a mão escorregou na lataria molhada, fazendo seu rosto encontrar novamente o chão.

Viu o corpo de Cris estirado à frente, a imagem latejando em seus olhos chamuscados. Foi se arrastando pela pista molhada, com os pingos de chuva estalando nas costas. Sua mão tocou a de Cris, mas o amigo não se moveu. Juntou o que lhe restava de forças e colocou a cabeça do amigo entre os braços.

— Alguém me ajuda! Alguém, por favor, me ajuda! Alguém, por favor, alguém. Alguém.

Sua vista custava a focar, entrecortada pelas pálpebras pesadas, que subiam hesitantes, reféns dos espasmos da tremedeira. Do lado de fora, a tempestade deslizava pelo vidro da janela e a sombra das gotas era projetada no rosto do psicólogo, fantasmas de lágrimas rastejando sobre a face de William como se fossem um sistema circulatório, um emaranhado de veias escuras por onde circulava sangue negro.

O corpo estava dormente, mas ele sentia um leve formigamento nos dedos das mãos. Tentou mover a cabeça para o lado, mas foi impedido pela dor e por algo que pressionava seu pescoço.

Vasculhou com os olhos o local onde estava. Um quarto de hospital. Sem virar a cabeça, conseguiu ver uma grande janela de vidro que dava para o corredor. Juliana estava do outro lado, de costas para ele, e falava ao celular de cabeça baixa. Tentou se levantar da cama, mas algo pressionava seus ombros e costelas.

Juliana desligou o celular, olhou para o quarto e viu William acordado, os olhos fixos nela. Olhos de imensa escuridão, que gritavam em silêncio sem o brilho de outros tempos. A noiva ainda ficou alguns segundos do lado de fora. Tomava coragem.

Entrou devagar, se aproximou e colocou a mão sobre a de William sem dizer uma palavra.

— Cris? — O som de sua voz parecia mais um gaguejar.

Juliana apenas balançou a cabeça com o peso do luto afundando seus olhos, preocupando-se em enxugar rapidamente as lágrimas que escapavam sem permissão.

— Foi minha culpa. — A voz áspera arranhava a garganta.

— Não diga isso, por favor. Foi um acidente. Estava chovendo muito.

William virou o olhar para longe dos olhos da noiva. Sentiu os dedos dela ajeitando seu cabelo.

— Como a Sheila está? — Antes que Juliana pudesse responder, William continuou: — Que pergunta idiota.

— Ela sabe que foi um acidente.

— Eu pensei que estava no controle. Uma curva errada e... tudo, tudo mudou.

— Não pensa nisso agora.

— Não tem como não pensar.

— Agora você tem que se preocupar com você. Como está a dor?

— Eu não sinto nada.

— Que bom.

— Você não entende. — William encarou a noiva com seus olhos ocos. — Eu não sinto nada. Eu não sinto nada.

Houve um momento de silêncio, seguido por um gemido baixo.

— Tem alguma coisa apertando o meu peito.

— A batida foi muito forte. Os médicos colocaram um colete para imobilizar a sua coluna. Teve uma pequena lesão, mas não foi nada grave.

— O meu melhor amigo está morto e você diz que não foi nada grave.

— Não foi isso que eu quis dizer, por favor.

— Eu sei, eu sei. Me desculpa.

— Você quer alguma coisa?

— Sim. Quero ficar sozinho.

— Não, William.

— Por favor — falou, de olhos fechados. — Me deixa sozinho.

Juliana balançou a cabeça e apertou com força a mão dele. Sem dizer nada, deixou o quarto. William escutou a porta se abrindo e, depois de um tempo maior, se fechando. Abriu os olhos, que não sabiam para onde olhar.

Não queria ficar ali deitado. Com dificuldade, retirou o lençol que cobria seu corpo e viu o colete ortopédico que pressionava seus ombros e suas costelas, limitando seus movimentos. Pensou em mover os dedos dos pés e olhou para ver se eles se mexiam.

Foi arrastando com dificuldade e lentidão a perna direita para fora da maca. Depois fez o mesmo com a esquerda, deixando quase metade do corpo pendurada para fora do colchão. Ao inclinar o tronco, perdeu o equilíbrio, desabando no chão duro e levando consigo o abajur, que se estilhaçou em cacos.

🖋

Em outra parte da cidade, a rua tinha o movimento normal de uma tarde chuvosa, o céu cinza-chumbo acentuando ainda mais a cor de concreto do chão. Até o verde vivo da copa das árvores estava opaco, como se uma camada de pó envolvesse cada folha deixada ali pela poda particular.

Os muros altos que protegiam de olhares estranhos o interior das residências concediam uma dura frieza ao bairro nobre, onde moradores se fechavam em seu mundo cercado, limitando o som das crianças a quintais largos, de grama feita e com cachorros de comercial de ração.

Dentro de uma dessas casas deveria estar Henrique Barcellos Montenegro, filho de um dos homens mais ricos da cidade, que fora levado na noite anterior, com a esposa, de dentro de seu próprio apartamento de luxo. Uma inquietude particular reinava entre as paredes da residência, que ocupava quase meio quarteirão.

Os empregados executavam suas funções com naturalidade encenada, tentando disfarçar a curiosidade sobre o estranho homem parado no quintal, sob a cobertura do portão de entrada, que o protegia da chuva. O silêncio de suspense só não era total devido à conversa baixa que o patrão mantinha com outro homem na sala.

— Então vocês não estão nem perto de pegar esse sujeito?

Artur se segurou para não responder que ele estava certo. Talvez para não ser frio demais, ou por não querer admitir que, sim, ele estava falhando.

— Só me prometa uma coisa, detetive. Só uma coisa. Que você vai encontrar pelo menos os corpos do meu irmão e da minha cunhada, para que eu possa enterrá-los com dignidade.

— O senhor realmente acredita que a frase "eu prometo" vai garantir algo?

— Não.

— Então eu prometo.

— O Henrique é só uma criança e acaba de perder os pais, detetive. Nenhuma criança deveria passar por isso. Nenhuma.

A frase fez Artur ficar em silêncio. Não pelo tom dramático e emotivo, mas o homem acabara de fazer Artur pensar em uma coisa. O detetive se levantou e, com a mão espalmada, interrompeu o tio da criança, que ia começar a dizer algo.

— Um minuto.

Sacou o celular do bolso e digitou com velocidade. Do outro lado da linha, atendeu o responsável pela central de inteligência da polícia.

— Detetive Artur — disse o atendente.

— Eu quero que você faça uma pesquisa. Descubra se houve algum caso semelhante de um casal morto dentro da sua própria casa. Arrancaram a língua do homem e a mulher foi morta com um tiro na cabeça. Esse casal deveria ter um filho de oito anos, que sobreviveu. Faça a busca até uns trinta anos atrás.

Do lado de fora, um segurança particular dentro de uma guarita posicionada na esquina observava o movimento e de vez em quando articulava o maxilar, como se estivesse falando sozinho. Na outra ponta da rua, mais um segurança estava de prontidão em sua guarita. Ele olhou o relógio no pulso. Quase três e quinze.

— Nada?

— Nada.

Afastado daquela região, um helicóptero da polícia aguardava no solo. Dentro estava o piloto, ao lado dele um policial e na parte de trás outros dois, que carregavam armas de longo alcance. Atiradores de elite.

Na residência, Artur se afastou do dono da casa e olhou para o quintal, girando o cigarro apagado entre os dedos e encarando o outro homem, que aguardava do lado de dentro do portão.

— Se quiser pode fumar aqui dentro.

— Eu não fumo — respondeu, sem se virar.

— Carro subindo a rua, vindo em minha direção — um dos seguranças falou. — Está se aproximando devagar. Parece estar olhando a numeração das casas.

— Estou vendo — respondeu o segurança na outra guarita.

— Ainda é só um carro — disse Artur através do radiocomunicador que segurava próximo à boca.

— Está parando na frente da casa. Sozinho. Se abaixou dentro do carro.

— Ninguém faz nada ainda.

— Está descendo do carro. Espera.

— O quê? — perguntou Artur.

— Vaso de flores confirmado, senhor.

— Esperem até pegarmos o vaso.

Dentro da cabine do helicóptero, os dois guardas já estavam com a arma nas mãos e olhavam pelas janelas de vidro atrás de uma cortina de chuva. As hélices entraram em funcionamento. Movimentação dos policiais. A campainha tocou, fazendo todos dentro da casa contraírem os músculos.

O homem posicionado no quintal olhou para a janela onde Artur estava, tendo como resposta apenas a mão levantada, sinalizando para que esperasse mais um pouco. A campainha tocou novamente. A mão de Artur ainda estava no ar. Com a outra, atendeu o interfone.

— Sim.

— Entrega para Henrique Barcellos Montenegro.

— O que é?

— São flores, senhor.

— Só um minuto.

O detetive ainda esperou mais cinco segundos e só depois abaixou a mão, dando ordem para o homem do lado de fora prosseguir. Sem pressa, ele abriu o portão, agindo como um verdadeiro empregado da casa.

Artur já percorria o quintal, se esgueirando pelo muro até parar sorrateiro atrás do portão entreaberto, uma das mãos na chapa de madeira que o escondia e a outra empunhando sua arma. A chuva caía sobre ele, e os cabelos molhados escorriam pela testa encharcada.

— Flores para o sr. Henrique Barcellos Montenegro.

— Preciso assinar alguma coisa?

— Não, senhor.

Os dois homens se encararam.

— Ok, então.

O policial disfarçado entrou, dando passos para trás, sem perder de vista o entregador, que já tinha virado as costas e contornava o veículo em direção ao assento do motorista.

Com um sinal de cabeça para Artur, deixou-o tomar a frente e sair rapidamente pelo portão.

— Polícia! Não se mexa! — disse o detetive, com a arma apontada para a nuca do homem, que congelou sob a chuva forte.

— O quê? Calma, calma! Como assim?

— As duas mãos no capô do carro, anda!

Os guardas já estavam fora da guarita e se aproximaram, cercando o suspeito com as armas em punho. Um deles se posicionou de forma decidida atrás do entregador. Com uma das mãos, agarrou a nuca do homem, jogando seu rosto contra a lataria molhada do automóvel, separou suas pernas com um chute e percorreu seu corpo à procura de alguma arma.

— Limpo.

— O que vocês estão fazendo? O que eu fiz?

— Quem é você? — perguntou Artur.

— Eu, eu sou só um jo... jo... jornaleiro.

— Que entrega flores?

A chuva caía forte e pesada.

— Um cara. Um cara passou na banca e perguntou se eu queria ganhar um dinheiro. Di... di... disse pra trazer essas flores aqui. Eu fechei a banca e vim entregar. Só isso, eu juro.

O homem já tinha as mãos presas atrás das costas por uma algema. Artur acenou com a cabeça, pedindo que o levantassem.

— Onde fica a sua banca?

— Fica no Centro. Sério, cara. Eu, eu, eu só vim entregar essas flores. Só isso, eu juro.

— Você entregou os outros três vasos também?

— Eu não sei de mais nenhum vaso, sério. Foi só esse, e já me arrependi de ter aceitado.

— Quando esse homem foi na sua banca?

— Faz uns quarenta minutos. Ele disse que, se quisesse a grana, eu teria que fazer a entrega agora mesmo.

— Você não perguntou o motivo?

— Um homem mandando flores pra outro, eu pensei que era uma bicha que tava com medo de entregar, sei lá. Bairro chique, cheio desses maridos enrustidos. E foram duzentos mangos pra entregar um vaso, cara. Claro que eu aceitei.

— Como era esse homem? Fala!

— Alto, cara. Um metro e oitenta, talvez mais, por aí. Tava de boné, um boné preto e óculos escuros. Sem barba. Porra, cara, não sei. Camiseta preta, calça jeans. Um cara normal.

Artur puxou a camisa empapada do peito.

— Escutaram? — falou pelo radiocomunicador, que tirou da cintura.

— Sim, escutamos — respondeu o piloto do helicóptero.

— Em que rua fica a banca?

— Fica na Praça 13, no Centro.

— Passe a descrição pelo rádio e mande os carros mais próximos procurarem um homem com essas características.

— Entendido.

O helicóptero, que já estava sobrevoando a área, fez uma manobra para a direita e foi em direção ao endereço da banca.

— Levem ele para a delegacia.

— Sim, senhor.

— Pô, cara, eu não sei de mais nada, juro. Foi, foi só isso. Eu não tenho nada a ver. Eu nem sei o que tá rolando aqui, pelo amor de Deus.

— Isso você vai repetir lá na delegacia.

✑

William estava de pé olhando a chuva através da janela do quarto do hospital. A vida da gente muda e lá fora o mundo sempre parece o mesmo. Pegou o celular no móvel a seu lado. Ligou para o número de Cris e ficou aguardando, como se o amigo fosse atender. Ao escutar uma voz masculina, respirou fundo.

— Alô?
— Quem é?
— É o pai da Sheila. Quem fala?
— Eu sou... um amigo.
— Eu estou com as coisas dela. E do Cris. Você sabe o que aconteceu?
— Sim, eu sei. Só liguei... pra saber como a Sheila está. Eu não tenho o número dela.
— Estamos aqui no hospital. Ela não passou muito bem e nós viemos pra ter certeza de que está tudo certo com o bebê.
— Bebê?
— Sim, ela está grávida. Ela e o Cris... O Cris ia ser pai.
William ficou em silêncio.
— Alô? Alô?
O psicólogo desligou o celular. O colete ortopédico o forçava a ficar totalmente ereto, e ele foi andando com movimentos robóticos em direção à cama, onde se deitou novamente. Passava as unhas no antebraço e foi aumentando a força até conseguir sentir a dor da pele fina sendo arrancada.
O Cris ia ser pai. Ele ia ser pai. Pai.

🌹

Artur já estava dentro da casa, pronto para ir embora, quando seu telefone tocou. Era Aristes.
— Estou com o vaso, senhor, mas parece que o entregador é só um cara que o suspeito pegou na rua pra fazer a entrega.
— O vaso está perto de você?
— Sim. Está aqui na minha frente.
— Traga pra cá com cuidado.
— O que houve, senhor?
Artur escutou o suspiro pesado do outro lado da linha.
— Não é um vaso, Artur.
— Parece um vaso, senhor.
— A perícia acabou de me ligar. Eles encontraram as cinzas de cada casal misturadas na terra. Não é um vaso, Artur. É uma urna.

14

Artur foi direto para a delegacia. Estava no banco do carona da viatura, com o vaso de flores entre as pernas. A chuva castigava os vidros do carro, obrigando o limpador de para-brisa a trabalhar a toda a velocidade, puxando a água que escorria e encobria a visão do motorista. Entraram na garagem que descia até o subsolo do prédio. Quando saiu do carro, o detetive ainda estava com as roupas molhadas grudadas no corpo.

Desceu com uma das mãos segurando o vaso pela borda superior e apoiando a base em dois dedos da outra mão. Tentava não tocar muito no objeto. Entrou no elevador com o outro policial e pediu para apertar o quinto andar, onde ficava o laboratório da perícia.

Ao sair do elevador, um homem de jaleco branco que falava com dois jovens também uniformizados veio em sua direção.

— Então ele fez de novo? — disse, olhando para o vaso nas mãos de Artur.

— Me mostre tudo o que descobriu.

— Me acompanhe.

Artur o seguiu pelos corredores do quinto andar, onde havia laboratórios para a realização de testes de sangue, análises de solo, balística, impressões digitais, entre outros processamentos de evidências.

Atravessaram uma larga porta de vidro fosco, revelando uma sala que mais parecia a cozinha de um restaurante, com balcões de metal, prateleiras envidraçadas e utensílios de análise. Apesar do ar de higienização hospitalar, o lugar dava a impressão de que necessitava de investimento em novos equipamentos. No meio da sala, um balcão específico chamou sua atenção. Em cima dele estavam os três vasos recolhidos nas casas dos parentes das outras vítimas, todos enfileirados. O perito criminal colocou o quarto vaso na fila. Era impossível não notar que havia uma ordem ali.

Artur observou que o vaso recolhido do entregador tinha flores com pétalas totalmente brancas. O vaso ao lado também tinha as flores brancas, mas algumas pétalas estavam com partes levemente rosadas. O próximo buquê era de coloração rosa um pouco mais acentuada, e a última planta já apresentava um rosa-claro mais uniforme em toda a extensão das pétalas. O perito se posicionou do outro lado do balcão, de frente para Artur. Deu dois passos para trás e observou a fileira.

— O Aristes disse que encontraram cinzas na terra.

— Isso mesmo — respondeu o homem, enquanto puxava um fichário e uma caneta. — Como se chama o casal desaparecido? Esse último?

— Jonas Montenegro Muniz e Clarice Barcellos Montenegro.

— Jonas... Montenegro... Muniz. Clarice... Barcellos... Montenegro.

O homem anotou os nomes no fichário. Depois os escreveu em uma pequena etiqueta adesiva, que colou na base inferior do vaso que acabara de receber. Artur deu a volta no balcão e viu que cada um deles tinha uma etiqueta.

>Pedro Duarte de Freitas e Marília Moura de Freitas
>Luiz Marques Proença e Felipe Vilela da Fonseca
>Lucas Pires de Brito e Mirtes do Carmo de Brito
>Jonas Montenegro Muniz e Clarice Barcellos Montenegro

— Quando nós analisamos a terra dos vasos, foi realmente... perturbador. — O homem falava sem demonstrar nenhum sinal de perturbação.

— Alguma impressão digital em comum nos vasos?

— Encontramos diversas impressões digitais diferentes em cada um, mas nenhuma delas em comum.

— O entregador nunca é o mesmo — disse Artur. — Dentro é apenas terra e cinzas?

— Terra, adubo e cinzas.

— Alguma coisa específica sobre a terra? Algo que possa me indicar a região?

— Não. É só terra e adubo, desses que você encontra em qualquer loja de jardinagem.

Artur inclinou o corpo para olhar cada vaso com mais atenção.

— Eles não são completamente iguais.

— Não, não são. Existem algumas pequenas diferenças, ondulações. Não foram feitos com molde. Foram feitos à mão, e não por um ceramista profissional. Por isso não são tão iguais.

— Talvez o suspeito também tenha feito os vasos.

— Talvez. Forno para secar a argila já sabemos que não é problema.

Artur olhou para a sequência de flores.

— Elas estão mudando de cor.

— *Hibiscus mutabilis* é o nome científico dessa espécie. Conhecida popularmente como rosa-louca. — O homem apontava para a flor que Artur acabara de trazer. — Ela nasce branca e aos poucos vai ganhando uma coloração rosada, que fica cada vez mais forte com o tempo.

— Nasce em algum lugar específico?

— Não. Pode ser plantada em qualquer lugar.

— Rosa-louca.

— É. Com certeza não foi escolhida aleatoriamente.

— Para cremar os corpos é preciso um forno especial, não?

— Sim. Não se acha um forno assim em qualquer loja de eletrodomésticos. Mas hoje em dia dá para comprar qualquer coisa pela internet ou conhecendo as pessoas certas. É possível até construir um forno crematório artesanal, se tiver um pouco de conhecimento, algum dinheiro e espaço.

— Mas como esconder o cheiro dos corpos queimando?

— Filtros.

Artur andou em volta do balcão encarando os vasos enfileirados, como se eles pudessem dizer mais alguma coisa.

— As línguas cortadas — disse o perito — pertenciam aos homens de cada casal, tirando o fato óbvio do Luiz e do Felipe.

Ficaram em silêncio por alguns segundos.
— É isso que temos, então?
— É isso que temos.
— Caso descubra mais alguma coisa, me fale imediatamente.
— Pode deixar.

Artur saiu da sala, deixando o perito sozinho com os quatro vasos enfileirados sobre o balcão. Percorreu o corredor até chegar ao elevador, apertou o botão e, enquanto esperava, pegou o celular no bolso. Olhou o visor. Nenhuma chamada. No histórico de ligações, os únicos nomes que apareciam eram os de Bete e Aristes.

Digitou o número de Bete. Depois de longos sons de chamada, quem atendeu foi a gravação orientando a deixar um recado após o sinal. Artur desceu até o segundo andar e, antes de chegar a sua mesa, foi até a de Bete. A cadeira estava vazia, os papéis da mesma forma que tinha visto da última vez e o computador desligado.

Perguntou para o detetive da mesa ao lado, que já se aprontava para ir embora, se tinha visto a amiga e recebeu um balançar negativo de cabeça. Tamborilou os dedos na própria perna e tentou ligar para ela novamente. Caixa postal. Olhou ao redor. O departamento estava quase vazio. Tirou um cigarro do maço e o colocou na boca.

Seu telefone tocou antes que ele finalmente pudesse se sentar. Era Aristes.

— Venha à minha sala, Artur.

A sala de Aristes estava aberta, e ele assinava os documentos de outro detetive quando Artur bateu à porta. O delegado entregou os papéis para o homem e fez sinal para que Artur entrasse.

— O trabalho nunca termina no horário do expediente. Foi até a perícia?

— Sim, senhor.

— Artur, eu esperei você chegar porque gostaria de conversar pessoalmente.

— Eu estou fazendo o máximo que posso com a investigação, senhor.

— Não é sobre a investigação. É sobre a Bete.

— Aconteceu alguma coisa? Eu estou tentando ligar e ela não atende o celular.

— Ainda não sabemos. O marido dela ligou pra gente ontem à noite, você já tinha saído. Como foi direto para o local da armadilha, achei melhor esperar você voltar.

— O que houve? — Artur começava a se agitar.

— A Bete não voltou pra casa ontem. O marido dela...

— Oscar.

— Isso, o Oscar disse que ela te deu uma carona ontem.

— Ela disse que tinha ido até a casa da namorada do hacker morto, encontrou um pen drive na mochila que o rapaz tinha deixado na casa dela e que havia um endereço. E... — Artur parou um pouco antes de continuar — avisou que ia verificar o local.

— Ela falou qual era esse endereço?

— Não.

— Ok. — Aristes deixou escapar um pesado suspiro. — Eu vou cuidar disso.

— Eu posso ir até a casa dessa garota, senhor.

— Você já resolveu o maldito caso desse maluco que tá cortando línguas e mandando flores pra crianças órfãs?

— Não, senhor.

— Imagine se toda vez que surgisse algum problema em um caso a gente parasse outro para resolver. Nenhum seria resolvido. Então, se preocupe em terminar o seu trabalho que eu me preocupo com a Bete, ok?

— Temos uma policial desaparecida, senhor.

— O que nós realmente temos são quatro casais mortos, quatro crianças órfãs e, até onde sabemos, daqui a alguns dias teremos mais. Vai, Artur. Cuide do seu caso. Deixa que eu cuido da Bete.

— Senhor...

— Artur. Não me cause mais problemas do que eu já tenho.

O detetive preferiu o silêncio ao debate. Sabia que nada iria mudar a decisão de Aristes. O que o delegado não sabia, ou fingia não saber, era que Artur não esperaria até o dia seguinte para descobrir o paradeiro de sua única amiga.

Antes de sair da delegacia e entrar no táxi que havia solicitado, Artur conseguiu o nome e o endereço da namorada do hacker que Bete estava investigando. Ele se lembrava com perfeição da conversa que tivera com a amiga. E ela dissera que tinha usado o computador da garota para verificar o pen drive. Artur sabia que, quando se abre algum arquivo no computador, muitas vezes ele faz um registro dos dados visualizados, uma espécie de cópia armazenada na máquina. A esperança de Artur era que, se não houvesse mais pen drive, os arquivos que Bete visualizou tivessem sido gravados, para que ele pudesse encontrar o endereço para onde ela avisara que iria.

Ao chegar ao prédio, olhou para cima e viu que a provável janela da garota estava apagada. O detetive tocou a campainha e nada. Tocou de novo. Mais uma vez sem resposta. Foi a voz do porteiro que soou no interfone.

— Posso ajudar, senhor?

Artur mostrou seu distintivo.

— Eu sou da polícia. Gostaria de falar com Judite Alves de Castro, do 703, mas ela não atende.

— Ou ela não está em casa ou está dormindo, senhor.

— Anteontem veio aqui uma mulher chamada Bete...

— Sim, eu lembro dela.

— Ela é detetive e veio conversar com a Judite. Você viu se ela saiu sozinha?

— Sim. Eu vi ela saindo. Tinha deixado o carro estacionado um pouco mais pra frente. Ela entrou no veículo e foi embora.

— Você viu a Judite hoje?

— Senhor, me desculpe, mas eu não posso dar informações sobre os moradores.

— A detetive não voltou para a delegacia, nem para a casa dela. Você realmente quer se meter na investigação sobre uma policial desaparecida?

O interfone ficou em silêncio por alguns segundos.

— Senhor, pode mostrar a sua identificação mais perto da câmera, por favor?

Artur suspirou, impaciente. Tirou o distintivo, enfiou o braço entre as grades e chegou o mais próximo possível da câmera em frente à guarita.

Um estalo e o portão foi aberto.

Subiu de elevador até o sétimo andar, onde encontrou o apartamento 703. Tocou a campainha. Do lado de fora era possível escutar o chamado. Aguardou, mas não teve resposta. Tocou mais uma vez. Nada. Arriscou girar a maçaneta e se surpreendeu: a porta estava aberta.

Do lado de dentro, a luz que entrava pela janela iluminava vagamente o local.

— Judite? — Silêncio. — Judite?

Artur acendeu a luz e foi entrando, com passos cautelosos. Não queria assustar a garota caso ela estivesse em casa. Passou por uma porta que havia à esquerda, logo depois da entrada, e viu a pequena cozinha. Chegou à sala. Vazia. O corredor à frente tinha aproximadamente cinco metros. Havia uma porta à esquerda, uma à direita e, no final, uma terceira, de frente para Artur.

O detetive caminhou, abriu a porta do primeiro quarto, mas estava vazio. Foi até a segunda porta e, quando entrou, viu uma mulher deitada na cama. A luz estava apagada. Quando apertou o interruptor, conseguiu vê-la por completo. Os olhos ainda estavam abertos, petrificados. Mesmo àquela distância era possível ver a marca vermelha ao redor do pescoço de Judite. Da mesma forma que seu namorado tinha sido morto.

Ainda no corredor, Artur olhou para a esquerda. Havia mais um cômodo para ser aberto. Provavelmente o banheiro. Sacou o revólver silenciosamente e apontou para a porta marrom. Com a outra mão, girou a maçaneta e entrou de uma vez.

Vazio.

O detetive voltou para o quarto onde estava o corpo da garota. A tristeza cristalizada em seus olhos. Quando se voltou para a escrivaninha, viu que o computador estava com a CPU aberta e que dentro dela faltava algo. O HD tinha sido levado.

🖋

No outro dia pela manhã, Juliana ajudava William a vestir a roupa que ela trouxera para o hospital. A camisa social branca ficava ainda mais desconfortável sobre o colete ortopédico, e William não estava conseguindo dar o nó na gravata preta.

— Deixa que eu faço.

O psicólogo observava as mãos trêmulas da noiva passando o laço por baixo e por cima, depois desfazendo e começando novamente, sem sucesso. William colocou a mão sobre a dela.

— Deixa. Não preciso de gravata.

Juliana pairou as mãos sobre o peito de William.

— Me desculpa — disse, enxugando as lágrimas.

— Não tem do que se desculpar.

Os dois se abraçaram, fazendo as costas de William doerem. Mas ele não disse nada sobre a dor.

Quarenta minutos depois, ela estacionava o carro no cemitério central da cidade. Permaneceram um tempo dentro do veículo, como tomando coragem para enfrentar a realidade. Juliana colocou a mão sobre a de William, que visivelmente fazia força para segurar as lágrimas. Olhou através da janela e viu o céu cor de luto. Saíram do veículo e foram caminhando devagar até o local onde o corpo de Cris era velado.

Muitas pessoas estavam lá para dar o último adeus ao amigo, e William sentia os olhares em sua direção. Alguns com pena, outros nem tanto. Todos sabiam que era ele quem dirigia o veículo na noite do acidente. O salão estava lotado, com as pessoas divididas em grupos.

Mais ao fundo, William viu Sheila amparada pelos braços da mãe e do pai. À sua frente se estendia o caixão de madeira brilhante onde Cris parecia estar dormindo.

William não conseguiu dar mais nenhum passo. Ficou travado na porta. Juliana limpava as lágrimas sem se importar com a delicadeza. Apertou o braço do noivo, sabendo que precisava ser mais forte hoje. Andaram em direção a Sheila e se posicionaram bem à sua frente, com o caixão entre eles.

Cris estava deitado com as duas mãos sobre o peito. Mesmo com toda a preparação para o enterro, seu rosto mostrava com clareza a violência do acidente, com cicatrizes encobertas por uma grossa camada de maquiagem. Mas ainda era o mesmo Cris, com o semblante de quem está sempre tranquilo, agora rodeado de flores brancas e da paz que ele sempre trouxera a todos os amigos.

Ereto como um soldado, William sentia o corpo inteiro tremer e uma angústia que nunca havia sentido antes. Queria dizer algo, mas não conseguiu. Soltou o braço da noiva e a tocou no ombro, como quem diz que quer ficar sozinho. Saiu do salão, fazendo força para não chamar atenção, e do lado de fora cambaleou. O corpo sentia a alma pesada. Um grupo de pessoas que estava próximo o segurou antes que caísse, mas ele se soltou e se afastou.

Permaneceu do lado de fora sem perceber a hora passar, até que sentiu a presença da noiva se aproximando.

— William? Está na hora.
— Já?
— Sim.

William sabia quanto Juliana estava se segurando para ser forte pelos dois. Ela engachou o braço no dele e os dois caminharam em direção ao salão. Quatro homens já carregavam o caixão e saíram em um cortejo silencioso, seguidos pelos olhos de anjos de pedra envelhecidos pelo tempo. No caminho, William avistou à frente o buraco aberto que aguardava a chegada do amigo. Ao lado, o monte de terra que seria usado para fechá-lo.

Todos se posicionaram ao redor do local, escutando as últimas palavras do padre.

— Hoje viemos aqui para dar adeus a uma pessoa que viveu sua vida guiada pela alegria e para o bem. Um homem que colocou inúmeros sorrisos no rosto dos seus amigos, pais e esposa. O momento é difícil, a perda é algo que leva um pedaço da gente, mas esse vazio deve ser preenchido pelas lembranças felizes, pelos momentos de alegria vividos ao lado de Cris. Ele não gostaria que a tristeza fosse o último sentimento deixado por ele. Lembrem-se da última vez que o viram, da última piada fora de hora que escutaram, dos conselhos de amigo. E que isso guie o luto de hoje para um sorriso amanhã...

Depois de algum tempo, William via a boca do homem abrindo e fechando, mas já não conseguia ouvir nenhuma palavra. Via sua mão no ar, subindo, descendo, indo para a esquerda e a direita. Logo depois, o caixão começou a afundar no buraco, lentamente, até pousar na terra úmida marrom-avermelhada. Escutou o som do metal da pá sendo cravado no monte de terra. Os primeiros golpes que caíram soaram fortes sobre o tampo de madeira do caixão, diminuindo o volume à medida que o buraco era preenchido.

William olhou para Sheila, que tinha as mãos sobre a barriga, e pensou na criança que nasceria sem a felicidade de sentir os braços do pai. Cris certamente choraria mais que Sheila quando o filho viesse ao mundo. Um mundo que William faria de tudo para ser um lugar melhor para recebê-lo.

🖋

Já dentro do carro, percorreram o caminho de volta quase em silêncio. Juliana abriu a porta do apartamento de William e deixou que ele entrasse primeiro. O psicólogo caminhava com passos arrastados e robóticos, olhando para o lugar como se tivesse saído de uma sessão de lobotomia. Analisava cada canto sem sentir a alegria de estar em casa. Juliana vinha atrás dele, acendendo a luz dos cômodos à medida que William entrava caminhando na escuridão do dia com céu de chumbo.

— Quer que eu prepare algo pra comer?
— Não precisa.
— A gente devia ter ido pro meu apartamento.
— Não. Eu tenho que trabalhar. — William parou ao lado da mesa onde estava seu notebook fechado.
— Então amanhã eu passo na minha casa e pego as minhas coisas.
— Pra quê?
— Como assim, "pra quê"? Você não acha que vai ficar sozinho — Juliana retrucou, enquanto se posicionava ao lado da mesa, colocando sua bolsa bem perto do notebook. William olhou para a noiva, decidida, e se lembrou dos primeiros encontros. A forma como passava a mão no cabelo, colocando-o atrás da orelha, os olhos grandes e castanhos, o sorriso de menina.
— Ju. Eu quero que você vá pro seu apartamento.
— O quê? Você está doido se acha que vou te deixar aqui sozinho. Eu não vou embora.

— Sabe — ele começou a dizer —, tudo isso com o Cris me fez repensar muitas coisas. E uma delas é que a vida é muito curta.
— O que você quer dizer com isso?
— Quero dizer que... Olha pra gente. Nós ainda temos tanta coisa a conquistar, e a gente nunca sabe quando alguma coisa vai interromper os nossos planos. O que eu quero dizer... é que eu ainda quero aproveitar um pouco mais a vida antes de... de casar, entende?
— Não, William. Eu não estou entendendo nada.
— Essa coisa com o Cris me fez perceber que casar agora seria um erro.
— O quê?
— Ju, eu não quero que...
— Um erro? Um erro?!
— Ju, escuta.
— Não, William, é você que precisa escutar. Você precisa escutar o que está dizendo. Eu sei que não está sendo fácil passar por tudo isso, tá bom? Eu sei. Também não está sendo fácil pra mim, droga. O Cris também era meu amigo.
— É diferente, Ju. Não foi você que matou o Cris, então não venha dizer que sabe como eu me sinto. Você não sabe.
— Você não matou o Cris, droga, foi um acidente. E... eu não sei como você se sente, porque você não fala mais comigo. Você está se fechando, e isso já estava acontecendo muito antes do Cris. Então não venha usar a morte dele como desculpa pra fazer algo que pelo visto você já queria fazer há muito tempo.
— Eu nunca quis isso, Ju. Não isso.
— Então por que quer agora? Por quê?
— Porque... eu não te amo mais.
Sob o olhar da noiva, William tirou a aliança, que custou a sair, e colocou na mesa, ao lado da bolsa de Juliana.
— Coloca essa aliança de volta, William.
Com lentidão, o psicólogo virou de costas e caminhou até o sofá da sala, onde se sentou sem olhar para a noiva.
— Coloca essa aliança de volta, William.
Sem resposta, Juliana ficou parada, sem conseguir pensar em outra frase para dizer. Olhou para a aliança sobre a mesa, depois para os lados, e lágri-

mas lhe escorriam pelo rosto. Puxou uma cadeira e sentou, mexendo nas próprias mãos de cabeça baixa.

— É isso mesmo que você quer?

William demorou alguns segundos para responder.

— É o certo a fazer. É o que eu tenho que fazer.

Juliana se levantou, pegou a bolsa e saiu em direção à porta. Antes de deixar o apartamento, olhou para trás pela última vez.

— Coloca essa aliança de volta, William. Você precisa de algo para te lembrar das coisas boas.

Saiu sem fechar a porta, entrou no elevador, que ainda estava parado no andar, e demorou alguns segundos para apertar o botão. William foi até a entrada do apartamento e conseguiu ver que o elevador ainda estava lá. Queria abrir aquela porta, pegar a noiva nos braços e dizer que ia ficar tudo bem, que tudo ia passar. Mas ficou parado vendo o elevador começar a se mover, levando-a para longe dele.

Melhor para ela que seja assim.

William abriu o notebook e escreveu para David.

Desde que eu conheci você, desde que eu aceitei tudo isso, todas as coisas boas da minha vida se foram. Meu melhor amigo está morto por minha causa. Você veio com toda essa conversa de saber como eu me sinto, mas você não sabe como eu me sinto agora. Não sabe porque você não consegue sentir nada. Eu não posso ter mais ninguém perto de mim, você entende isso? Porque eu sou um monstro. Um monstro igual a você.

Artur estava em sua mesa tentando se concentrar no caso, mas sua mente se dividia entre as poucas pistas que tinha e a preocupação com o sumiço de Bete. Sentia algo que havia muito tempo não o incomodava. Aquela sensação de vazio. Não era comum sentir isso, o que o deixava confuso, sem saber o que fazer. E ele sempre sabia o que fazer, sempre tinha o próximo passo planejado. Agora era diferente. Era quase doloroso.

O delegado Aristes poupou o detetive de um sermão por ter desobedecido a sua ordem de deixar o desaparecimento de Bete sob seus cuidados e se concentrar nos assassinatos. A única coisa que disse foi que agora era preciso saber lidar com a situação e fazer uma coisa de cada vez, que outra pessoa seria designada para investigar o caso de Bete.

O detetive sabia que deveria obedecer às orientações de Aristes, mas, antes de seguir com a investigação de seu próprio caso, foi até a impressora pegar as cópias que tinha enviado. Com algumas folhas na mão, se dirigiu até o mural no hall de entrada da delegacia e lá fixou um retrato de Elisabete Fraga, onde era possível ler, logo abaixo da imagem: "Desaparecida". Artur percorreu todo o prédio da polícia afixando cópias do retrato da amiga em cada mural de aviso. Depois, foi de mesa em mesa e entregou uma cópia para cada policial que encontrou.

Quando voltou para sua mesa, o telefone estava tocando. Era o policial da central de inteligência retornando a solicitação de Artur sobre uma pesquisa de casos semelhantes ao que estava investigando.

— Encontrei um endereço. Aconteceu algo muito parecido há vinte e quatro anos.

Menos de uma hora depois, o táxi de Artur parava em frente a uma casa localizada em um subúrbio da cidade. Um muro de concreto cru cercava a residência.

— Espere aqui — disse ao motorista do táxi.

O detetive olhou ao redor. Algumas crianças brincavam na rua. Parou em frente ao portão, procurou uma campainha, não encontrou e precisou bater palmas. Tinha o olhar atento, mas era impossível, mesmo para ele, esconder o cansaço. Quando se posicionou para chamar novamente, um cão apareceu como se tivesse saído de um buraco no chão e saltou em direção a ele, misturando o barulho do latido com o som do portão velho.

Enquanto olhava para o cachorro, Artur não reparou na mulher que surgiu no quintal. Ela vestia um short jeans surrado, apertado demais para seu tamanho, e uma camiseta larga com a estampa desbotada de um político que Artur conhecia. Ele havia sido eleito no ano anterior, mesmo com seu nome envolvido em denúncias de corrupção. A mulher enxugava as mãos em um pano e não se deu o trabalho de se aproximar. O cão latia para Artur.

— Quieto! Quieto! — O cão se afastou, mas ainda estava lá rondando o portão. — Pode falar. — O tom de voz deixava clara sua pouca vontade de ser sociável.

— A senhora é Miriam Rocha Torres?
— Sim, sou eu.
— Meu nome é Artur Veiga — anunciou, mostrando o distintivo.
— É rápido ou vamos precisar sentar?
— Vamos precisar sentar. O seu marido está?
— Dormindo. Hoje o turno é da noite. Vou buscar a chave do portão.

Artur aguardava na sala, de pé ao lado da estante. Alguns porta-retratos com fotos de eventos e momentos familiares decoravam o móvel. Festas de aniversário, churrascos no quintal, praia. Em um deles havia um casal com uma criança que não eram vistos em nenhuma outra foto. Era o retrato mais feliz entre todos os outros, e parecia ser a fotografia mais antiga.

O detetive olhou para trás quando notou que Miriam havia voltado com o marido. Ele se chamava Anderson e veio terminando de vestir uma camiseta. Realmente estava dormindo.

— Algum problema com os meninos? — perguntou o homem, que não cumprimentou o detetive e foi logo se sentando no sofá. Miriam ficou a seu lado, mas de pé. Uma mulher séria como o cão que vigiava o quintal.

— Não que eu saiba. Estou aqui por causa de David Rocha Soares. Gostaria de falar com ele.

Houve um momento de silêncio entre o casal, e, pela primeira vez, Miriam pareceu demonstrar fragilidade com o repentino espasmo de atenção.

— Não vemos o David há... uns dez anos, mais ou menos. Eu nem lembro mais — disse Anderson.

— O que ele fez? — Miriam parecia preocupada, mas tinha algo no jeito como falava. Não era uma preocupação amorosa. Parecia mais remorso.

— Eu sei o que aconteceu com a sua irmã e o seu cunhado, Miriam.

— Eles eram ótimas pessoas — ela fez questão de defendê-los rapidamente.

— Eu não estou dizendo que não eram.

— O que você quer?

— Miriam — o marido chamou a atenção da esposa, que, claramente, ainda mantinha vivo o ódio pelo descaso da polícia. Ninguém havia sido preso pelo assassinato da sua irmã e do seu cunhado.

— Vocês fazem ideia de onde eu posso encontrar o David? É importante.

— Agora é importante? Agora é importante? Quando a minha irmã foi morta ninguém deu importância, ninguém foi preso. Atiraram na cabeça da minha irmã!

Dessa vez Anderson deixou que a mulher terminasse o que queria dizer. Artur detestava essa parte do trabalho. Ainda mais quando precisava voltar a um caso mal investigado por outros policiais.

— Quando tudo aconteceu — Anderson começou a falar —, nós trouxemos o David pra morar com a gente. Nós tínhamos dois garotos...

— Temos! — Miriam foi enfática.

— O David e os meus filhos têm quase a mesma idade, mas nunca se deram bem. Brigavam toda hora. O David era agressivo, não conseguiu superar...

— Ninguém foi preso. Como ele ia superar?

— Chega, Miriam! A próxima vez que você me interromper... — Anderson havia levantado do sofá.

— Vai fazer o quê? Vai me bater na frente de um policial agora? Vai contar pra ele das surras que você dava no David? Conta que eu quero ver se você é tão homem como é quando nós estamos sozinhos.

— Chega — Artur fez os dois ficarem em silêncio.

— O David foi pra um reformatório. Ele era um desajustado — Anderson falava com raiva —, e pelo visto não mudou.

— Pode se retirar, sr. Anderson. Volte a dormir. Eu quero falar em particular com a Miriam.

— Você entra na minha casa...

— Prefere que eu prenda o senhor? Por bater em mulher, só pra começar.

Os olhos de Anderson brilhavam sem a mesma coragem de antes, e ele saiu encarando Miriam em tom de ameaça.

— Sr. Anderson? Sr. Anderson?

O homem voltou a aparecer na sala, já sem a camiseta.

— Por favor, feche a porta. — Artur falava de um jeito irritantemente calmo.

Miriam havia se sentado no sofá. Olhava para baixo, parecia estar chorando, mas nenhuma lágrima descia pelo rosto. Artur estava incomodado. Pensou em Bete, na facilidade dela em lidar com situações desse tipo.

O detetive sentou ao lado da mulher, que, após demonstrar tanta agressividade, agora tinha baixado o escudo. Artur tirou um cigarro do maço.

— Posso pegar um? — pediu Miriam, em um tom suave e baixo.

Artur entregou o cigarro à mulher.

— Mas eu não tenho fogo — disse o detetive.

Miriam colocou a mão dentro do bolso apertado do short e tirou um isqueiro. Ofereceu-se para acender o cigarro que Artur já girava entre os dedos.

— Eu não fumo.

A mulher olhou de forma confusa para o policial e acendeu o próprio cigarro.

— Eu preciso encontrar o David.

— Eu não sei onde ele está. Quando ele foi para o reformatório eu... eu tentei visitá-lo várias vezes. Quando obrigavam ele a me receber, ele ficava em silêncio, não respondia minhas perguntas. Eu juro que tentei, eu juro que tentei. Eu queria ter sido uma... Eu amava muito a minha irmã, mas falhei com o filho dela. Eu parei de ir visitá-lo. Eu parei. Eu nunca mais soube dele.

— Você lembra o nome do reformatório?

— Era... Nossa, como chamava mesmo? Pode aguardar um segundo?

Artur acenou positivamente e Miriam se levantou, desaparecendo dentro da casa. Passaram-se quase cinco minutos até que ela voltou.

— Achei. Eu tenho uma caixa de coisas que... Bom, tinha o endereço lá. Anotei pra você.

O detetive pegou o pedaço de papel e olhou para a mulher, que tinha os olhos vermelhos e úmidos.

Já do lado de fora do portão, Artur chamou Miriam, que passava a corrente pelas grades de metal, e lhe entregou um cartão.

— Denuncie o seu marido.

O policial já estava de costas quando ela o interpelou novamente.

— Detetive?

— Sim?

— Por que vocês não prenderam ele?

— O David?

— Não. O Marcos. O bairro inteiro sabia que foi ele que matou a minha irmã e o meu cunhado. Vocês não deviam ter deixado ele solto.

O pensamento de Artur foi jogado alguns dias no passado e parou na tarde em que interrogava o dono do rosto desenhado na máscara do assassino.

— Marcos.

✑

— Acelera! Acelera! — Artur já estava dentro do táxi, que cortava o trânsito em alta velocidade. Pelo vidro aberto no lado do carona, o vento invadia o veículo, chegando até o banco de trás, e fazia o cabelo do detetive dançar de um lado para o outro. Os olhos quase não piscavam. Diferente da agitação do corpo, que ia e voltava com o sacolejar do automóvel desviando dos carros mais lentos.

Mais de uma hora depois, pararam o carro em frente ao portão de Marcos. O detetive apertou a campainha uma vez. A casa permaneceu em silêncio. Artur não teve paciência para fazer uma segunda tentativa e pulou o portão, sob o olhar cauteloso do motorista do táxi, que acompanhava a agitação do policial. Imaginando a possibilidade de uma troca de tiros, o taxista deu ré no carro por quase dez metros. Por segurança, fechou os vidros e deixou o veículo ligado caso fosse necessária uma saída de emergência. Olhava para dentro do portão, para o fim da rua, para as janelas das casas vizinhas.

Já no quintal, Artur chamou:

— Marcos, abra a porta!

Mais uma vez não teve resposta. Não hesitou: cravou a sola do pé na porta, fazendo o trinco de metal se dobrar na fechadura. Chutou mais uma vez e pedaços de madeira que seguravam a maçaneta explodiram em farpas. Entrou com a arma em punho e na sala encontrou uma mala pronta posicionada perto da porta que havia arrombado. Foi verificar os outros cômodos com a arma abrindo caminho à sua frente. Cozinha, nada. Primeiro quarto, nada. Banheiro, nada. A porta do último quarto estava fechada.

— Marcos, é o detetive Artur.

Girou a maçaneta e encontrou, mais uma vez, nada.

— Droga. Droga, droga, droga — Artur falava e passava a mão na cabeça, girando o corpo sobre os calcanhares e olhando o cômodo como se tivesse acordado ali, em um local desconhecido, à procura de algo. Pressionava as têmporas com as mãos, mesmo com uma delas segurando a arma.

— Eu fiz exatamente o que ele queria. Droga, droga.

Artur respirou. Ofegante, limpou a saliva da boca e ajeitou o colarinho que lhe apertava o pescoço. Saiu do quarto, foi até a sala e abriu a mala. Havia apenas algumas roupas, o necessário para uma viagem de emergência.

Ele sabia que David viria atrás dele. Mas o Marcos não podia me dizer que conhecia o assassino. Para isso ele teria que confessar o seu próprio crime do passado.

Imerso na frustração de ter sido manipulado pelo assassino que estava caçando, Artur demorou a sentir o celular que vibrava no bolso da calça. Olhou a tela e leu o nome do delegado Aristes.

— Senhor?

— Onde você está, Artur?

— Estou... — Passou a mão na boca. — Estou na casa do Marcos, o homem que tinha o rosto desenhado na máscara do assassino.

— O que você está fazendo aí?

— Descobri um caso idêntico que aconteceu há vinte e quatro anos. O filho que sobreviveu... Esse garoto é o homem que eu estou procurando. A tia disse que o suspeito de matar os pais dele se chamava Marcos. Provavelmente ele não sabia onde encontrar o assassino dos pais e... me usou pra encontrar pra ele. Por isso o desenho do rosto na máscara. Como eu não pensei nisso? Como eu não pensei nisso? Droga. — Artur batia com uma das mãos na própria cabeça.

— Que merda, Artur. Calma.

Houve uma pausa, e Aristes pensou que Artur tinha se acalmado.

— Artur, eu tenho que...

— Mas se fosse apenas por vingança ele não iria continuar depois de encontrar o Marcos.

— Artur, eu tenho uma coisa pra te contar. — Um silêncio, daqueles que precedem as más notícias, se ergueu no ar. — Encontramos o carro da Bete estacionado em uma rua...

— Encontraram?

— Nenhum sinal dela, Artur. Escuta, estou ligando porque eu sei que ela é sua amiga. A perícia já está fazendo o trabalho dela no veículo, e agora eu preciso que você faça o seu, entendeu? Entendeu, Artur?

— Sim. Sim, senhor, entendi.

— E, depois que terminar aí, volte pra delegacia e escreva um relatório explicando por que você invadiu a casa desse homem sem um mandado.

— Eu já disse pro senhor.

— Então coloque na porra de um papel. A papelada faz parte do pacote, Artur.

Aristes desligou o telefone.

Artur ligou para a delegacia e pediu uma equipe para fazer uma varredura na casa de Marcos.

Nas outras vezes não encontramos nada, mas aqui é diferente. Aqui é pessoal. Ele pode ter deixado passar algo.

15

— A polícia acaba de divulgar mais informações sobre os casos de desaparecimento dos quatro casais sequestrados dentro de casa neste mês. Segundo o delegado Aristes Donato, da 27ª Delegacia de Polícia, há provas de que o suspeito enviou flores para os filhos das vítimas. A polícia conseguiu interceptar uma das entregas e descobriu que o suspeito escolhe aleatoriamente uma pessoa na rua e paga para que ela leve a encomenda. Ainda não se sabe o que o gesto quer dizer, mas a polícia pede a colaboração das pessoas que foram abordadas para fazer as entregas anteriores e solicita que compareçam à delegacia ou liguem para o número que está aparecendo na tela. A polícia ressalta que as pessoas que fizeram as entregas não são consideradas suspeitas e não precisam temer nada. O que a polícia quer é saber mais detalhes sobre a abordagem e qualquer outra informação que ajude a colocar um ponto-final na investigação. Se você é uma dessas pessoas, por favor, vá até o distrito policial ou ligue para o telefone que está aparecendo na tela.

— Você acha que vai aparecer alguém? — perguntou Aristes para Artur, enquanto os dois assistiam ao noticiário na sala do delegado.

— Já seria mais alguma coisa.

— O que mais nós estamos fazendo?

— Encontramos cinzas nos vasos, certo? Então esse sujeito precisa de um lugar para cremar os corpos. Eu mandei equipes para todos os crematórios da cidade e das cidades vizinhas. E vou fazer uma visita ao reformatório juvenil onde esse tal de David Rocha Soares cresceu.

O detetive já estava quase fora do escritório de Aristes quando o delegado o chamou.

— Artur. Nós estamos investigando o caso da Bete.

— Sem impressões digitais no carro, sem ter como descobrir o endereço para onde ela foi, a namorada do hacker morta. Honestamente, senhor — Artur fez uma pausa, algo que não costumava fazer —, eu duvido que a gente a encontre.

O detetive estava saindo da delegacia quando parou em frente ao mural logo na entrada. A fotografia de Bete que ele havia afixado estava com uma parte coberta por um aviso administrativo. Artur retirou a foto da policial e a reposicionou por cima do aviso, para que toda a imagem pudesse ser vista.

— Vai cair uma chuva lascada — disse o enfermeiro que dirigia o carro do hospital psiquiátrico. O colega no banco do carona baixou um pouco o vidro e sentiu o vento úmido invadir o veículo. — Não vai fumar aqui dentro.

— Cara, se eu não fumar a cada hora, fico igual a eles lá atrás.

O motorista olhou pelo retrovisor, avistando no banco traseiro o casal de pacientes do hospital psiquiátrico. Cada um estava olhando por uma janela, quase com o rosto colado no vidro. Olhou mais para baixo e viu, no centro do banco, as mãos entrelaçadas do casal.

— Eu acho bonito o relacionamento dos dois.

O outro enfermeiro se virou, olhou, depois voltou o rosto para a abertura da janela, sentindo a brisa gelada.

— Eu também quero abaixar o vidro — a mulher disse do banco de trás, enquanto apertava repetidas vezes o botão no lado interno da sua porta.

— Os vidros de trás não abrem, meu doce. Nunca abrem. Eles acham que a gente vai... *puf*... pular. — O homem se desgrudou da janela e inclinou o corpo para a frente, colocando a cabeça entre os dois enfermeiros. — Mas a gente não vai pular. Não com o carro andando. Podemos ser loucos, mas não somos burros.

— Júlio, senta direito. Você sabe que não pode tirar o cinto. Coloca o cinto — pediu o motorista.

— Mas o cinto agarra a gente.

— É pra isso que ele serve, Júlio. Pra te agarrar no banco.

A mulher puxou Júlio, encostou-o no banco e travou o cinto de segurança.

— O seu também, Joana.

— Siiiiim, senhooooor.

— Já estamos quase lá.

O carro parou em frente a um portão por onde era possível ver o sobrado amarelo no fundo do quintal. O motorista virou para trás e olhou para o casal, que se mexia com aquela inquietação de alegria que movimenta o corpo de forma involuntária para um lado e para o outro.

— Vocês sabem como funciona. Vamos tocar a campainha, chamar o seu pai, ele abre o portão e depois a gente deixa vocês descerem do carro, ok?

— A gente sabe como funciona.

— Ótimo.

O outro enfermeiro já estava do lado de fora do carro e apertava a campainha. Após se assegurar de que o veículo estava trancado, o motorista se juntou ao colega, sempre de olho no carro estacionado próximo.

— Eu não entendo por que deixar eles saírem do hospital.

— Cara, eles têm um filho de oito anos. Eu concordo com esse programa do hospital de inverter o local das visitas. É bom para os internos e para a criança, que não precisa ir pra um lugar daqueles. Não é certo deixar o moleque sem ver os pais — o motorista olhou para o veículo e viu o casal na janela, encarando-o com expectativa —, mesmo que eles sejam um pouco diferentes.

— Um pouco? O cara cravou um lápis nas costas de uma enfermeira.

— Na cabeça dele, ele só estava tentando proteger a namorada.

— Namorada que teve um surto e precisou de dois enfermeiros pra ser contida.

— Que seja. Na cabeça deles, estão fazendo o que acham certo. Toca a campainha de novo.

— Não precisa. Já está vindo alguém. Quem é esse cara?
— Não sei. Nunca vi. Deve ser da família.
— Bom dia, senhor.
— Bom dia — o homem respondeu enquanto abria o cadeado do portão.

Os enfermeiros olharam para o carro, de onde vinha o som de batidas no vidro, e fizeram um sinal para que o casal esperasse.

— O senhor é...? — perguntou um dos enfermeiros.
— Eu sou o vizinho. Moro naquela casa ali. O seu Ricardo e a dona Marta tiveram que sair para resolver um negócio com a imobiliária e me avisaram que vocês iriam trazer os pais do Renato para a visita.
— Seu nome?
— David.
— Tá certo. Vamos fazer uma família feliz, então.

O enfermeiro abriu a porta de trás do veículo e o casal desceu, se atropelando. Júlio vestia um casaco de tricô marrom e tinha o cabelo divertidamente bem penteado com gel, demonstrando cuidado e preparo para o dia da visita. Joana usava um vestido preto que ia até o meio das canelas, estampado com flores brancas, e o cabelo negro escovado teimava em cair pela testa, fazendo a mulher passar as mãos no rosto repetidas vezes, como se fosse um tique nervoso.

Ao entrar pelo portão, Júlio olhou para David e estendeu a mão, com seus movimentos descontrolados.

— Prazer. Eu sou o Júlio e esta é a Joana. Vem cá, Joana. Cumprimenta o rapaz. Cadê o meu pai e a minha mãe?
— Eles deram uma saída, mas logo estarão aqui.
— Mãe! Pai! — Renato, um garoto de oito anos, saiu correndo de dentro da casa. Joana e Júlio também correram em direção à criança. Júlio pegou o filho no colo enquanto ele era atacado, sem poder se defender, por beijos da mãe.

Os dois enfermeiros observavam a cena.

— Até parece uma família normal — comentou um deles, enquanto tentava tirar um cigarro do maço.
— Droga, cara. Não vai fumar na frente da criança.
— Meu Deus, eu não posso fumar em lugar nenhum?

Contrariado, o enfermeiro devolveu o cigarro ao maço e ambos olharam para trás quando escutaram o cadeado do portão sendo fechado por David.

— Vamos entrar. Deixa eles matando a saudade enquanto a gente mata a garrafa de café.

David e os dois enfermeiros entraram na casa e foram para a cozinha. De vez em quando aquele que era o motorista se levantava da cadeira e observava Júlio e Joana sentados com Renato no tapete da sala.

— Mais café? — ofereceu David.

— Por favor. Obrigado. E você, não bebe café?

— Não, não. Eu sou como o seu amigo aí. Se eu beber café vou querer fumar, e eu estou tentando parar.

— Sei bem como é — disse o fumante, olhando para o maço de cigarros. — Eu sei que essa coisa um dia vai me matar. — E deu mais um longo gole no café. O homem passeou com a língua dentro da boca depois da golada, sentindo o gosto quente da bebida.

O enfermeiro que estava de pé na cozinha apoiou uma das mãos na geladeira, sentindo uma leve tontura. David se apressou em ajudá-lo. Pegou a xícara de sua mão e a colocou sobre a mesa, guiando-o até uma cadeira.

— Nossa... minha cabeça.

Um barulho de louça se quebrando ecoou na cozinha.

Com a visão turva, olhou para o colega, que tinha a testa apoiada na mesa, os braços largados pendendo ao lado do corpo e a xícara de café partida no chão. Sentiu uma dor aguda no estômago. Virou o rosto para a pia e viu David, entre vultos, esvaziando a garrafa de café no ralo. Tentou dizer alguma coisa, mas as palavras saíam ofegantes e espaçadas.

— Po... por quê?

— Não vai dar tempo de te explicar — David concluiu, enquanto retirava uma bolsa preta de um dos armários da cozinha.

✒

Margô conversava, na recepção do consultório, com a tia de Marcelo, o filho do primeiro casal assassinado, quando escutou a porta de William sendo aberta e o psicólogo saindo com o garoto. A recomendação do médico foi que se afastasse do trabalho até se recuperar do acidente, mas William abriu uma exceção para o grupo das crianças vítimas de David e, por um tempo, determinou que atenderia apenas elas.

William, que ainda usava o colete ortopédico, veio caminhando devagar com o pequeno Marcelo, uma das mãos apoiada no ombro do menino. A criança apareceu na recepção com a mesma expressão com que tinha chegado, sem muita alegria. O psicólogo repassou com a tia o combinado de se verem no mesmo horário na semana seguinte e se despediu do garoto com um aperto de mãos firme.

Diferente da postura séria de William, Margô olhava para o menino com as sobrancelhas arqueadas e um semblante de piedade. Assim que Marcelo e a tia deixaram o consultório, William se virou para a secretária.

— Margô, como não vamos ter mais nenhum paciente, não é necessário que você fique. Pode ir pra casa.

— Mas o senhor não precisa de nada mesmo? Eu posso ficar aqui sem problemas.

— Não precisa, Margô. Eu também só vou organizar umas coisas e vou pra casa.

— Tudo bem. A dona Juliana vem buscar o senhor?

Por um momento, ele hesitou.

— Não.

Ao entrar no consultório, William fechou a porta e foi até sua mesa. No caminho, pisou em um boneco de borracha largado no chão, fazendo soar o som agudo e infantil do brinquedo. Olhou para baixo e viu uma parte do corpo do boneco esmagada sob a sola de seu sapato. Levantou o pé devagar e observou o brinquedo se inflando de ar novamente. Arrastou a cadeira e se sentou, as costas eretas, o rosto sério. Abriu o computador e começou a escrever sobre a sessão com Marcelo para aproveitar as palavras frescas na memória.

Anotação
Criança: Marcelo Moura de Freitas

Nesta sessão, Marcelo falou menos sobre a saudade dos pais e o sentimento de estar sozinho no mundo, e nós acabamos conversando mais sobre o sujeito que cometeu o crime.

Marcelo demonstrou sentimentos confusos, até mesmo cruéis, em relação ao criminoso. Em suas palavras:

"Eu sei que é errado, mas eu quero que ele morra".

Quando questionei se também não era um ato de maldade desejar algo ruim para outra pessoa, mesmo que essa pessoa tenha feito algo ruim para ele, sua resposta foi:

"Eu sei que é. Mas eu quero".

Marcelo sabe que é errado sentir isso, mas sente. Isso me faz pensar sobre como não escolhemos sentir o que sentimos.

O mundo e as espécies que o habitam evoluem de acordo com o ambiente para se adaptar e garantir sua sobrevivência. Se pudesse, um recém-nascido com fome e sem alimento não hesitaria em matar outro recém-nascido que está com uma mamadeira, para poder tomar o seu alimento e saciar sua fome. O mal é um estado natural do ser humano, que nasce sem a noção de certo e errado, sem consciência moral, agindo para saciar suas necessidades, movido apenas por seus instintos selvagens. Em um mundo onde o mal nasce com a gente, todos fariam qualquer coisa, sem apego à moralidade, para não sucumbir.

Mas, se cada um é capaz de fazer de tudo, todos farão o que for preciso, incluindo matar outro ser humano. Como todos nascemos com necessidades a serem supridas, seria impossível viver em um mundo sem o limite da consciência, sem as limitações da moral. A única maneira de sobreviver é evoluir para um estado que podemos chamar popularmente de bondade, em que você aprende o que é certo e errado, e em que as pessoas se importam com as outras e não só com suas próprias necessidades. De forma precipitada, até o momento, é possível pensar que o bem nada mais é do que a evolução do mal para a nossa própria sobrevivência. É preciso sentir as necessidades do outro e que o outro sinta as nossas para que todos possam sobreviver.

Assumindo que há uma diferença entre matar para saciar uma necessidade e matar para saciar um desejo, questiono o fato de muitos assassinos, em seus julgamentos, declararem que têm necessidade de matar. Uma sensação que poderia, ignorando os questionamentos morais, ser colocada ao lado da fome, da sede ou do frio.

    Ainda é muito cedo para chegar a uma conclusão final, já que o trauma sofrido é recente e o sentimento pode mudar com o tempo e a aceitação. Mas, se voltarmos mais uma vez às palavras de Marcelo: "Eu sei que é errado, mas eu quero", não é possível colocar esse sentimento como uma necessidade, e sim como um desejo, uma opção que você escolhe, influenciada por fatores externos, em que a maldade é como uma montanha moldada pelas ações do ambiente ao seu redor.

    A maior questão que fica até o momento é: Quem está servindo de modelo para a formação do caráter de Marcelo: os bons ensinamentos dos seus pais e da sua escola, ou a frieza cruel do assassino?

Assim que colocou o último ponto-final no texto, William descansou os braços na cadeira, mas o corpo forçadamente ereto não mostrava a imagem de alguém que estivesse descansando. Ficou olhando para a tela e via as palavras *necessidade* e *desejo* saltarem do texto, como se estivessem grifadas. Leu a frase de Marcelo.

"Eu sei que é errado, mas eu quero."

Depois pensou em voz alta, como quem tenta convencer a si mesmo:

— Eu sei que é errado, mas eu preciso.

✒

O táxi de Artur estava parado em frente ao reformatório juvenil, aguardando a liberação do guarda de segurança dentro da cabine. Foram alguns segundos de espera até que ouviu um estalo. A entrada tinha sido destravada. Um grande portão, que parecia mais uma cerca de metal trançado, começou a deslizar para a direita, abrindo passagem para o veículo do detetive. Havia à frente outro portão idêntico, ainda fechado. O táxi atravessou o primeiro, esperou que ele voltasse a se fechar, e só depois o segundo começou a se mover, deslizando e trepidando em cima do trilho.

    Havia uma sensação de perigo controlado no lugar. Artur não sabia dizer o que causava essa percepção, mas, por algum motivo, a instituição parecia mais um depósito de explosivos com entrada restrita do que uma unidade de reabilitação para jovens infratores.

Um ruído cadenciado de passos chamou a atenção do detetive, já fora do veículo. Vinha de longe e se distanciava cada vez mais, e, pelo intervalo e intensidade, Artur sabia o que era. Andou em direção à nascente do som e viu, através de grades, um grupo de garotos, todos vestindo o mesmo uniforme e fazendo exercícios. Estavam correndo de maneira perfeitamente sincronizada. O sistema de reeducação da instituição praticava diversos ensinamentos vindos diretamente do modelo militar.

Cada jovem que estava ali naquele grupo de corrida tinha a mesma expressão no rosto: soldados. Apesar da idade, não tinham cara de recrutas. Pareciam mais ex-combatentes, militares dessensibilizados. Em alguns raros momentos, Artur conseguia notar que um ou outro deixava o olhar fugir da rígida formação para ir buscar os olhos do detetive. Segundos depois, o jovem voltava a olhar fixamente adiante.

O que eles querem dizer?

Artur se afastou da grade e caminhou em direção à escadaria que dava para a recepção do lugar. Uma mulher de tipo físico bastante robusto o atendeu.

— Posso ajudar?

— Eu vim falar com Juarez Furlan. Sou o detetive Artur Veiga.

— Claro. Ele já estava esperando pelo senhor.

Ao lado da recepção havia uma larga escadaria de degraus claros que subia em curva até o próximo andar.

— Suba a escada e vire à direita no corredor. É a última porta. Não se esqueça de bater antes de entrar — a mulher falava com autoridade.

Dois enfermeiros passaram pelas costas do detetive. Conversavam algo que não foi possível identificar. Subiram a mesma escada que Artur iria usar e, pela forma como andavam, os braços arqueados, a postura sisuda e decidida, ficou a impressão de que tinham sido chamados para resolver alguma necessidade exigente de força.

Artur subiu sem pressa, chegou ao corredor, olhou para os dois lados como se fosse atravessar uma rua, virou à direita e caminhou com destino à última sala. Antes de chegar lá, passou por algumas portas, todas fechadas.

Havia um silêncio perturbador no ambiente, sem som de vozes, sem movimentação nem passos.

Onde estão os jovens?

Chegou até o fim do corredor. Na última porta, uma placa de madeira dizia: "Diretor".

O detetive ergueu o punho fechado para bater, mas, antes disso, escutou um estalo elétrico e notou que a porta tinha sido destravada. Olhou para o alto e viu uma câmera com um pequeno ponto vermelho piscando.

Ao entrar, se deparou com uma sala espaçosa, prateleiras de madeira recheadas de livros e um grande tapete escuro que ocupava a maior parte do piso. Ao lado da porta havia um sofá de três lugares, com uma mesinha de centro próxima. Mais ao fundo, em frente a uma sequência de janelas envidraçadas, uma mesa grande, onde o diretor estava, e duas poltronas adiante.

— Só um minuto — o homem disse, ao mesmo tempo em que ergueu a mão e continuou a ler um papel. Tinha a expressão séria, dando a entender que estava tomando alguma decisão importante. Assinou a folha, guardou a caneta na gaveta e, quando voltou a atenção para Artur, parecia que tinha se transformado. — Detetive.

Um sorriso largo se armou no rosto quase que automaticamente, como se fosse uma função acionada por um botão. O diretor se pôs de pé e veio caminhando como um host de restaurante demasiadamente amigável. Era clara a tentativa de parecer elegante no caminhar, mas havia algo de forçado que provocava o efeito contrário dentro daquele terno.

— Por favor, sente-se, sente-se. Fique à vontade. — Mesmo enquanto falava, sua boca mantinha o sorriso.

Artur se acomodou em uma das poltronas, de frente para o diretor. Em cima da mesa, havia uma plaqueta propositalmente direcionada aos visitantes:

EM TERRAS ESTRANGEIRAS, É MAIS SEGURO TER FÉ NO DEUS LOCAL.

— Como eu disse ao telefone, sr. Juarez...

— Diretor. Aqui dentro é melhor me chamar de diretor. É bom manter um padrão. — O sorriso pareceu crescer no final da frase, como se tivesse a função de um ponto-final.

— Como eu disse ao telefone... diretor, eu preciso de informações sobre um rapaz da sua instituição. Quando completam dezoito anos eles são liberados, correto?

— Infelizmente essa é a lei. Essa é a lei, detetive. Embora eu seja completamente contra, completamente. Não é por causa da virada de um número que uma pessoa antes incapaz de viver em sociedade está pronta para voltar para o mundo lá fora. Mas é a lei, e se tem uma coisa que eu prezo nas pessoas é que respeitem a lei, respeitem a lei.

Alguma coisa no diretor despertava uma sensação desagradável em Artur. O detetive só não conseguia distinguir o que era. Talvez a mania de repetir algumas palavras em suas frases. Uma mania bastante irritante.

— A pessoa que eu estou procurando se chama David Rocha Soares. Ele deve ter saído há catorze anos, se a minha conta não tiver nenhum dado incorreto.

— David Rocha Soares, David, David. Um minuto. — O diretor procurou nos arquivos do seu computador. Teclou, teclou, arrastou o mouse, teclou. — Sim, David Rocha Soares, David. Eu me lembro. Um rapaz bastante complicado, bastante.

— Eu preciso da foto mais recente dele.

O diretor fez uma careta.

— Hmmm... acho que a foto mais recente dele não vai ajudar muito, detetive. A única que temos é de quando ele chegou, com onze anos.

— Como assim? Não tem nenhuma outra foto?

— Somos um reformatório, detetive, não uma agência de modelos. — O diretor riu com a própria piada, talvez para demonstrar que era essa a intenção.

Mas Artur não esboçou nenhuma tentativa de agradá-lo.

— Vocês não mantêm uma ficha de desenvolvimento dos internos?

— Sim, claro, claro. Mas tudo por escrito. Palavras, sabe? Infrações, medidas educativas, evolução, relatórios médicos, essas coisas.

— O registro de algum evento, festa de aniversário, Natal. Uma foto de todos reunidos no Natal já me ajuda.

Antes de responder, o diretor deixou escapar uma risada.

— Não realizamos eventos desse tipo, detetive.

— Eventos desse tipo?

— Sabe, comemorações que infantilizem o processo de amadurecimento e aprendizado.

— Infantilizem? Isso aqui é um reformatório juvenil.

— Eu sempre gosto de ressaltar que antes da palavra "juvenil" tem "reformatório", e ela vem primeiro justamente pela importância maior, detetive. Recebemos crianças e jovens na nossa instituição, mas temos que garantir que eles saiam daqui como adultos, como adultos.

Houve um momento de silêncio entre os dois. Artur tentava entender o diretor, mas era difícil. Parecia até que ele estava brincando com o detetive, que a qualquer momento iria explodir em uma gargalhada e revelar que era só uma piada. Mas a única coisa próxima de uma piada era o sorriso que o diretor mantinha no rosto.

— As crianças daqui costumam receber visitas?

— Algumas, algumas. As mais novas, normalmente. As maiores, bom, não muito. Por isso o meu trabalho é tão importante, detetive. Para muitas, muitas delas, eu sou tudo o que elas têm.

— E as "medidas educativas" que o senhor mencionou?

— Nada mais que o necessário para colocar esses diabinhos nos eixos, detetive.

— Punições físicas?

— Como eu disse, detetive, nada mais que o necessário, nada mais.

— E você acha que está dando certo?

— Você sabe o tipo de criança que temos aqui, detetive? — Pela primeira vez o diretor deixou o sorriso cínico de lado e Artur entendeu por que ele o mantinha no rosto. Quando deixou de sorrir, a boca imediatamente se curvou para baixo, murcha como uma planta morta. — Temos crianças, crianças de doze anos, que já mataram, detetive, e eu não estou falando de empurrar o amiguinho da escada, do tipo "ops, foi sem querer", mas de pegar uma faca e cortar a garganta do tio enquanto ele dormia. Sabe por que eu me lembro tão facilmente desse David? Porque ele, quando ainda tinha seus quinze anos, foi o principal suspeito da morte de outros três internos. Infelizmente só suspeito, porque, eu tenho que admitir, ele sabia fazer as coisas sem chamar atenção. Só descobrimos os corpos no outro dia, na contagem pela manhã. E não acaba aí, detetive. Outro interno foi para a enfermaria em estado gravíssimo quando o David, que trabalhava na cozinha naquele dia, virou uma panela de óleo escaldante no rosto do menino. Mas são apenas crianças, não é? Você acha que uma simples conversa, uma conversa, vai mudar esses projetos de monstros? Barro seco não tem conserto, detetive. É preciso quebrar, transformar em pó e moldar de novo.

Assim que terminou de falar, o diretor voltou a vestir o sorriso no rosto, como alguém que tivesse tirado a máscara para poder respirar melhor.

— Algum funcionário tem o trabalho de cuidar das crianças, algum contato mais próximo com elas?

— Nada de especial. São apenas uma mistura de enfermeiros com seguranças de casa noturna.

— Não tinha ninguém mais próximo do David que o senhor...

— Diretor, detetive. Diretor, por favor.

Artur ergueu os olhos para o homem.

— Eu não sei se o diretor sabe, mas eu tenho síndrome de Asperger...

— Sim, eu lembro dos jornais de alguns anos atrás comentando. Fico imaginando como o senhor era quando jovem. Devia ser um jovem interessante de observar.

— Como eu ia dizendo, eu tenho essa síndrome, e, como o diretor deve saber, isso prejudica um pouco a minha habilidade de interpretar as pessoas facilmente. Então, acredite no que eu vou dizer, diretor. Se eu te achei um completo idiota, sádico e arrogante só de olhar esse seu sorriso falso, é porque você deve ser bem pior do que eu posso perceber.

Artur se levantou e deu as costas ao diretor sem a preocupação de se despedir.

— Uma pena eu não conseguir ajudá-lo a descobrir mais coisas sobre o David, detetive. Uma pena.

— Ajudou sim, diretor. Ajudou sim. Ah — Artur se virou para falar a última frase olhando nos olhos do homem, que continuava sentado em sua poltrona —, pare de ficar repetindo as palavras. Já é bem incômodo escutá-lo apenas uma vez.

Quando voltou para a delegacia, Artur se sentou a sua mesa e deixou o corpo descontar o peso na cadeira. Pegou a foto que havia sido enviada para ele e olhou o vaso ao lado da criança. Uma das equipes enviadas para investigar os crematórios já tinha ligado relatando que não havia encontrado nada de suspeito.

"Tudo funcionando normalmente", o policial havia dito.
Tudo funcionando normalmente.
Tudo funcionando normalmente.
Tudo funcionando.

O detetive começou a digitar no computador. Buscava crematórios desativados, limitando a busca aos últimos catorze anos. Se não fosse tão cético, daria um sorriso de agradecimento pelo resultado. Apenas um nome apareceu na tela.

```
Crematório Caminho das Rosas
Permanentemente fechado
Endereço: Rua 79, 48, Zona Norte
Proprietário: Ícaro Baseggio
```

Artur anotou todos os dados em seu bloco. Depois voltou a digitar no computador, buscando informações sobre o tal Ícaro Baseggio. Recostou-se na cadeira e tirou as mãos do teclado ao ler a palavra: "falecido".

Buscou parentes próximos. Nada. Os registros mostravam que se tratava de um imigrante, sem família registrada no país. Pesquisou a causa da morte. Esfaqueado em um assalto em sua propriedade, morreu no hospital. Anotou o endereço do hospital, jogou o cigarro no lixo e saiu. Fora da delegacia, apanhou um novo cigarro no maço para aguardar a chegada do táxi, que demorou quase dez minutos.

— Rua 79, 48, Zona Norte.
— Vem água aí.

Artur não respondeu à tentativa de puxar conversa do taxista.

— Não é muito de conversa, né?
— As pessoas não gostam das minhas respostas.
— Grosseiras demais?

— Sinceras demais.

O silêncio tomou conta novamente do interior do veículo durante os mais de cinquenta minutos até chegarem ao endereço. Antes de descer do automóvel, Artur olhou pela janela. Ficou um tempo ali, apenas observando. Sentia a vibração do carro parado com o motor ligado.

— É aqui.

— Eu sei.

Agora o motorista tinha entendido o que Artur quis dizer com "sinceras demais".

— Espere aqui.

— Ok.

Artur desceu devagar, os olhos fixos na propriedade à sua frente. Olhou para os lados. Pouco movimento na rua. Por algum motivo pensou em Bete. Apertou a campainha, mas não escutou nenhum som vindo de dentro. Pelas grades do portão, era possível ver a grama alta que cobria o quintal do antigo crematório.

De fora o lugar parecia abandonado. As janelas fechadas e castigadas pelo tempo reforçavam a conclusão. Apertou a campainha novamente. Nada. Bateu palmas. O único som vinha das plantas altas do terreno, balançando com o vento que anunciava uma chuva forte.

Olhou para o taxista e fez sinal para que esperasse ali. Escalou o portão, apoiando os pés nas grades vazadas, tomou impulso e subiu no muro. Antes de pular, bateu palmas novamente. Não queria ser surpreendido por um cão de guarda. Como não escutou nada, saltou para dentro, sentindo o impacto do solo fazer seus pés formigarem.

Percorreu atento o quintal de mata alta, subiu os quatro degraus que levavam à porta da frente e bateu, mais uma vez sem obter resposta. Contornou o lado do quintal, onde havia outras duas janelas de madeira. Tentou abrir a primeira. Nada. Foi para a segunda e forçou a tábua, que se moveu com uma dureza enferrujada. Colocou mais força e sentiu o trinco mal fechado por dentro destravando e libertando o aroma do interior. A casa tinha cheiro de tristeza, e Artur, ao abrir a janela, teve a sensação de escutar o cômodo respirar aliviado com a entrada de ar.

Olhou para dentro e não conseguiu ouvir nenhum sinal de vida. Algo irônico de pensar, em se tratando de um antigo crematório. Retirou do bolso duas luvas de látex e as calçou, para não correr o risco de contaminar nenhuma evidência. Colocou a palma das mãos sobre o parapeito e, com um impulso, saltou para dentro da casa, parecendo mais um ladrão que um policial.

Do lado de fora, o taxista ouvia um jogo de futebol pelo rádio. Seu time disputava a semifinal do campeonato nacional.

Artur atravessou o cômodo vazio, iluminado apenas pela luz do dia cinza que entrava pela janela, e parou no corredor. Vistoriou a parte da frente da residência, onde havia um cômodo maior, que provavelmente servia de recepção para o crematório. Voltou pelo corredor, andando devagar; as paredes ainda preservavam as marcas retangulares dos quadros que já não estavam lá. Era possível ouvir o som rastejante de insetos no assoalho de madeira.

Caminhou pela garganta estreita que parecia se afunilar e chegou a uma porta fechada. Aproximou o ouvido antes de colocar a mão na maçaneta empoeirada e, sem escutar nenhum som do outro lado, entrou na sala grande, morta, onde havia apenas alguns armários com as portas escancaradas e uma larga pia com uma torneira enferrujada. E nada do forno crematório que deveria estar ali.

Já do lado de fora da residência abandonada, retirou as luvas e respirou o ar úmido da chuva, que só ameaçava. Entrou no automóvel, ouviu a locução que vinha do rádio e viu o taxista com uma felicidade difícil de disfarçar.

— Vamos pra final!
— Antes vamos passar em um hospital.

✍

Foram mais quarenta e cinco minutos escutando o taxista conversar sozinho sobre o seu time, que havia muito tempo não chegava tão longe no campeonato nacional. Antes de se despedirem, o motorista disse a última frase de seu monólogo:

— Boa sorte com o seu jogo, policial.

Ao chegar à recepção, Artur mostrou o distintivo para a atendente, que, avessa às técnicas da boa vontade, simplesmente ergueu os olhos para ele.

— Preciso de algumas informações sobre um homem que faleceu aqui.

— Qual o nome?

— Ícaro Baseggio.

— Deixa eu ver... — A mulher digitava rápido. — Esfaqueado.

— Essa informação eu tenho. O médico que o atendeu ainda trabalha aqui?

— Deixa eu ver... Ele já faleceu também.

— Droga.

— Nós temos o registro do homem que assinou os papéis. Temos o telefone dele. Você pode tentar ligar.

— Droga.

— Como é?

— Eu não me dou muito bem falando com as pessoas.

— Não brinca.

Os dois se olharam, sem nenhum sinal de bom humor.

— Qual o nome?

— Deixa eu ver...

Artur já estava impaciente com a mania da atendente de começar todas as frases com "deixa eu ver".

— Quintela Vasconcelos Mafra.

— Me passa o número, então.

— Deixa eu ver...

Artur anotou o telefone e, sem agradecer, deu as costas para a mulher, tirou o celular do bolso e ligou para o número informado. Uma voz rouca atendeu do outro lado.

— Sr. Quintela, aqui é o detetive Artur Veiga. Eu gostaria de conversar sobre Ícaro Baseggio.

16

A chuva castigava a porta envidraçada da sacada do apartamento de William. Sentado à mesa, ele transcrevia a última sessão com Miguel, a criança da comunidade rural. Astor, o tio do garoto, havia dito que encontrara o menino pela manhã dormindo no sofá da sala, próximo à porta, e que tinha no colo a espingarda do pai.

Ficava ainda mais claro para William o conceito de que a maior parte do comportamento humano é moldada por modelos externos. Só não estava claro para o psicólogo se o garoto estava com a arma para proteção, com medo de o assassino voltar, ou se desejava que o homem que matou seus pais voltasse.

William escreveu mais uma anotação:

> Como podemos medir a punição adequada para um ato contra outra pessoa?
> Haveria alguma justificativa para a realização de um ato de crueldade?

O psicólogo examinou a frase por longos minutos. Estudando-a, buscando algum sentido.

Haveria uma?

Passou a mão no rosto abatido, fazendo soar o áspero som da barba que crescia sem cuidado.

Os olhos opacos eram reforçados pela tonalidade cinza que ganhava peso nas pálpebras. Um peso que ele também carregava nos ombros, forçadamente eretos pelo colete ortopédico que mantinha sua coluna no lugar. Levantou da cadeira com a mesma graça de movimentos de um militar, caminhou lentamente em direção ao banheiro e tirou a camisa. Observou no espelho o adereço médico que lhe circundava o tórax. Destravou lentamente a primeira fivela, depois a segunda e em seguida a terceira. Tirou o colete com dificuldade por cima da cabeça. Sentia dores a cada movimento, mas também alívio. A respiração saiu com mais facilidade, acompanhada de uma pontada e um formigamento nas costas ainda em recuperação.

Com o movimento da respiração, notou as marcas das costelas salientes que começavam a aparecer no corpo cada vez mais magro, consumido pela falta de apetite. Estava mais pálido que de costume, mas, ao contrário do que a aparência sugeria, sentia uma energia assombrosa, como se fosse capaz de passar noites sem dormir escrevendo e estudando o desconhecido caminho que trilhava, cada vez mais solitário.

As lembranças de seus atos começavam a dar lugar às descobertas que fazia em cada sessão, a cada teoria levantada. O conhecimento era o alimento de que necessitava, e era disso que tinha mais fome. Uma fome infinita, feito uma maldição bíblica, que o alimentava, mas não o saciava.

Antes de terminar de se despir, o som de aviso de uma nova mensagem soou no computador. Pegou o colete ortopédico e o vestiu novamente, sem pressa, como quem coloca a armadura para mais uma batalha. Não havia sinal de euforia, nem mesmo tristeza, ao escutar o apito que anunciava a mesa posta. Apenas um vazio, um homem programado cumprindo suas diretrizes.

Sentou novamente diante do computador e viu a mensagem de David em negrito, aguardando o clique.

```
William,
Nunca vou me esquecer de uma citação do psicólogo e filósofo
William James que li quando ainda estava no reformatório:
```

"Quando um homem com fome e perdido na floresta vê uma trilha, é importante para ele acreditar que a trilha vai tirá-lo da floresta e levá-lo a um lugar onde encontrará abrigo e alimento, pois, se ele não acreditar nisso, não seguirá a trilha e permanecerá perdido e com fome".
Todos precisam temer a sua floresta, William. E todos precisam acreditar na trilha que está à frente. Acreditar que ela levará ao lugar a que queremos chegar. Que precisamos chegar. O caminho que apareceu para me tirar da floresta foi um daqueles que vão desabando atrás dos pés a cada passo que damos. Ao mesmo tempo em que isso é assustador, ver o enorme buraco abrindo sua garganta ajudou a me impulsionar adiante, impedindo que o arrependimento, a falta de segurança ou o medo do desconhecido me fizessem voltar atrás. E eu não me arrependo de nada do que fiz, talvez por ter a consciência tranquila pelo fato de acreditar no que queria desde o começo, ou talvez por não ter consciência alguma. Mas eu realmente acredito nessa trilha.
Hoje eu terminei a minha parte no trabalho que estamos realizando juntos. Provavelmente amanhã você será notificado da quinta criança, que vai atender pelos próximos dez anos durante toda a sua trilha. Buracos vão se abrir, como se abriram no percurso de todos os homens que se deram o trabalho de não ficar apenas reclamando da vida, ruminando problemas que nunca vão se resolver se alguém não fizer alguma coisa.
E são pessoas assim que constroem as pontes por onde outros irão passar com mais segurança e com a esperança de dias melhores. São esses que, quando chegam ao fim da vida, nunca são tomados pela angústia de que poderiam ter feito algo mais, algo realmente valioso.
William, no futuro, quando os questionamentos surgirem durante toda a sua trilha (e eles vão surgir), pense nas inúmeras crueldades da história com o único propósito de egoísmo, controle e poder. Lembre-se de que o que você está fazendo é

muito mais do que isso, mais do que uma simples e arrogante obsessão por fazer algo apenas pelo bem do seu nome. Lembre-se de que você é o homem que vai dar ao mundo a possibilidade de ser um lugar melhor e que vai iluminar o caminho das próximas gerações. Daqui a alguns anos, quando lerem o seu estudo, o mundo não vai se curvar diante de uma pessoa, vai seguir um conhecimento.

O discurso de serpente de David conseguiu o efeito desejado de influenciar o psicólogo a pensar que só ele seria capaz de fazer o que deveria ser feito e que, principalmente, a morte de cada casal, de seu amigo Cris e o fim de seu relacionamento com Juliana eram sacrifícios infelizes, mas necessários. Sacrifícios que uma pessoa deveria estar disposta a enfrentar para mudar algo. William não se achava no direito de estar orgulhoso de ser quem era, mas tinha orgulho de conseguir fazer o que era preciso. E, talvez como parte de seu estudo ou por curiosidade pessoal, abordou David de um jeito que nunca tinha feito.

Eu nunca te perguntei, mas preciso saber. Você gostou de fazer tudo isso?

Você precisa saber ou gostaria de saber?

Você gostou de fazer isso?

Eu sei que você quer que eu diga que sim, que eu gostei. Porque então eu vou ser aquela coisa monstruosa que ninguém consegue desvendar. Mas, se eu disser que não, que fiz somente pela boa causa de pensar na maioria beneficiada e que ser obrigado a fazer isso me causou dores e dúvidas terríveis que nunca mais me deixarão dormir, você vai ficar arrasado. Porque vai saber que eu e você somos mais iguais do que imagina. É muito mais fácil pensar em mim como um monstro.

Eu sei que eu também sou um monstro.

Discordo. A vida simplesmente acertou o martelo no nervo certo, e o chute pegou o que estava pela frente.

🖋

Artur aguardava diante do prédio do sr. Quintela enquanto ouvia o som repetitivo do interfone chamando o dono do apartamento. Não havia porteiro para anunciar a visita, e ele esperava o morador atender a ligação. Antes de completar o quinto toque, a voz rouca soou pelas guelras de plástico cinza do alto-falante.

— Pois não?

— Sr. Quintela?

— Sim.

— Sou o detetive Artur, que falou com o senhor pelo telefone.

A resposta veio pelo estalo metálico da tranca do portão, convidando o detetive a subir.

— Precisa forçar o portão para fechar — orientou a voz rouca, obrigando Artur a voltar para empurrar a velha chapa de ferro.

Quando o elevador chegou ao quarto andar, Artur teve a sensação de estar no décimo, tamanha a lentidão para subir.

Quintela já o esperava na porta.

— Demora, não é?

— Sim, um pouco.

— A moradora do décimo quarto está grávida. Eu já disse a ela que é melhor ir para o hospital quando estiver no oitavo mês, porque se esperar até o nono é capaz de o bebê nascer dentro do elevador.

— Não demora tanto assim — Artur respondeu, sem rir da piada.

— Por favor, entre.

Como hábito de detetive, Artur entrou analisando tudo o que via. Quintela fechou a porta e, quando se virou, Artur já estava de frente para ele.

— Fico imaginando como deve ser estressante o trabalho da polícia, entrar em um apartamento e não poder nem ficar de costas para alguém.

— Nunca se sabe.

— Por favor, vamos até a cozinha. É lá que os velhos conversam.

Quintela estendeu o braço, sinalizando para Artur ficar à vontade e puxar uma cadeira.

— Café?

— Não, obrigado.

O detetive bateu o maço na mão e tirou um cigarro.

— Eu preferiria que o senhor não fumasse aqui.

— Eu não fumo.

— Bom, direto ao assunto, então.

Quintela não demonstrava nenhuma preocupação, e tinha aquela voz mansa de quem não sofre mais com a pressa do mundo. Tinha sessenta e oito anos no documento e no rosto e olhos que não desviavam da conversa. Vestia calça social cáqui e blusa fina de lã cinza. Cores tão sóbrias quanto a expressão serena em sua face.

— Eu quero saber sobre o Ícaro.

— Ícaro. Algo específico?

— O senhor deve ter visto na TV os casais que foram assassinados.

— Infelizmente sim. Mas o que isso tem a ver com o Ícaro? O senhor sabe que ele está morto?

— Sim, eu sei, e foi assim que cheguei até o senhor. O seu nome estava na ficha do hospital, liberando o corpo.

— Sim, o Ícaro não tinha nenhum... parente próximo. Mas eu ainda não entendo.

— O que eu vou lhe contar fica aqui. Pode me garantir isso?

— Sem dúvida que sim. Até porque — Quintela desviou o olhar para a foto de uma simpática senhora presa à porta da geladeira por ímãs — eu não tenho mais quem escute as minhas histórias de velho.

— O autor dos crimes está cremando os corpos para sumir com as evidências. Como o senhor deve saber, o Ícaro era dono de um crematório.

Pela primeira vez durante toda a conversa, Quintela demonstrou inquietação nos olhos, reclinando as costas no encosto da cadeira.

— Mas ele está morto.

— Nós verificamos todos os crematórios abertos na cidade e nas cidades vizinhas, e, como não achamos nada, eu cheguei os que não estavam mais em funcionamento. O único fechado em um período de cinco anos foi o do Ícaro. Estranhamente, a casa parece ter sido abandonada e o forno crematório sumiu.

— Mas se não tem nada lá...

— Quando o Ícaro morreu, o crematório ainda existia?

— Sim, existia. Aliás, foi por isso que ele foi morto. O Ícaro era daqueles imigrantes carrancudos, mas muito boa pessoa, devo ressaltar. Não confiava muito no sistema bancário. Ele dizia: "Não vou deixar que aqueles sanguessugas de gravata façam dinheiro com o meu dinheiro em troca desses juros ridículos". Ele tinha um cofre em casa, e acho que alguém ficou sabendo disso.

— Então o dinheiro foi roubado, mas, se ele não tinha parentes, quem ficou com a propriedade?

— O dinheiro não foi roubado. Os ladrões não chegaram a concluir o assalto. E eu não disse que ele não tinha parentes, disse que não tinha parentes próximos. Foi por isso que eu assinei os papéis. Algumas semanas depois, a irmã dele veio da Itália e eu entreguei as chaves a ela. Falei sobre o cofre e depois disso não soube mais o que aconteceu.

— Ela simplesmente abandonou a propriedade?

— Até onde eu sei, o Ícaro não era muito ligado à família. Ele tinha alguma briga com o lado de lá.

— Mas o dinheiro ela levou?

— Você pode não gostar dos seus parentes, mas sempre vai gostar do dinheiro deles, detetive.

— Ela não vendeu a propriedade, mas vendeu o forno?

— Desculpe, detetive. Como eu expliquei, depois que entreguei as chaves, nunca mais tive notícias.

Houve aquele momento. Aquele momento quando duas pessoas se olham procurando uma falha, um sinal, algo que possa ser desmascarado. Mas ambos se olhavam de forma sincera e sem preocupação.

— Imagino que o senhor seja aposentado.

— Exatamente.

— A aposentadoria não é muito boa, é? Em termos financeiros?

— Como o senhor pode ver pelo meu apartamento, não é mesmo. Mas a única coisa que eu precisava — Quintela olhou mais uma vez para a fotografia na geladeira —, não tenho mais. Um velho não precisa de nada a não ser de companhia.

— O senhor fazia o que antes de se aposentar?
— Trabalhava em um reformatório para menores infratores.

E foi assim que a conversa ganhou um novo rumo. Artur conseguia ouvir as peças do quebra-cabeça sendo arrastadas na mesa, o som de uma peça se encaixando em outra e começando a mostrar algo. Uma possibilidade. Um talvez.

— Por acaso é o mesmo dirigido por um sujeito chamado Juarez Furlan?
— Hmm, ele é um cretino e tanto. — Até para xingar alguém Quintela se mostrava calmo.
— Você conheceu um jovem chamado David Rocha Soares?
— David. — Era possível notar que a lembrança do interno despertou alguma coisa em Quintela, o sentimento nostálgico e carinhoso de quem realmente se preocupou com o rapaz e esperava que estivesse bem, embora a pergunta específica do policial o fizesse deduzir que ele havia se metido em alguma encrenca das grandes. — Sim, eu lembro do David. Era um garoto difícil de se aproximar. Muito fechado. Muito assustado.
— Eu imagino que não deve ter sido uma infância fácil.
— Não, detetive. Foi bem mais do que isso. O senhor já viu como um cachorro fica quando é muito maltratado? Como ele se encolhe todo na presença de qualquer pessoa que chegue perto? Ainda que essa pessoa não seja a mesma que o maltratou, o animal não consegue distinguir isso. Ele simplesmente pensa que vai apanhar de novo, escolhe um cantinho e fica lá, todo encolhido no próprio corpo, como se quisesse entrar nele mesmo. O David era assim. Uma criança que sofreu demais.

Quintela se movimentou, desconfortável, na cadeira e olhou mais uma vez para a foto da mulher na porta da geladeira. Era sempre assim, mesmo antes de ela morrer. Quando ele presenciava algo que podia fazê-lo perder a fé na humanidade, olhava para a foto dela. Era o que precisava para se lembrar de que algumas pessoas fazem valer o trabalho de tentar salvar o mundo.

— Você acha que o David está envolvido nisso, não é, detetive?
— Algumas pistas apontam pra ele. O problema é que eu não consigo encontrá-lo e nem tenho uma fotografia recente pra me ajudar com isso.
— E o retrato daquele homem que apareceu na TV?

— Ele não está envolvido... diretamente. O senhor tem alguma ideia de como encontrar o David?

Quintela olhou mais uma vez para a fotografia da mulher.

— Eu adoraria poder ajudar, detetive. Mas não tenho contato com o David há muito tempo.

— Qualquer informação pode ser útil.

— Você acha que, porque eu sou velho, preciso que me force a lembrar das coisas, detetive?

— Talvez sim. A idade costuma fazer as pessoas esquecerem de algumas coisas, e às vezes um estímulo ajuda.

— Você é muito sincero, detetive. É um jeito interessante de ser. Mas posso garantir que a minha memória permanece bem saudável.

Artur colocou o cigarro na boca para sentir o gosto do filtro e olhou para o retrato da simpática senhora de olhos sorridentes.

— Qual era a sua função no reformatório? — perguntou, sem desviar o olhar da fotografia e ainda com o cigarro preso entre os lábios.

— A minha função era olhar e não deixar que os jovens arrumassem confusão. Mas eu sempre fui um daqueles empregados que não conseguem ficar com a boca fechada, sabe?

— Eu sei bem.

— Eu via crianças entrando e saindo do reformatório do mesmo jeito. Qual é o propósito de uma instituição dessas, se não for pra ajudar de verdade, se não for pra orientar essas crianças? Eu gostava de conversar com elas, de descobrir o que as atormentava, e tentava ajudar da forma que podia. Muitas vezes só era preciso fazer isso, escutar. Mas com muitas outras não era tão simples, e a maior dificuldade de ajudar essas crianças era justamente descobrir o motivo da dor delas. E a maioria dos funcionários dessas instituições, bom, vou ser bem sincero... Eles simplesmente liam as fichas: o garoto era espancado pelos pais, a menina tinha que se prostituir pra ajudar a alimentar os quatro irmãos, e toda uma infinidade de meios de molestar física e emocionalmente uma criança. Eles só descobriam o que estava nas fichas. Poucos se davam o trabalho de descobrir o que de fato é preciso descobrir — Quintela bateu de leve no peito —, o que as crianças sentem. Você consegue me entender, detetive?

Dessa vez foi Artur quem se acomodou na cadeira, aliviando a tensão das costas no encosto do móvel.

— Na delegacia todos conhecem a história de um jovem detetive que trabalhou lá há muitos anos. Ele estava bem no começo da carreira e ainda não tinha sido... dessensibilizado pelo mundo. — Quintela projetou o corpo para a frente, demonstrando interesse. — Dizem que esse detetive, toda vez que investigava um caso suspeito de homicídio e descobria que tinha sido suicídio, continuava investigando. Ele não conseguia parar, ele queria descobrir o motivo que tinha feito a pessoa meter uma bala na cabeça ou pular de um prédio. Um dia esse detetive foi encontrado no apartamento dele, sentado na poltrona, com a cabeça pendendo pra trás e a própria arma caída no chão. Ele tinha dado um tiro na boca. O boato que rolou na delegacia é que ele enfim tinha descoberto o motivo que faz uma pessoa se suicidar.

O celular de Artur tocou no bolso, e ele atendeu o delegado enquanto encarava Quintela.

— Droga. Estou indo.

Artur se levantou e ajeitou a camisa. Quintela continuou sentado em silêncio.

— Às vezes, sr. Quintela, é melhor não descobrir o que as pessoas sentem. Mais um casal foi assassinado. Eu tenho que encontrar o David antes que ele mate mais gente.

Artur entregou seu cartão ao homem, que continuava sentado à sua frente.

— Preciso que o senhor me passe o contato da irmã do Ícaro até amanhã de manhã. Pode fazer isso?

Ele apenas balançou a cabeça positivamente, sem dizer uma palavra, e Artur se despediu com um olhar de quem já havia sido dessensibilizado pelo mundo. Quintela permaneceu no lugar, na cozinha impecavelmente branca, arrumada e quieta demais para continuar ali. Olhou para a foto da mulher.

Espero que você me escute dessa vez, David.

William estava deitado no sofá da sala. De lado, olhava para a TV ligada, onde um desenho animado que ele se lembrava de já ter assistido na infância passava na tela. Não havia som, e ele não tinha certeza se colocara a TV no mudo ou se era alguma falha na transmissão. Não fazia diferença. A animação corria em um silêncio oco. Ele aproveitava a surdez momentânea para focar nos traços infantis do desenho da sua época. Fora o movimento leve do corpo inflando com a respiração, nenhum outro músculo parecia se dar o trabalho de fazer algo. Até mesmo as pálpebras piscavam em longos intervalos e, quando o faziam, parecia por mera obrigação.

Quando a campainha tocou, William continuou estático. Só quando soou pela segunda vez, se alongando, foi que ele movimentou os olhos dentro do globo ocular, como um cão deitado que aponta as orelhas em direção a algum movimento percebido ao redor.

O terceiro grito da campainha o colocou de pé, e, em uma caminhada arrastada, ele foi até a porta. Não havia olho mágico, mesmo assim William ficou alguns segundos diante da entrada fechada. Pela fresta no assoalho era possível ver a sombra de alguém. O silêncio foi quebrado pela quarta tentativa da campainha. A pessoa do outro lado não segurava o botão por muito tempo, fazendo parecer que não tinha pressa de ser atendida e que continuaria ali, paciente, até a porta ser aberta.

Quem será?, pensou.

— Sou eu, William. — A voz doce e familiar fez seus olhos finalmente reavivarem. Mesmo assim, ele permaneceu em silêncio e sem fazer nenhum movimento em direção à fechadura. — Abre pra mim, abre.

A porta fechada modificava o som que entrava em seus ouvidos; mesmo assim o tom ainda causava uma alegria involuntária em seu corpo.

William finalmente abriu a porta. Ele a conhecia, por isso era fácil perceber que por trás do sorriso sincero a tristeza estava lá, feito uma imperfeição na pele coberta por maquiagem. Maquiagem, aliás, que William sempre dizia que Juliana sabia fazer muito bem, sem exageros, apenas realçando o que devia ser realçado e deixando como era o que não precisava de retoque algum.

Uma mosca passou voando entre eles, zumbindo em zigue-zague como um animal de estimação querendo chamar a atenção do dono. Juliana sacudiu a mão no ar, espantando o inseto inconveniente, que voltou para dentro do apartamento.

— A casa... está uma bagunça.

— Tudo bem. Eu... Na verdade eu passei aqui justamente pra te convidar pra sair um pouco.

— É que...

— Não vai ter drama, William. É só um café. Ar puro. Aliás — Juliana percorreu com os olhos o que podia ver do apartamento —, ar puro não seria nada mal.

William balançou a cabeça, concordando.

— Tenta não reparar na bagunça. Eu vou só trocar de roupa.

— Eu prefiro ficar esperando aqui fora.

William olhou para ela em silêncio por breves segundos, depois desapareceu dentro do apartamento. Juliana aproveitou o momento e esticou a cabeça pela porta. Conseguiu ver um pedaço da pia na cozinha, onde a louça suja se equilibrava em pilhas por qualquer espaço possível. Não conseguia ver muita coisa de onde estava, mas, a julgar pelo cheiro estranho, imaginou o estado dos outros cômodos. Afastou-se da entrada, ficando mais próxima do elevador, e aguardou. Foi possível ouvir a sequência de preparação: William escovando os dentes, gavetas se abrindo e fechando com pressa, água correndo pela torneira. Não demorou muito e o psicólogo reapareceu na porta, em uma clara tentativa de parecer mais ajeitado, embora não fosse possível esconder de Juliana seu real estado. Físico e emocional.

Dentro do elevador, os dois respeitaram uma distância forçada, como dois ímãs querendo se unir, mas contidos por alguma força maior. William ainda sofria com o desconforto causado pela pressão do colete ortopédico, que o mantinha obrigatoriamente ereto como um soldado.

Ao saírem do prédio, Juliana sorriu para o conhecido porteiro, que a deixara entrar sem necessidade do consentimento de William. O rapaz, não sabendo do rompimento dos dois, ainda cumprimentou calorosamente o casal, sempre tão simpático com ele e todos os outros funcionários do prédio.

— Bom passeio! — desejou, de dentro da guarita.

O café ficava na mesma rua, a menos de três minutos de caminhada. Durante o curto trajeto, nenhum dos dois disse palavra alguma. Com as mãos livres, andaram perto um do outro, sem pressa.

Escolheram uma mesa mais ao fundo, longe da movimentação da entrada. Conhecidos pelos garçons, foram rapidamente atendidos por Clara.

— Oi, pessoal. Como... Ei, William, o que houve com essas costas?

Ele tentou encontrar uma resposta entre os gaguejos.

— Ele vai ficar bem, Clara — Juliana falou. — Eu vou querer um café com leite, grande, por favor. E o William...

— Café — o psicólogo respondeu, com um olhar rápido para a atendente. — Puro.

— Grande também, né?

— Isso, Clara. Obrigado.

— Ok. Melhoras, William. Sabe que, se precisar de alguma coisa, é só ligar aqui que levamos pra você.

— Obrigado, Clara.

— Eu já volto, gente.

Assim que a atendente saiu, os dois se olharam. Um sentado de frente para o outro, as mãos sobre a mesa respeitando o território da formalidade.

— A gente não precisa agir como se fôssemos estranhos, não é? Não precisa ser assim.

— Você tem razão — disse William. — Como... Eu me sinto meio idiota por começar a conversa perguntando se...

— Eu não estou bem, William. Claro que não. O que aconteceu, bom, foi realmente uma surpresa. Na verdade, tudo o que aconteceu... Às vezes, quando eu acordo, dá aquela sensação de "será que isso que está na minha cabeça é real?". Tanta coisa mudou em tão pouco tempo. Eu, nossa... — Juliana deixou escapar um longo suspiro. — Estou tentando entender ainda, sabe?

William balançava a cabeça, como se fosse um sinal para que ela continuasse.

— Eu não vim aqui pra ser atendida, hein, William? Eu não vim aqui só pra falar. — Ela tentava amenizar a frase com um sorriso.

— Eu sei, Ju, eu sei. Eu... Bom, tudo o que eu disse naquele...

— Aqui está, gente. — Clara apareceu com o pedido sobre uma bandeja. — Café preto pro William e com leite pra você. Só isso por enquanto, queridos?

— Sim, Clara. Por enquanto está ótimo, obrigada.

— Fiquem à vontade, gente.

William esperou que a moça se distanciasse. Olhou para Juliana, que devolveu o olhar em silêncio.

— Agora eu que estou me sentindo sendo atendido. — Em sua mente, tentou esboçar um sorriso, mas no rosto não houve nenhuma mudança.

— Você sabe que eu não vim aqui pra te colocar contra a parede. De forma alguma eu faria algo desse tipo. Você passou por muita coisa, eu passei por muita coisa, nós passamos. — Juliana levou a xícara até perto da boca, e, enquanto soprava a bebida quente, o vapor se dissipava no ar. Colocou-a na mesa sem dar nenhum gole. O silêncio permaneceu entre eles, mas nenhum dos dois fugia do olhar do outro. — Lembra quando eu fiquei fora? Depois da faculdade?

— Claro. Foram dois anos e meio — respondeu William, tomando um pouco da bebida quente.

— Eu fiquei pensando nisso. Fiquei pensando... Poxa, a gente namorou na faculdade, depois eu fui morar fora, cada um tocou a sua vida, e depois de dois anos e meio a gente se reencontra no segundo dia em que eu estou de volta e reata o namoro como se tivesse sido um fim de semana longe um do outro. Quase três anos de distância não foram suficientes pra separar a gente, e...

— É diferente, Ju. Bem diferente.

— Eu sei que o Cris morreu, e eu... nossa, jamais iria comparar isso com qualquer outra coisa que já aconteceu com a gente. Mas aquilo que você disse, que não me amava mais, William... Não é como psicóloga que eu estou falando isso, não é como psicóloga que eu gostaria de compreender o que nos trouxe até aqui. Eu vim conversar como amiga e também como a mulher que te ama. E que amiga ou mulher que diz te amar seria eu se aceitasse aquelas besteiras que você me falou? Eu não quero desistir. E não é porque não quero aceitar o término do nosso relacionamento. Eu não quero desistir porque eu não acredito no William daquele dia. Eu acredito no William de todos os outros dias. Um homem que... — Juliana olhou para cima, como sempre fazia quando a emoção ameaçava vir na forma líquida.

— Droga, eu disse que não iria ter drama. Me desculpa, droga. Desculpa.

— Ela aproveitou que o café com leite estava morno e virou metade da xícara na boca, tentando distrair os sentidos.

— Eu... — William pensou antes de continuar. — Ju, sinceramente, é claro que eu amo você, mas é... é de outro jeito. Talvez ter jogado a culpa na morte do Cris, digo... Aquilo... O que aconteceu realmente mexeu bastante comigo, bastante, e até agora eu fico repassando e repassando aquela noite na minha cabeça, tentando entender onde foi que eu errei.

— William...

— Por favor, calma. Deixa eu terminar.

— Você não pode ficar se culpando desse jeito.

— Você não estava lá, Ju. Eu estava dirigindo. Eu... que estava dirigindo. Teria sido melhor... — William parou. — Teria sido melhor se eu tivesse morrido e não ele. Eu que estava guiando.

— Você não se dá conta do que está fazendo com você mesmo.

— Não, na verdade eu sei. Eu sei que estou fazendo isso comigo mesmo. Eu tenho consciência disso. Eu mudei, Ju. Você pode querer acreditar no William de antigamente, e eu também queria que fosse ele que estivesse sentado aqui na sua frente. Mas, querendo ou não, a gente muda. A gente muda ou é mudado. Não tem como escapar dessas duas opções.

— Pode ser que não, William. Mas tem uma diferença entre mudar e ser mudado. Você mesmo disse que não devia ter jogado a culpa dessa mudança na morte do Cris. Então, se você mudou, foi uma escolha consciente. É isso mesmo que você quer ser? É esse o novo William que o mundo merece?

— Talvez não seja o que ele merece, mas é o que ele precisa.

— Você diz isso como... como se fosse um dever agir como está agindo. Eu não consigo entender, William.

— E é justamente por isso, Ju, que você não é mais a mulher pra mim.

Os dois ficaram em silêncio. A xícara do psicólogo estava vazia, e ele fez um sinal para Clara trazer outra. Olhou para a ex-noiva, que enxugava o rosto de forma contida, como se puxasse a lágrima fujona por uma rédea.

— Sinceramente, William, nisso que você está tentando me fazer acreditar eu não acredito. Tentando ser uma coisa que você nunca foi. Mas, se você quer que eu acredite em algo que não é o que é, então isso já é uma mentira. William — Juliana parou um segundo antes de continuar —, se cuida. Mas se cuida de verdade.

Ela se levantou no mesmo momento em que Clara chegava com a nova xícara de café. A psicóloga abriu a carteira para pegar o dinheiro, mas foi interrompida por William, que segurou seu braço.

— Eu.... Deixa, eu pago.

Clara, meio sem jeito com a situação, se distanciou, deixando o casal a sós. William soltou o braço de Juliana, que foi embora, dessa vez compreendendo que não haveria mais volta.

Ele encarou a xícara na mesa e permaneceu esperando até que seu conteúdo esfriasse, os olhos úmidos, em contenção, como uma barragem tremulando com a pressão da água.

✍

Artur desceu do táxi que o levara até o endereço informado pelo delegado. Três viaturas bloqueavam a rua, e alguns policiais conversavam com vizinhos e anotavam informações. O detetive caminhou pela calçada e, antes de entrar na residência, olhou para os dois carros brancos da Instituição Psiquiátrica Sagrado Coração de Jesus parados um atrás do outro.

Como é que um lugar para internar pessoas que enxergam coisas que outras não conseguem ver tem um nome religioso?

Atravessou o quintal, onde mais policiais vistoriavam o local. Ao entrar na pequena sala, viu as três cadeiras que formavam o triângulo conhecido das outras cenas. Ouviu uma movimentação maior no cômodo ao lado e, quando atravessou a porta que levava à cozinha, viu os corpos dos dois funcionários do hospital psiquiátrico.

Um deles estava curvado para a frente, a testa apoiada na mesa e os braços pendendo no ar. A seu lado, o outro rapaz tinha as costas apoiadas na cadeira, a cabeça jogada para trás, a boca escancarada e os olhos petrificados, encarando o teto.

Artur olhou para uma xícara quebrada no chão, logo abaixo de um dos braços pendentes do homem curvado sobre a mesa. Uma mancha preta de café borrava o branco imaculado do piso da cozinha. O detetive se abaixou para olhar a xícara mais de perto, segurando a gravata para não tocar no chão. Levantou-se e observou a outra xícara em cima da mesa, ao lado do segundo corpo. Havia café espalhado pela toalha florida.

— Senhor? — Artur olhou para o policial atrás de si. — Preciso te mostrar uma coisa.

O detetive o acompanhou para fora da cozinha, e os dois subiram a escada que levava ao segundo piso da casa. Viraram à esquerda no estreito corredor, e o policial parou diante de uma porta aberta que dava para um quarto. Quando entrou, Artur viu outros dois corpos estendidos na cama de casal. Estavam deitados de lado, um de frente para o outro, ambos com as mãos atadas por uma tira de plástico e com um buraco de bala que entrava pela têmpora. Havia uma grande mancha de sangue sob a cabeça de cada um, e as duas se uniam no centro, perto dos rostos quase colados, fazendo parecer uma única mancha vermelha no formato do símbolo do infinito.

— Imagina ver o seu marido ou a sua mulher levar um tiro na cabeça e ainda saber que vai ser o próximo.

Artur não disse nada em resposta à aflição do policial. Curvou o corpo para olhar mais de perto a tira que prendia os pulsos das duas vítimas. Olhou ao redor do quarto, que tinha as cortinas fechadas. Caminhou pelo cômodo e viu alguns porta-retratos sobre o móvel em frente à cama. Desceu a escada e foi para o quintal da casa, onde um policial conversava com dois homens vestidos de branco com o nome da Instituição Psiquiátrica Sagrado Coração de Jesus bordado no peito da camisa polo.

— Por que essa instituição está aqui? — perguntou o detetive.

— Os pais da criança eram esquizofrênicos e estavam internados lá. Um ou dois dos nossos enfermeiros traziam eles aqui a cada quinze dias pra visitar o garoto.

— Eles viviam juntos no hospital?

— Em quartos separados. Não podíamos deixar os dois sozinhos um minuto, senão teríamos mais umas dez crianças aqui. O Jorge adorava o casal. Estava com eles desde que chegaram ao hospital.

— Quem é Jorge?

O enfermeiro acenou com a cabeça em direção à casa, onde estavam os corpos.

— Às vezes ele trazia os dois sozinho, mas a mulher era mais imprevisível, tinha uns ataques de violência. Quando isso acontecia na frente do marido, ele também ficava bastante agressivo, tentava proteger a mulher.

— A criança tem algum problema?

— Não. Ela nasceu normal, graças a Deus.

Ao lado, o policial que estava em silêncio deixou escapar uma risada.

— O que foi? — perguntou o enfermeiro.

— Nada não — disse, em tom de deboche, mas foi ignorado pelo enfermeiro.

— E a criança? — perguntou Artur.

— Foi levada pro hospital. Está em estado de choque.

— Droga. Vocês vão pegar esse cara ou não? — O outro enfermeiro era mais incisivo.

— Ele é um sujeito esperto.

— Mas que merda. Vocês deveriam ser os espertos. Vocês são pagos pra isso.

— E ele faz de graça, o que é muito pior. Faz porque gosta.

— Ele é que devia estar lá com a gente, amarrado em uma sala.

Artur acenou com a cabeça para os dois enfermeiros e deixou o grupo, chamando o policial para acompanhá-lo.

— Quando a criança for liberada, eu quero que uma viatura fique vigiando a casa pra onde ela for levada. Provavelmente um vaso de flores vai ser entregue para ela. A pessoa que vai levar não tem nada a ver com o suspeito, mesmo assim leve o vaso e o entregador pra delegacia.

— Como esse cara fez isso?

— Descobriu o esquema da visita. Veio antes pra render os avós da criança, abriu o portão, se passando por alguém próximo da família, envenenou os enfermeiros e fez o que anda fazendo. — Artur deu as costas ao policial, que não teve tempo de esboçar uma palavra sequer.

Em seu apartamento, Quintela revirava papéis em uma pasta que tinha retirado do alto do armário. A pequena escada de alumínio ainda estava aberta ao lado do móvel, e ele estava sentado na cama de casal em busca de uma anotação havia muito deixada de lado. Encontrou o pedaço de papel e olhou para os números na esperança de o telefone ainda existir.

Foi até a sala e digitou a numeração no teclado do telefone fixo. Prendia a respiração a cada chamada. Do outro lado da linha, o celular tocava e vibrava dentro da gaveta de um móvel de madeira. A voz mecânica da secretária eletrônica sugeriu que Quintela deixasse um recado, mas ele preferiu tentar novamente.

O celular dançava de um lado para o outro com a vibração de cada chamada. Quintela não desistiu. Já estava na terceira tentativa quando finalmente foi atendido.

— Alô.

— David? Que bom que você ainda tem esse número.

— Aconteceu alguma coisa, sr. Quintela?

— É você que vai me dizer. Eu preciso falar com você. Pessoalmente.

— Não é uma boa hora, sr. Quintela.

— Prefere que eu fale com o policial que acabou de sair da minha casa perguntando por você? — O silêncio colocou uma vírgula na conversa. — Diga o seu endereço. Eu vou aí agora. Eu realmente preciso saber se me enganei tanto.

— Sr. Quintela, por favor. O senhor não pode vir aqui. O senhor não.

— David, eu sei muito bem das consequências. Ou você fala comigo, ou eu falo com a polícia.

✒

Quando Quintela chegou ao endereço fornecido por David, lembrou-se das vezes em que tinha ido à casa dos pais de alguma das crianças que orientava no reformatório. Quase sempre era recepcionado pela visão de um lar desprovido de amor e atenção. Casas largadas, com homens e mulheres ainda mais desajustados que os jovens que tentava ajudar. Por esse motivo, tinha parado de tentar orientar os pais, mas nunca desistira de nenhum jovem, mesmo que ele tivesse se entregado à própria sorte.

Parou em frente ao portão de ferro e tocou a campainha na esperança de que quem abrisse não fosse o assassino mais procurado da cidade. O portão se moveu sem ter ninguém à sua espera, e ele entrou com passos calmos pelo quintal.

— Aqui atrás.

O portão se fechou rapidamente às suas costas. Seguiu a voz até o fundo da casa, onde uma luz amarelada iluminava o vasto jardim de rosas. David o esperava sentado em uma cadeira. Quintela sentou a seu lado e os dois permaneceram assim por alguns minutos, cada um ouvindo o silêncio do outro. Até que finalmente Quintela começou:

— Eu lembro até hoje quando você chegou ao reformatório, com um policial de cada lado te escoltando como se você fosse o homem mais perigoso do mundo. E você só tinha... o quê? Doze ou treze anos?

— Doze.

— Doze. E tinha a cara toda emburrada de "é bom não mexer comigo". Você era só uma criança. Uma criança que passou por coisas demais. — Quintela fez uma pausa. — Lembra quantas vezes você me disse: "O meu lugar não é aqui, é lá fora, no mundo selvagem"? Lembra?

— Eu sempre fui um selvagem.

— Todos nós nascemos selvagens, David.

— O senhor acredita realmente que as pessoas são capazes de mudar?

— Se eu não acreditasse, não estaria lá no dia em que você chegou. Não estaria lá em todos os outros dias. E não estaria aqui hoje.

— Então está provado que as pessoas não mudam e que a idade não as torna mais sábias.

— Sabedoria não tem nada a ver com idade, David. Tem a ver com o que o mundo te dá e o que você aprende com isso.

— O mundo nunca me deu nada. Ele só arrancou de mim. Meu pai, minha mãe, minha infância, tudo, tudo o que eu tinha foi tirado de mim, e do jeito mais cruel. E, quando eu achei que tinha ganhado uma segunda chance, o mundo veio e tirou isso de mim mais uma vez.

— Você acha o quê, David? Você acha que é especial, hein? Que a vida só escolheu você como saco de pancada? Toda hora alguém está levando um coice do mundo. Mas é justamente isso que faz cada momento de alegria tão precioso. É a fome que faz um prato de arroz e feijão ser a coisa mais gostosa do mundo.

— E que momento de alegria eu tive? Quando eu coloco a cabeça no travesseiro, não posso voltar no passado e escolher uma lembrança boa pra me dar esperança de que amanhã vai ser diferente. Eu não tenho nenhuma lembrança boa. E, se um dia eu tive, já não importa mais.

— Se não importa é porque você resolveu dar mais importância pras coisas ruins.

Quintela parou a conversa mais uma vez, como um técnico que pede tempo para esfriar o time adversário.

— Olha só esse céu.

David olhava apenas para a frente, para o quintal de rosas.

— Sério — o velho reforçou, com um toque amigável de cotovelo —, dá uma olhada.

— Estou vendo. Escuro e cheio de nuvens. Igualzinho à vida.

— Você tem razão. Mas continua olhando. Espera... espera... está vendo? Está vendo como as nuvens se movem e vez ou outra, quando abre uma brecha, é possível ver uma estrela? Depois vem outra nuvem e a encobre novamente, só pra ela aparecer brilhando em outra oportunidade.

— Isso só prova que a escuridão é muito maior.

— Isso só prova que a luz está sempre esperando uma brecha pra aparecer.

— Igual ao senhor.

— E você acha que eu fico brilhando o tempo todo? Você acha que eu nunca tive vontade de pegar alguém pelo pescoço e apertar? Quando eu estava sentado ao lado da minha mulher, com a mão sobre a dela, e o médico disse: "Não tem mais nada que a gente possa fazer, sinto muito", a minha vontade era pular em cima da mesa, agarrar aquele sujeito pelo colarinho branco e socar a cara dele por ousar dizer que a gente devia desistir.

— Ela era uma boa pessoa.

— Sim, era. E mesmo assim a vida a arrancou de mim.

— Foi por isso que o senhor veio aqui hoje? Porque não aguenta mais viver sem ela?

— É claro que eu consigo viver sem ela. É doloroso, mas é possível seguir em frente.

— E quando o senhor vai me perguntar se fui eu que matei aquelas pessoas?

— O detetive tem quase certeza que foi você. Além do mais, o pai e a mãe assassinados, a língua cortada, a criança que é deixada viva depois de assistir à cena. Eu sei que você não concorda com tudo o que eu digo, mas não pensei que me achasse burro.

— Eu não acho.

Houve um breve momento de silêncio.

— Ela iria adorar esse seu jardim.

— Duvido.

— Ela iria, sim. Ela sabia ver o lado bonito das coisas.

Mais uma vez os dois ficaram em silêncio, ambos olhando para a frente, para o jardim.

— Por que você não me entregou pra polícia?

— Eu sei que não seria isso que faria você repensar as coisas. Mas o detetive vai voltar a me procurar.

Quintela virou o rosto para encarar David, que evitou seu olhar.

— Você sabe, sr. Quintela, que ele não vai mais te encontrar, não é?

— Olha você me chamando de burro mais uma vez — Quintela retrucou calmamente.

— Eu não queria que o senhor tivesse sido envolvido nisso.

— Se você não tampar o buraco que tem aí dentro, filho, ainda vai arrastar muitas pessoas pra dentro dele.

Quintela tirou um pedaço de papel do bolso e o entregou a David.

— O que é isso?

— Esse é o cemitério onde a minha mulher está enterrada. O detetive me contou sobre os vasos. Como eu disse, a minha mulher iria adorar as suas flores. E eu gostaria de ficar ao lado dela. Pode fazer isso?

David levantou o olhar para o céu escuro e ficou observando em silêncio antes de responder.

— Eu vou escolher as flores mais bonitas para o senhor.

— Elas brilham mesmo depois de mortas. — Quintela olhou novamente para o céu.

David se levantou da cadeira e entrou na casa. Voltou carregando a arma na mão com o silenciador já na ponta do cano. Olhou para Quintela, que ainda tinha a face voltada para o céu, mas agora com os olhos fechados e a expressão serena de quem aceita a chegada da morte como quem espera um beijo no rosto.

— Está com medo? — David perguntou, com a voz carregada.

— Não. Só estou de olhos fechados porque a última lembrança que quero ter é a do garoto que ainda tenho esperança de que seja feliz, e não do homem que vai puxar o gatilho.

David também fechou os olhos. E, dessa vez, não podia culpar o mundo por arrancar mais uma pessoa da sua vida. Dessa vez David teve de aceitar a responsabilidade de ser quem ele decidiu ser.

17

Artur estava parado em frente a um quadro pendurado em uma das paredes da delegacia. Entre fotos e avisos, ele encarava o retrato de Bete, que nunca mais fora vista. Era difícil ele sentir falta de alguém, mas sentia dela. As investigações sobre o desaparecimento ainda prosseguiam, mas a cada semana com menos interesse por parte do departamento, que não podia se debruçar por longos períodos em cada caso. Principalmente quando não surgiam novas pistas para dar fôlego à busca. Ele mesmo havia desobedecido às ordens de Aristes outras três vezes na tentativa de ajudar na investigação sobre sua única amiga, e em todas elas tinha sido advertido com o argumento de que era preciso focar em seu próprio caso, já que também não tinha evoluído o suficiente para encontrar o tal David. Toda semana, Oscar, o marido de Bete, telefonava para Artur. Ele sabia que o detetive ligaria caso soubesse de algo... Seus telefonemas eram mais como um lembrete, um pedido para que o policial não se esquecesse de sua mulher.

Mas Artur sabia que era necessário seguir as ordens de Aristes. Não porque era seu chefe, mas porque ele ainda estava muito longe de alcançar o assassino dos casais.

Já haviam se passado quase dois meses do ataque ao casal da instituição psiquiátrica, e nenhum outro caso fora registrado pela polícia. Artur continuava a investigação, mas o fato de o assassino ter parado repentinamente e de nenhuma nova pista ter sido descoberta levou Aristes a pressionar o detetive a solucionar o caso ou arquivá-lo.

— Ele não iria parar de uma hora para outra — Artur insistia.

— Artur, quando eu te perguntei no começo da investigação de quantos casos ele precisava pra fazer esse tal estudo, você me disse de quantos ele achasse necessário. Talvez ele só precisasse de cinco.

— Talvez? O senhor quer encerrar um caso desses com um "talvez"? "Talvez" não é uma solução, senhor.

— Você acha que eu estou feliz sem ter esse desgraçado atrás das grades? É isso que você acha? Não, eu não estou, Artur. E os meus superiores também não estão felizes com isso. Nem os superiores deles. E eles estão ainda mais insatisfeitos com o número de assassinatos que não para de subir nesta cidade.

— Senhor...

— Dois meses, Artur. Dois meses e nada desse desgraçado atacar de novo. Quanto a isso eu até fico feliz. O que eu não posso aceitar é que essa investigação continue sem você me apresentar nada de novo.

— Senhor, nós já temos um nome, temos...

— Eu não preciso de um nome, Artur, eu preciso de um corpo pra colocar atrás das grades ou dentro de um buraco. Eu preciso de um culpado.

— Não podemos desistir agora.

— Agora? Você fala como se estivesse perto de alguma coisa.

— E nunca vamos chegar perto de nada se...

— Artur, você é a porra do detetive mais racional desta delegacia, mas, se não está conseguindo pensar racionalmente, então deixa eu refrescar a sua memória. Você diz que foi esse tal de David, mas esse sujeito simplesmente parece nem existir mais. Tinha aquele senhor aposentado, mas ele também desapareceu. Você gastou uma ligação internacional pra falar com a tal irmã do dono do crematório lá na Itália, e ela te mandou à merda só de ouvir o nome do irmão falecido, além disso não tem nenhum registro da vinda dela pra cá. — Artur apenas escutava. Não podia dizer nada, porque o seu chefe estava nervoso demais para ouvir um argumento contrário e também porque o detetive, no fundo, sabia que o delegado tinha razão.

— Pra finalizar, o vaso com as cinzas do último casal foi enviado direto pra nossa delegacia. Ele nem fez questão de mandar pra criança.

— É claro que ele não fez questão. Ele sabia que a gente iria interceptar a entrega.

— Artur, pra mim está mais do que claro que isso foi um sinal de que ele iria parar. O sujeito pode até ter sido morto por alguém.

— Ótimo. Este aqui não é o Departamento de Homicídios?

— Chega, Artur. Se o sujeito der as caras de novo nós retomamos a investigação. Até lá você vai ter outros casos pra cuidar.

✍

Artur chegou à sua mesa e ficou de pé, olhando para o mórbido santuário que ela havia se tornado: fotos, anotações, desenhos. Pegou uma caixa e foi colocando dentro dela a pasta com a ficha de cada casal. Antes de guardar, abria cada uma delas e passava os olhos nas anotações. Um olhar atento, cuidadoso. Depois pegava as fotografias das cenas dos crimes e observava com atenção, com um fio de fé de que veria algo em que não tinha reparado, alguma coisa, algum objeto que teria o poder de fazer a engrenagem funcionar. Procurava aquele estalo.

Pegou o maço de cigarros, tirou um e o colocou entre os lábios. Os olhos percorriam a fotografia como se pudessem tocá-la fisicamente, como quem está se despedindo de alguém que não quer deixar partir. Mas, pouco a pouco, ele era vencido pela racionalidade do mundo real, que exigia velocidade, que não dava tempo para se dedicar a assuntos importantes. O relógio de parede rodava. Uma a uma, foi depositando as pastas dentro da caixa de arquivo.

Seus movimentos tinham tamanha lentidão que era clara a vontade de não parar por ali, de não desistir. Pegou um mapa, abriu e olhou as marcações de todos os lugares por onde o suspeito havia passado. Percorreu cada uma com a ponta do dedo indicador, lendo o endereço em voz baixa na mesma tentativa desesperada de encontrar algo novo, uma ideia absurda que fosse. Mas nada, nem mesmo algo remoto, lhe passou pela mente. Dobrou o mapa e o colocou na caixa. Deu uma olhada nas cópias dos relatórios e anotações, folheou, folheou, releu. Nada. Guardou dentro da caixa.

Pegou uma última folha em sua mesa e ficou imóvel por alguns minutos. Quem olhava de fora via a cena quase triste de Artur, de pé, um cigarro apagado entre os lábios, encarando a folha que segurava com uma das mãos. O retrato falado do rosto de Marcos. A máscara do assassino. A face que escondia a outra. Uma máscara de papel, algo tão frágil e tão violento.

Com o abrir dos dedos, deixou a folha cair dentro da caixa. Uma folha, mas tão pesada.

— Artur? O Aristes mandou te entregar isto. Triplo homicídio no Centro. Testemunhas disseram que um carro parou na frente do bar e abriu fogo. Ninguém sabe dizer o modelo do veículo. Uns dizem que era preto, outros dizem que foi um carro vermelho.

— Nunca acaba.

— Nunca.

DEZ ANOS DEPOIS

Artur estava em sua mesa, analisando a ficha de autópsia de um homem encontrado morto em casa. O laudo médico dizia "morte por envenenamento". Veneno de rato. O homem estava sozinho — a esposa e os dois filhos pequenos tinham ido para a casa da irmã dela. A viúva dissera para Artur que não fazia ideia de quem poderia querer o marido morto. Ela tinha um olho roxo bastante inchado e um corte profundo no lábio inferior.

— Artur? — O detetive olhou para o policial que chegou trazendo uma carta. — Chegou isso pra você.

Artur pegou o abridor de cartas da gaveta e fatiou a lateral do envelope. De dentro dele tirou um convite.

Você está convidado para prestigiar o lançamento do livro
Como se tornam adultos, do psicólogo William Sampaio Moreto.
Um estudo revelador sobre as raízes da natureza humana.

A data impressa no convite dizia que o evento iria se realizar naquele mesmo dia, em duas horas, no teatro de uma universidade no centro da cidade. Artur virou o envelope e estranhou o fato de não possuir o nome do remetente.

O detetive jogou o convite na mesa e voltou a ler o relatório da autópsia do homem morto por veneno de rato. Lembrou da mulher machucada.

Rato.
Lembrou dos filhos dela. Duas crianças.
Seus olhos escaparam em direção ao convite em cima da mesa.
Como se tornam adultos.
Voltou a ler o relatório.
Veneno de rato.
    A vontade de fumar nunca o deixara. Tirou um maço de cigarros do bolso e colocou um na boca sem acender. Olhou para o relatório da autópsia, mas desistiu de lê-lo ao perceber que não estava prestando atenção nas palavras do documento. Além de manter o hábito de degustar um cigarro apagado toda vez que batia a vontade de fumar, o detetive tinha adquirido a mania de alisar com o polegar esquerdo a aliança do casamento com Rosa. Toda vez que fazia isso, acabava se lembrando automaticamente de Bete, que lhe havia apresentado a amiga durante o jantar oferecido poucos dias antes do seu desaparecimento.
    Um estudo revelador sobre as raízes da natureza humana.
    Artur colocou o relatório sobre a mesa, apanhou o paletó preto que cobria sua cadeira e saiu da delegacia enquanto o vestia, carregando o convite em uma das mãos.

✍

Já dentro do táxi, voltou seus pensamentos aos eventos ocorridos dez anos antes. Desceu o vidro da janela no banco de trás do veículo e reparou que tudo parecia exatamente igual.
    O táxi parou no sinal vermelho. Uma garota com dreads no cabelo fazia malabares, e os pedestres passavam de um lado para o outro, vindo de ambas as direções. Homens, mulheres, adolescentes. O de sempre. A garota com dreads apanhou os malabares no ar, o primeiro, o segundo e o terceiro, e foi caminhando de carro em carro, parando nas janelas e sorrindo teatralmente. Poucos motoristas davam alguma contribuição como pagamento pela performance. Alguns apenas olhavam o decote que cedia alguns centímetros de visão quando ela se inclinava para agradecer. Um gesto que Artur reparou ser totalmente proposital, já que ela fazia o movimento apenas para motoristas homens.

Esperta.

Ela parou ao lado de Artur, que lhe deu uma nota de dez, fazendo a jovem abrir um sorriso bonito e se curvar como se estivesse no palco de um grande teatro cumprimentando a plateia. Artur queria olhar para baixo, mas se conteve, já que a garota se curvava olhando em seus olhos. Ela deu um sorriso simpático para o desembaraço do detetive.

Quando o táxi voltou a se mover, Artur descansou as costas no banco, deixou a cabeça cair para trás e pressionou o botão no lado interno da porta, fazendo o vidro subir e abafar o barulho da rua.

Ao chegar à universidade, mostrou o convite do evento ao segurança e passou pela catraca, orientado pelo funcionário sobre qual direção seguir. Caminhava entre os prédios reparando na movimentação dos jovens perambulando por todos os lados em bandos, com risinhos e olhares mal-intencionados. Reparou em um garoto sentado sozinho em um banco, lendo um livro, e se lembrou do seu tempo de estudante.

Parou em frente a um prédio onde uma grande placa sinalizava o que havia em seu interior. Subiu o lance de escadas e quase foi atropelado por uma manada de garotos apressados e falantes. Avistou uma porta dupla de madeira grossa envernizada que estava aberta. Ao lado dela, uma mulher de longos cabelos castanhos dava as boas-vindas. O uniforme lhe dava o ar de estudante de direito prestes a defender seu trabalho de conclusão de curso, mas o sorriso pregado no rosto sem esforço garantia que não era esse o caso.

Ela anotou o nome de Artur em uma etiqueta, colou-a sobre um crachá de plástico pendurado em uma fita azul de cetim e o entregou ao detetive, para em seguida direcionar seu sorriso à pessoa que estava logo atrás. O policial atravessou a porta dupla com calma, pendurou o crachá no pescoço e se viu dentro de um salão de confraternização.

A entrada do teatro ficava do outro lado, e ali era o local onde pessoas eram apresentadas umas às outras, trocavam cartões, sorrisos, apertos de mãos e marcavam encontros que, todos sabiam, nunca iriam acontecer. Mas era questão de educação marcá-los mesmo assim.

Um grupo grande conversava ao lado de uma mesa onde era possível se servir de salgadinhos, sanduíches, café, suco e água. Artur só queria entrar no teatro, se sentar em uma cadeira na última fila, escutar o que seria dito e ir embora. Mas percebeu que seria obrigado a conversar quando avistou Rute, a tia do garoto da comunidade rural, vindo em sua direção sem nenhum sinal de boas intenções. O que era de esperar, já que Artur não tinha conseguido prender o homem que matara sua irmã e seu cunhado.

Aproveitou para encher um copo de café e não esperava açúcar vindo da conversa que se aproximava.

— Detetive Artur, certo?

— Sim, senhora.

— Eu sou...

— Rute.

— Pelo menos o meu nome o senhor não esqueceu.

— Está escrito no crachá. — O detetive apontou para o objeto pendurado no pescoço da mulher.

— Pena que o homem que matou a minha irmã e o meu cunhado não usava um escrito desse, não é? Quem sabe assim vocês não deixavam ele fugir.

— Realmente seria de grande ajuda.

Ela olhou para trás, onde o grupo continuava conversando.

— Ele não é mais uma criança.

Artur olhou para o rapaz e notou, além dos outros adultos, mais três das crianças que haviam tido os pais mortos.

— Eles parecem bem.

— Estariam bem de verdade se a polícia tivesse colocado o monstro que fez isso na cadeia.

— Eu também estaria melhor, senhora.

— O meu marido não queria vir aqui hoje, disse que não via razão em pegar a estrada só pra relembrar tudo o que aconteceu.

— E por que vieram?

— Gratidão. O dr. William foi um anjo pra nossa família e pra todas as outras. Ele nunca deixou de trabalhar com as crianças. Mesmo quando alguma delas resolvia parar com a terapia, ele sempre estava por perto. Sempre vendo como elas estavam. Se não fosse ele, não sei o que seria delas. Ele foi o primeiro a oferecer ajuda. Antes mesmo de você ir lá em casa, ele já tinha aparecido pra nos ajudar. Deus colocou esse homem na nossa vida.

Artur encarou a mulher. Passou pela cabeça do detetive se ela não estaria abalada demais e talvez tivesse se confundido. Artur lembrava que ele mesmo tinha avisado o psicólogo sobre a criança encontrada na comunidade rural, e que William não tinha comentado nada sobre já saber do crime.

— Sra. Rute...

— Cinco famílias foram destruídas e a polícia deixou o assassino sair impune!

— Querida — o marido chegou por trás da esposa e colocou a mão em seu ombro —, vamos sentar.

O detetive balançou a cabeça cordialmente, mas não teve resposta do homem. Para eles, a polícia tinha falhado em seu dever, e Artur concordava com esse pensamento.

🖋

Antes de atravessar a porta do teatro, Artur viu uma pilha de exemplares do livro do psicólogo. Ocupou a última cadeira da plateia formada por fileiras côncavas que se afunilavam como uma seta em direção ao palco, onde um microfone solitário aguardava a atração principal.

De onde estava, conseguia ver os quatro adultos que acompanhara desde os oito anos, sentados um ao lado do outro. Apenas quatro. Tinham a expressão séria e sóbria. Artur colocou um cigarro na boca e, poucos segundos depois, um segurança o chamou com um toque no ombro.

— Não é permitido fumar aqui, senhor.

— Eu não fumo — o detetive replicou, com o cigarro nos lábios.

— Estou falando sério, senhor.

— Eu também.

— Senhor...

— Eu não vou acender.

— Mesmo assim, senhor.

Artur pegou o cigarro e o estendeu ao segurança.

— Não quer ficar com ele pra fumar depois?

— Já disse: eu não fumo.

Os estalos repetitivos de palmas chamaram a atenção de todos para o psicólogo, que atravessou uma porta ao lado do palco. Artur entregou o cigarro ao homem e se voltou para a frente. Mesmo de longe, era possível perceber quanto William estava magro. A visão impressionou o detetive. As maçãs do rosto saltavam sob a pele, que se estreitava nas bochechas e adquiria tamanho novamente na barba, agora volumosa. Tinha os olhos fundos e pesados de quem não dorme bem há muitas noites e vestia uma camiseta branca coberta por um paletó preto aberto. Movia-se devagar, carregando um peso maior do que o dele. Subiu os dois degraus do palco apoiando a mão no joelho para ajudar no impulso, como se precisasse de força extra para vencê-los. Talvez estivesse doente, pensou Artur.

O psicólogo olhou para o rosto dos quatro jovens de dezoito anos sentados na primeira fileira. Piscou com lentidão ao sentir a falta de um deles: Marcelo, que cumpria pena por roubo e tentativa de sequestro. O que não impediu William de continuar a acompanhá-lo em visitas no presídio.

Continuou em silêncio, olhando para a frente, vagamente, como se não visse ninguém. Segurou o microfone nas mãos, abaixou a cabeça, mas nenhuma palavra saiu de sua boca. Algumas pessoas da plateia começaram a se olhar. Com o silêncio de velório no ambiente, era possível escutar a movimentação dos estudantes do lado de fora, o som do ar-condicionado funcionando e o murmúrio em algumas fileiras do teatro.

Respirou fundo.

— Eu preciso confessar uma coisa. — A frase quebrou o silêncio, atraindo os olhos atentos e a expectativa de todos, principalmente de Artur. — Sendo bem sincero, eu não queria estar aqui hoje. Quando... quando mostrei o resultado deste estudo para outros profissionais de psicologia, todos me disseram que eu tinha feito uma coisa extraordinária. Que o que eu tinha nas mãos era muito mais do que observações sobre o que a vida é capaz de fazer com o ser humano.

William limpou a garganta, parecendo olhar para todos, sem olhar para ninguém.

— Quando eu apresentei minha tese de doutorado nesta mesma universidade, ouvi da banca quase as mesmas frases de encorajamento: que eu tinha levantado questões preciosas sobre o desenvolvimento do caráter do indivíduo perante as condições do crescimento. Naquela época, aquelas frases me encheram de alegria, de orgulho e de um desejo de conseguir fazer mais, conseguir fazer algo realmente valioso. Mas hoje — o psicólogo parou alguns segundos — eu não sinto orgulho deste trabalho, que é sem dúvida muito mais completo do que as teorias que eu havia levantado no meu projeto acadêmico. Eu não consigo sentir orgulho, porque este trabalho só foi possível graças à dor e ao sofrimento de crianças que hoje estão sentadas à minha frente como adultos. Só foi possível graças à morte violenta dos pais deles.

William encarava fixamente cada um dos jovens, que devolviam o olhar com um misto de respeito, carinho e dor. Uma bagunça de sentimentos que nunca fora empecilho para que demonstrassem, em outras ocasiões, gratidão pelo homem que dedicara dez anos de sua vida a ficar ao lado deles.

— É por isso que eu não gostaria de estar aqui hoje. É por isso que eu não consigo sentir orgulho do que fiz. Mas eu devo isso a vocês, eu devo isso aos seus pais, e espero, com o pouco de esperança que ainda me resta, que este estudo sirva para combater... os monstros capazes de fazer o que fizeram com a família de vocês.

William desceu os degraus do palco e saiu pela mesma porta por onde havia entrado, deixando para trás as palmas do público que o aplaudia de pé. Caminhou de cabeça baixa pelo corredor, soltando o braço das mãos de algumas pessoas que tentavam levá-lo de volta ao salão, onde todos gostariam de fazer perguntas sobre o estudo e também parabenizá-lo pelo excelente trabalho. Tinha o andar arrastado.

Enquanto seguia pelo corredor, ouvia a voz de outra pessoa ao microfone.

— Infelizmente o sr. William não está se sentindo bem, mas ele agradece a presença de todos que vieram prestigiar o seu trabalho e a devoção absoluta por uma causa nobre. Na saída vocês poderão comprar um exemplar do estudo com as nossas promotoras. Obrigado.

Todos já estavam em pé, saindo pela porta do teatro em direção ao salão. Mas Artur permaneceu sentado, alheio à movimentação e à conversa agitada que crescia e chiava a seu redor. Vinham à sua mente algumas palavras e frases do discurso de William. Os olhos do detetive se fixaram no palco vazio. Algumas pessoas ainda circulavam diante dele. Reparou em dois homens que se cumprimentavam com um aperto de mãos. As duas mãos juntas, o gesto de acordo, fez Artur reler o convite do evento.

"Um estudo revelador sobre as raízes da natureza humana."

Lembrou-se de uma das coisas que dissera ao psicólogo no começo da investigação.

O assassino está fazendo um estudo.

A frase que Rute tinha dito minutos atrás veio se misturar aos pensamentos.

Ele foi o primeiro a oferecer ajuda. Antes mesmo de você ir lá em casa, ele já tinha aparecido pra nos ajudar.

Eu preciso confessar uma coisa.

Eu não sinto orgulho deste trabalho.

O som da movimentação do salão, onde pessoas se aglomeravam ao redor de uma pilha de livros, entrava pelo teatro e ecoava no ambiente, repetitivo e irritante como um chiado.

Um estudo.

Natureza humana.

Psicólogo.

Eu preciso confessar uma coisa.

William.

Veio à cabeça novamente a imagem do aperto de mãos.

Que este estudo sirva para combater os monstros capazes de fazer o que fizeram.

Monstros.

Psicólogo.

Assassino.

William.

David.

Artur piscava com velocidade, olhava sem saber onde fixar os olhos. Olhou para a porta por onde William tinha saído, depois para o microfone silencioso no palco vazio. Levantou-se, mas caminhou na direção contrária, rumo à saída. Precisava pensar. Atravessou o salão onde pessoas folheavam o livro. Leitores com semblante de aprovação. Ainda desnorteado pelos pensamentos, esbarrou em um homem que carregava um exemplar e que também estava de saída, devolvendo o crachá à promotora, que agradecia sua presença.

— Obrigado, sr. David.

✎

Já do lado de fora da universidade, Artur andava de um lado para o outro na calçada. Tirou um cigarro do maço, depois a gravata do pescoço e a deixou cair no chão. Ar. Gesticulou para um táxi, que não parou. Apontou para outro, que estacionou, e se sentou no banco de trás. Buscou o endereço na memória, mostrou o distintivo ao motorista e mandou acelerar.

Dentro do automóvel, pensava na possibilidade de estar certo.

Como eu não pensei nisso?

Deitou no banco do táxi, olhando para o teto do automóvel. Não queria olhar as ruas, não queria ver pessoas.

— O senhor está bem? — perguntou o taxista.

Artur não respondeu.

— Senhor?

— Silêncio.

O detetive permaneceu deitado até chegar ao prédio de William. Pagou a corrida e não esperou o troco. Tocou o interfone mesmo sem saber se o psicólogo ainda morava lá. Ninguém atendeu. Apertou o botão da portaria.

— Boa tarde.

— O sr. William Sampaio Moreto.

— Ele não está em casa, senhor.

Artur deu as costas para o portão, atravessou a rua, se posicionou atrás de uma árvore e esperou. Estava na mesma posição havia quase duas horas quando um carro parou em frente à garagem. Cerrou os olhos com o corpo escondido atrás do tronco da árvore e enxergou o rosto magro de William sob o vidro. Cortou a rua, aproveitando a lentidão do portão do prédio, e, antes de o carro entrar em movimento, deu dois toques na janela do motorista, fazendo William se assustar com a abordagem furtiva.

O psicólogo abaixou o vidro elétrico do automóvel e viu o detetive parado a seu lado.

— Posso subir para tomar um café?

Os dois se encararam em silêncio.

— Claro. Só vou estacionar.

— Eu vou junto.

O policial deu a volta pela frente do automóvel, sem tirar os olhos de William. Entrou e se sentou a seu lado, no banco do passageiro. Nenhum dos dois disse uma palavra.

Subiram pelo elevador em silêncio. O psicólogo se mostrava calmo, quase apagado. William colocou a chave na porta do apartamento sem demonstrar nenhum sinal de nervosismo. Girou-a, fazendo ouvir o pistão do trinco de metal deixar a concavidade da parede e se alojar na fechadura. William entrou primeiro, abriu espaço para Artur e, quando se virou, viu o detetive de frente para ele. O policial, ao contrário do psicólogo, apresentava uma agitação que tentava conter.

— Fique à vontade, detetive.

— Eu estou.

— Se quiser pode se sentar. Eu vou fazer um café. Só não repare na bagunça.

— É impossível não reparar.

— Sempre sincero.

— Alguém tem que ser.

Artur se sentou na poltrona ao lado do sofá de três lugares. De onde estava era possível ver William atrás do balcão que separava a cozinha da sala. Ouvia o barulho de talheres, metal e vidro. Depois, um repentino silêncio, com o chiado da máquina de café ao fundo.

William deixou a máquina trabalhando e se acomodou na ponta do sofá, de lado para Artur, que estava de frente para ele. A TV estava desligada diante do psicólogo, e William conseguia enxergar seu reflexo no aparelho. Ficou se olhando, quase invisível, transparente na escuridão da tela apagada.

— Foi um belo discurso lá no teatro da universidade — Artur quebrou o silêncio.

— Eu não sabia que você iria.

— Eu recebi o convite.

— Engraçado, não lembro de ter enviado. Mas não faz diferença. E aquilo foi tudo menos belo.

— Sabe, realmente pareceu uma confissão.

— Era essa a ideia.

— Durante toda a minha carreira na polícia eu vi muitas confissões, e é incrível como as pessoas realmente se sentem bem quando terminam de revelar o que fizeram.

— Sim. É o efeito de colocar pra fora. Quem precisa esconder alguma coisa sofre por não poder se livrar do segredo.

— A sensação de se libertar.

William se levantou ao ouvir o som do vapor seco da cafeteira. Foi até a cozinha e, sem olhar para Artur, serviu duas xícaras de café. A mão magra parecia coberta por uma fina camada de pele, e era possível ver as juntas dos dedos que se moviam sem pressa.

— Açúcar?

— Não.

Entregou uma xícara ao detetive e se sentou novamente. Com o corpo inclinado para a frente, olhava o líquido escuro e sentia a porcelana esquentar a palma da mão. Foi ele quem quebrou o silêncio.

— A casa em que eu cresci tinha umas janelas altas na sala, por onde dava pra ver a rua. Quando eu tinha uns seis anos e a minha mãe me colocava de castigo, ela me deixava na sala, onde tinha tudo o que eu queria, a TV, o videogame e a porta que dava pro quintal. Claro que, como eu estava de castigo, a TV e o videogame ficavam desligados e a porta fechada. Mas eu ainda tinha a janela, que ficava aberta pra entrar ar na casa. Só que a janela era alta demais pra minha pouca altura. Então, se eu quisesse ver o que acontecia lá fora, tinha que ficar afastado dela, assistindo de longe, porque se eu chegasse muito perto, como eu era baixo, a única coisa que conseguia ver era a parede. Aquilo era uma tortura. — William tomou um gole do café, que desceu abrindo caminho como fogo pela garganta. — Às vezes eu pensava em pular a janela, quando a minha mãe não estava olhando, mas eu tinha medo. Vai saber como eu iria chegar do outro lado.

— Você criou coragem depois que cresceu?

— É, acho que sim. Eu era menos corajoso por não pular, mas muito mais inteligente por ficar olhando de longe. Às vezes é melhor ficar longe de certas saídas. Às vezes a coragem está em não fazer nada.

— E quando já está feito?

— Se preparar para o impacto. — Deu outro gole no café.

William olhava sempre para a frente, sem encarar Artur, que estava encostado na poltrona, os dois braços descansando no móvel, prestando atenção em cada reação do psicólogo.

— A Rute, a tia do...

— Eu sei quem é a Rute.

— Ela me disse lá na universidade, antes do seu discurso, que você foi o primeiro a aparecer na casa dela. Antes mesmo de eu ir lá.

William não demonstrou nenhuma reação. Simplesmente ficou ouvindo, em silêncio, com a xícara de café na mão, olhando para seu reflexo na tela da TV.

— Foi por isso — continuou Artur — que eu vim aqui. Até onde eu me lembro, fui eu que te contei que havia mais uma criança naquela comunidade, mas não lembro de você dizer que já tinha ido lá. Pelo contrário. Lembro de você se mostrar surpreso.

William mergulhou o dedo indicador na xícara, fechou os olhos e ficou em silêncio, sentindo o resto de calor que o líquido preto mantinha.

— Você queria tanto fazer algo que colocasse o seu nome na história que foi capaz de matar todas aquelas pessoas?

— Eu não matei... eu não matei nenhum daqueles casais.

— Não matou sozinho, mas isso não faz de você inocente.

— Inocente. — William deixou escapar um sorriso. — Não existe ninguém inocente neste mundo, detetive.

— É sempre o mesmo discurso. O mundo sempre vira desculpa pra quem acha que pode fazer o que quiser como compensação.

— Não é desculpa. Não há desculpa pro que eu fiz, há um porquê. Uma causa. Era preciso ser feito. Alguém precisava fazer algo.

— Sabe o que a Rute também me disse antes da sua apresentação? Que Deus colocou você na vida deles. Pra ajudá-los.

— Se tem uma coisa que eu descobri, detetive, é que Deus não escreve a nossa história. Só risca as linhas.

— Será que o David concorda com você?

Pela primeira vez durante a conversa, William voltou os olhos para Artur.

— Então você chegou a descobrir sobre o David.

— Onde ele está?

O psicólogo o examinava com superioridade.

— Hoje eu vejo como é fácil a posição de quem está sentado ouvindo a confissão do outro. Difícil é estar na outra poltrona, com aquela dor que, agora eu entendo, é realmente impossível de descrever. Quem só escuta sempre acha que há uma solução. Então você simplesmente recebe o dinheiro da sessão, coloca a mão no ombro do paciente e diz: "Fique bem e mantenha o controle". Como se fosse possível se livrar do mal dentro de nós botando tudo pra fora feito uma comida podre. Certas coisas nunca saem de você. Certas coisas nunca se consertam.

— Onde está o David?

William virou o rosto para o outro lado, em direção à mesa onde estava seu notebook.

— Eu nunca vi o rosto dele, nunca o vi pessoalmente. Ele que me procurou, disse que tinha lido o meu trabalho e que eu seria a pessoa certa pra fazer a coisa certa. Disse que iria matar os casais e que eu poderia estudar as crianças.

— Como vocês conversavam?

— O computador que está ali na mesa. Sempre por e-mail. — William falava de um jeito distante.

— Os e-mails ainda existem?

O psicólogo balançou a cabeça positivamente.

— Quem sabe a perícia consegue localizar a região de onde ele mandava as mensagens. O seu interesse nisso eu consigo entender, mas o que o David queria?

— Ele queria saber se um trauma desse tipo na infância seria capaz de transformar a pessoa em um monstro.

— Então ele queria saber a mesma coisa que você?

— Sim, mas o motivo dele era egoísta. Pra ele era pessoal.

— E você acha que o seu, não. Seu motivo não foi pessoal? Você não foi egoísta?

— Foi o que eu disse, detetive.

— Você já teve algum problema assim na infância, William? Já sofreu um trauma desse tipo?

— Não.

— Sabe, tem uma falha nesse seu motivo nobre. Não era necessário deixar que cinco famílias fossem destruídas pra saber se uma tragédia pode desencadear o mal em alguém. Se esse era realmente o seu objetivo, um homem tão inteligente quanto você devia ter notado que o momento em que você concordou com isso já era prova suficiente de que só é preciso querer pra se tornar um monstro. — Artur se levantou da cadeira. — William Sampaio Moreto, fique de pé e coloque as mãos pra trás. Você está preso.

O psicólogo deixou a xícara na mesa, se levantou devagar, dando as costas para Artur, e colocou as mãos para trás. Escutou o tilintar das algemas e o metal gelado apertando seus pulsos. O detetive pegou o notebook na mesa, colocou uma das mãos sobre o ombro de William e o escoltou até a saída.

Já na delegacia, Artur conversava com Aristes. O delegado não se mostrou feliz em reabrir um caso tão antigo, principalmente porque não estava resolvido. Ainda faltava encontrar David, que nunca mais dera as caras. Além das conversas por e-mail, não havia nenhuma nova pista sobre seu paradeiro. Voltar a caçar o assassino que tinha aterrorizado a cidade, com a possibilidade de deixá-lo escapar novamente, seria um golpe na carreira do delegado, já prestes a se aposentar.

— Nós temos a conversa toda dos dois registrada nos e-mails. Vamos ter que reabrir o caso.

— Não, Artur. O que nós temos é um cara que fez a gente de bobo esse tempo todo. Não esqueça que nós vamos ter que assumir isso. Esse... esse desgraçado desse psicólogo... todos esses anos.

— A perícia já está verificando o computador pra descobrir de onde o David falava.

— Artur, Artur. Nós não podemos falhar de novo. Não podemos correr o risco de reabrir um caso e não colocar o culpado atrás das grades pela segunda vez. Isso vai ser horrível pro departamento.

O telefone do delegado tocou.

— Sim?

Artur não conseguia escutar o que a pessoa do outro lado dizia, e só pôde acompanhar as respostas de Aristes e sua expressão, que mudava a cada frase.

— Sim, ele está aqui na minha frente. Você só pode estar de sacanagem comigo. Tem certeza disso? Certeza absoluta?

Aristes desligou o telefone, apoiou as mãos na mesa e encarou Artur.

— A perícia descobriu onde está o tal David.

✍

William aguardava em uma pequena sala na delegacia. Um guarda o observava do lado de fora, através da janela envidraçada. Artur entrou na sala, fechou a porta e as persianas e encostou as costas na parede do cubículo, onde só havia uma mesa e duas cadeiras, uma delas ocupada pelo psicólogo. Tirou um cigarro do maço, olhou para William, colocou o cigarro na boca, andou para um lado, para o outro, voltou e puxou a cadeira.

— Você nunca viu esse David pessoalmente?

— Eu já disse que não.

— Também não sabe onde ele mora.

— Se você leu as conversas...

— Eu li as conversas. Mais de uma vez até.

— Então você sabe de tudo. Só falta pegar o cara.

— O meu chefe acha que nós já pegamos.

— Vocês o encontraram?

— O meu chefe está convencido que sim.

— Pelo visto você discorda.

— No fundo o meu chefe concorda comigo, mas é mais cômodo pra ele dizer que nós pegamos o assassino. Imagine reabrir o caso e deixar o culpado escapar de novo. Ele não quer correr o risco de ter mais um número contra nas estatísticas do seu comando.

— E você vai aceitar colocar um inocente na prisão só por causa de estatísticas? Não seria a mesma coisa que eu fiz?

— A perícia verificou o seu computador pra tentar rastrear de que região o David conversava com você. Eles disseram — Artur fez uma pausa — que as mensagens dele partiram do seu computador mesmo, sr. William.

— Co... como assim, do meu computador?

— Os peritos chegaram à conclusão de que a conversa inteira, tanto a sua parte quanto a do David, foi escrita da mesma máquina. Da sua.

— Não, não... Não pode ser. Como isso seria possível? Não. Que absurdo.

— Escuta, eu também quero pôr o verdadeiro David na cadeia, mas não tenho mais nada. Você precisa me dar mais alguma informação, qualquer coisa.

William parecia não prestar atenção nas palavras de Artur.

— O seu chefe quer colocar toda a culpa em mim? Como se aquela conversa no computador...

— Fosse sua com você mesmo e não existisse nenhum David. Como se você não tivesse coragem de fazer o que queria, então tivesse criado alguém com essa coragem. Com aquelas conversas no computador, podemos dizer que você criou o David.

William olhava em direção ao detetive, mas não o enxergava. Estava imóvel, preso em seu próprio silêncio. De repente, sua boca começou a ganhar tamanho, se armando e crescendo. Os dentes pareciam se projetar para fora quando o psicólogo explodiu em um largo e doentio riso. Um riso interminável, que transformou o rosto antes tão sensato de William em uma careta irreconhecível.

Artur se levantou e ficou por um instante observando a cena. Depois saiu, deixando para trás o psicólogo, que continuava sentado na cadeira, rindo. Quando fechou a porta, encontrou Aristes parado no corredor, esperando do lado de fora da sala.

— Se nós aceitarmos fazer a coisa errada — disse Artur —, o que vai nos diferenciar dele?

— Artur, você conhece o símbolo da justiça, não conhece? Aquela mulher que tem uma balança na mão e uma espada na outra. Ela não está vendada à toa. — Aristes deu um tapinha no ombro do detetive. — Nós temos que deixar passar uma coisinha ou outra pra fazer o todo funcionar.

O delegado deixou Artur parado no corredor, de onde era possível escutar a risada de William, abafada pela porta fechada. Com os ombros levemente caídos, o detetive alisou com o polegar a aliança na mão esquerda.

Como de costume, o gesto veio acompanhado da lembrança de Bete, mas, dessa vez, outra recordação acompanhou a lembrança da amiga. O caso que ela investigava na época do seu desaparecimento. O assassinato do hacker.

✌

Longe das grades da prisão, David observava seu reflexo no espelho do banheiro. Olhou para baixo, para o livro que segurava. Passou a mão espalmada sobre a capa, depois deslizou os dedos pela lombada, as letras impressas: *Como se tornam adultos*. Olhou novamente para o espelho, feito um médico examinando um paciente. O nariz, as orelhas, os olhos cansados, fundos. Mostrou os dentes para si mesmo. Não parecia um sorriso. Deixou a boca voltar a seu estado normal. Fechou os olhos e permaneceu na escuridão por alguns segundos. Ao abrir, nada. Ainda era o mesmo. Olhou novamente para o livro, que segurava com ambas as mãos. Pisou no pedal da lixeira e o jogou dentro dela.

Saiu do banheiro e caminhou até o cômodo onde trabalhara por tantos dias para realizar o estudo. Foi até o armário e pegou, uma a uma, as sete caixas de documentos, colocando todas sobre a mesa. Apertou um botão, e o forno crematório soou seu ruído de máquina, liberando o compartimento para o corpo. Abriu a primeira caixa e retirou de dentro dela uma série de papéis, fotografias, agendas, mapas, cadernos de anotações, tudo o que havia pesquisado sobre o casal Pedro e Marília. Jogou o acervo no compartimento do forno crematório, que se aquecia cada vez mais. Da mesma forma fez com o conteúdo das outras quatro caixas, contendo as pesquisas sobre os casais Luiz e Felipe, Lucas e Mirtes, Jonas e Clarice e Júlio e Joana. Depois abriu a sexta caixa, cuja etiqueta dizia "Nicolas Álvares Maia". Um a um, foi jogando no compartimento os documentos da pesquisa que tinha feito sobre o hacker. Por último, abriu a caixa com a etiqueta "William Sampaio Moreto". Ao contrário do que tinha feito com as pesquisas anteriores, em vez de retirar folha por folha, dessa vez ergueu toda a caixa e a virou sobre o compartimento, espalhando os papéis, fotografias e cadernos no forno. O suor umedecia a testa de David, que passou o dorso da mão para secá-la. O compartimento aguardava apenas o toque no botão para começar o lento trajeto em direção à entrada, que ardia em chamas.

David olhou novamente para o armário, agora vazio, e ficou alguns segundos estático, apenas olhando para o móvel, que parecia assustá-lo de alguma maneira, mantendo-o a distância.

Foi se aproximando lentamente, como alguém que não quer acordar o bicho. Posicionou as duas mãos no corpo do armário e o empurrou, arrastando-o por meio metro até revelar, atrás dele, uma porta escondida. Quando a abriu, apertou o interruptor, fazendo luzes amareladas piscarem antes de iluminarem por completo a escuridão da passagem que descia em degraus até um porão.

Desceu devagar, fazendo ranger as tábuas. O porão era uma sala sem móveis, de chão cru, com um cheiro forte de eterna tristeza. Um ruído de correntes rastejantes quebrou o silêncio. A cada passo de David para a frente, o som de metal respondia serpenteando em fuga.

No ar ziguezagueavam varais feitos de barbante, de onde centenas de fotos pendiam, posicionadas em uma ordem clara: em uma extremidade era possível ver uma garotinha. À medida que seguia, ela ia crescendo, como se o fotógrafo tivesse acompanhado o desenvolvimento da criança. Na última foto se via a garota com quase vinte anos. Pelo ângulo de todas as cenas registradas, dava para notar que o fotógrafo ficava a distância, escondido, para não ser percebido pelo alvo de sua lente: a neta de Marcos, o assassino dos pais de David.

Continuou andando pelo porão, desviando a cabeça das fotos e passando os pés por cima de tigelas sujas e garrafões vazios. Quando parou, ficou apenas observando, em pé, no silêncio.

Sobre um colchão em trapos estava Marcos, preso pelos pulsos por correntes que se fundiam à parede e não permitiam que ele se movimentasse por mais de um metro e meio. O velho capanga estava ainda mais velho. A iluminação amarela do cativeiro cobria o homem como um cobertor encardido e fazia seus ralos cabelos brancos, que agora desciam longos até o queixo, ganharem um tom de cobre. A expressão rabugenta agora dava lugar a um olhar selvagem domesticado. Um animal acorrentado, privado de qualquer conforto, que recebia apenas o necessário para se manter vivo, saudável e consciente. Na medida do possível.

A pele, depois de dez anos de cárcere, parecia se soltar dos ossos. Tinha os lábios secos e rachados, e seu olhar vagava pelo varal de fotografias. Sua neta, antes uma lembrança de alegria, agora era usada como ameaça. David havia dito para Marcos que, se ele tentasse se matar, a neta sofreria as consequências de sua covardia. Por isso, de tempos em tempos, o carrasco trazia uma nova foto da garota, para provar que ela estava a seu alcance.

David se curvou ao lado do que sobrara do homem, que não ousava olhar para ele, um bicho minguado, de mãos trêmulas. Destravou os grilhões e o levantou pelo colarinho da roupa suja, arrastando-o escada acima sem resistência até sair pela porta do porão. O velho não tinha forças ou vontade de reagir. A sanidade era mantida por um vulnerável fio de lembranças.

Com um impulso, David levantou o corpo enfraquecido de Marcos e o jogou no compartimento do forno, sobre os documentos. Pela última vez encarou os olhos opacos do assassino de seus pais, o último elo que o ligava ao passado que agora esperava ser possível esquecer. Apertou o botão da máquina e observou a esteira engolir o corpo e toda a pesquisa para dentro do estômago incandescente.

O fogo estalava, misturando seu som aos gritos do velho que ardia no calor das chamas. Imóvel, de pé ao lado da máquina, os olhos fechados, David esperava como quem aguarda o efeito, a cura. Alguns segundos depois, abriu os olhos, quando finalmente o fogo silenciou a dor do homem.

Mas não a sua.

AGRADECIMENTOS

Este livro talvez não estivesse em suas mãos não fossem o apoio e o profissionalismo de pessoas que acreditaram nesta história comigo.

Muito obrigado ao meu amigo Rivadávia Coura, que fez a capa que tanta gente amou. Agradeço a Juliana Predolim, Julia C. Vilabruna e Alexandre Vieira, amigos e profissionais que me ajudaram a colocar a edição independente no mundo. Sou grato ainda a Marianna Teixeira Soares, por abrir as portas da sua agência e me orientar pelos caminhos do mercado literário, e a Luciana Bastos Figueiredo, por conseguir uma casa para esta história.

Meu querido amigo Luiz Felipe Fontenelle, muito obrigado a você e a sua família por emprestarem o sítio que rendeu dias de isolamento tão bem-vindos e importantes para a escrita desta história.

Dizer obrigado é pouco para agradecer aos canais literários na internet. Vocês deram chance a um autor de que ninguém ainda tinha ouvido falar, me acolheram e compartilharam minha história. O que fizeram é diretamente responsável por este livro estar aqui hoje. Minha gratidão eterna a cada um de vocês.

Obrigado a toda a equipe da Verus Editora, pelo profissionalismo e pela empolgação. É maravilhoso trabalhar com pessoas que amam a literatura.

Mestre Marcelino Freire e querido Raphael Montes, agradeço pelas generosas palavras.

Flavia Zanchetta, minha companheira, parceira e toda outra palavra sinônima de união, é uma alegria ter você ao meu lado e estar ao seu. Obrigado pela paciência de me escutar falando deste livro tantas vezes. E já agradeço adiantado por escutar sobre os próximos.

Este livro foi composto na tipografia
Adobe Caslon Pro, em corpo 11,5/15,24, e impresso
em papel off-white no Sistema Digital Instant Duplex
da Divisão Gráfica da Distribuidora Record.